一位戰士貫破了房子的屋頂。

有的人四肢被扭向反方向，倒在地上。

吐血昏倒，或是武器、手腳被扭斷的狼鬼數量更有數十倍之多。

接著牠看到了站在池子邊的凶手——至少看起來像凶手的東西。

「吾乃黏獸(ooze)，名為賽阿諾瀑。
我是為了實現約定而來，實現二十一年前的約定。」

無盡無流賽阿諾瀑

將諸多武術修煉至爐火純青的
黏獸格鬥家。
似乎與討伐「真正的魔王」的
「最初的隊伍」有所關連——

「『凋零於盡頭之光吧——』」
cyulcascarz
冬之露庫諾卡
存在受到懷疑的最強之龍(dragon)。
誅殺英雄的傳奇。

在那場所有比賽中戰鬥規模最浩大的比賽裡，除了同為最強的兩方之一將會成為贏家以外，沒有任何事物能顛覆觀看者的預測。
也就是那場戰鬥在日落之前，就會永遠地摧毀這塊土地。
最強兩字的可怕，將會成為人盡皆知的結果。
星馳阿魯斯，對，冬之露庫諾卡。
「……妳啊……夠了喔……」
星馳阿魯斯
wyvern
奪得各式各樣財寶的鳥龍。
誅殺傳奇的英雄。

「我的原則就是獨來獨往。
必須對世界盡到身為英雄的責任呢。」
漆黑音色的香月
可自由操控子彈彈道的客人槍兵。
出於某個目的而襲擊歐卡夫自由都市。
八成是在某個時間點出現了巨大的變化。香月對那個變化的真相有確切的把握，知曉導致世界走到目前這種狀況的那個大多數人都不知道的謎團。

異修羅 III

絕息無聲禍

珪素
ILLUSTRATION
クレタ

Kadokawa Fantastic Novels

故事簡介

STORY

令地表一切生命感到恐懼的世界之敵，「真正的魔王」被某人擊敗了。
那位勇者的名號與是否實際存在，至今仍無人知曉。
由「真正的魔王」所帶來的恐懼時代，就這麼突如其來地畫下句點。

然而，魔王時代催生出的英雄卻依然留存於這個世界。

在魔王這位所有生命的共同敵人已不復存在的此刻，
具有獨力改變世界之力的那些人物或許將基於自身欲望恣意妄行，
帶來更加混亂的戰亂時代。

對於統一人族，成為唯一王國的黃都而言，
他們的存在已淪為潛在威脅。
所謂英雄儼然是帶來毀滅的修羅。

為了創造新時代的和平，
必須找出一位能排除下一個世代的威脅，
引導人民走向希望的「真正勇者」。

於是，黃都執政者——黃都二十九官不分種族地從世界各地招攬
多位能力登峰造極的修羅。他們計劃召開一場御覽比武，打算擁
戴優勝者為「真正勇者」——

勢力圖

POWER RELATIONSHIPS

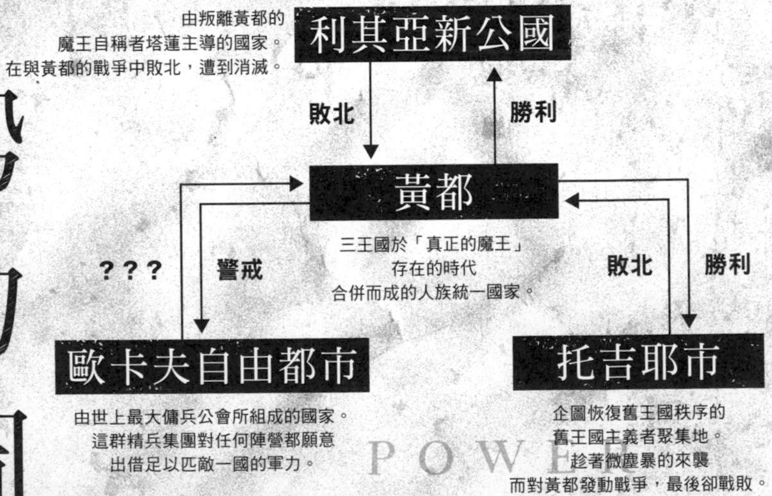
由叛離黃都的
魔王自稱者塔蓮主導的國家。
在與黃都的戰爭中敗北，遭到消滅。
利其亞新公國
敗北
勝利
黃都
三王國於「真正的魔王」
存在的時代
合併而成的人族統一國家。
？？？
警戒
敗北
勝利
歐卡夫自由都市
由世上最大傭兵公會所組成的國家。
這群精兵集團對任何陣營都願意
出借足以匹敵一國的軍力。
托吉耶市
企圖恢復舊王國秩序的
舊王國主義者聚集地。
趁著微塵暴的來襲
而對黃都發動戰爭，最後卻戰敗。

用語說明

GLOSSARY

◈詞術

①允許於巨人(gigant)之軀體構造中理當不會生成的生物或現象的世界法則。

②無論說話者為何種種族或使用何種語言體系，都能將話語中的意志傳達給對方的現象。

③抑或是所有利用該現象向對象提出「請求」，扭曲自然現象的術之總稱。

也就是所謂的魔法。以力術、熱術、工術、生術四大系統為核心，但也存在其他例外系統的使用者。使用者必須十分熟悉詞術作用的對象，不過具有實力的詞術使用者能在某種程度上跨越這類限制。

力術

操作具有方向性的力量或速度，
也就是所謂動量的技術。

工術

改變對象形狀的技術。

熱術

操作熱量、電荷、光之類無向量的技術。

生術

改變對象性質的技術。

◈客人

由於身懷遠遠超脫常識的能力，從被稱為「彼端」的異世界轉移至這個世界的存在。
客人無法使用詞術。

◈魔劍、魔具

蘊含強大力量的劍或道具。和客人一樣，
因為具有強大力量而遭到異世界轉移至此的器物。

◈黃都二十九官

黃都的政治首腦。文官為卿，武官為將。
黃都二十九官之間並不會以資歷或席次排出上下關係。

◈魔王自稱者

對不屬於三王國「正統之王」的各位「魔王」總稱。雖然也有並未自稱為王，卻因具有強大力量，做出威脅黃都的行動而遭到黃都認定為魔王自稱者而成為討伐對象的例子。

◈六合御覽

決定「真正勇者」的淘汰賽。經過一系列的一對一戰鬥，最後的獲勝者即為「真正勇者」。
必須獲得一位黃都二十九官的推舉才能參賽。

黃都二十九官

第一卿
基圖古拉斯
剛步入老年的男性。
負責擔任主持二十九官會議的議長。
在六合御覽中不屬任何派系，貫徹中立立場。

第二將
絕對的羅斯庫雷伊
被視為英雄，聚集絕對的信賴於一身的男性。
擁立自己參加六合御覽。
二十九官最大派系的領導人。

第三卿
速墨傑魯奇
有著犀利文官形象，戴著眼鏡的男性。
負責六合御覽的企劃。
隸屬羅斯庫雷伊的派系。

第四卿
圓桌的凱特
性格極為暴烈的男性。
窮知之箱美斯特魯艾庫西魯的擁立者。
坐擁首屈一指的武力與權力，對抗羅斯庫雷伊的派系。

第五官
空位

第六將
靜寂的哈魯甘特
被當成無能之人和笨蛋，卻仍汲汲營營於權力的男性。
冬之露庫諾卡的擁立者。
與星馳阿魯斯有很深的因緣。
不屬於任何派系。

第七卿
先觸的弗琳絲妲
渾身上下穿金戴銀，身材肥胖的女性。
只信奉財力的現實主義者。
為了獲取來自各個派系的交涉費，因而想獲得勇者候補。

第八卿
傳文者謝內克
可以解讀與記述多種文字的男性。
第一卿，基圖古拉斯實際上的書記。
與古拉斯一同貫徹中立立場。

第九將
鑿刀亞尼其茲
擁有鐵絲般的瘦長身材與暴牙的男性。

第十將
蠟花的庫薇兒
以長瀏海蓋住眼睛的女性。
無盡無流賽阿諾瀑的擁立者。
經常表現出緊張受怕的模樣，很內向。

第十一卿
暮鐘的諾伏托庫
給人溫和印象的老年男性。
擦身之禍庫瑟的擁立者。
負責管理教團。

第十二將
白織撒布馮
以鐵面具遮住臉的男性。
過去曾與魔王自稱者盛男發生戰鬥，目前正在療養中。

第十三卿
千里鏡埃努
將頭髮全往後梳的貴族男性。
擁立奈落巢網的澤魯吉爾嘉。
受感染而成為黑曜莉娜莉絲的傀儡。

第十四將
光暈牢尤加
身材圓胖的純樸男性。
與野心無緣。

第十五將
淵藪的海澤斯塔
臉上總是帶著嘲弄笑容的壯年男性。
特色是素行不良。

第十六將
憂風諾非魯特
身高特別高的男性。
不言的烏哈庫的擁立者。
與庫瑟同樣出身於教團的濟貧院。

第十七卿
紅紙籤的愛蕾雅
出身於妓女之家卻爬升至今日的地位，年輕貌美的女性。
掌管諜報部門。
藏有世界詞祈雅這張王牌。

第十八卿
半月的庫埃外
年輕陰沉的男性。

第十九卿
遊糸的西亞卡
掌管農業部門的矮小男性。
為了讓自己配得上二十九官的地位而十分努力。

第二十卿
鎘釘西多勿
傲慢的富家公子哥，同時也是才能與人望兼具的男性。
星馳阿魯斯的擁立者。
為了不讓阿魯斯獲勝因而擁立牠。

第二十一將
濃紫泡沫的此此莉
將夾雜白髮的頭髮綁在腦後的女性。

第二十二將
鐵貫羽影的米吉亞魯
年方十六就成為二十九官的男性。
具有天不怕地不怕的個性。

第二十三官
空位
原為警戒塔蓮的席位，但目前因為她的叛離而成了空位。

第二十四將
荒野轍跡丹妥
個性死認真的男性。
率領北方方面軍牽制舊王國主義者。
屬於女王派，對羅斯庫雷伊的派系反感。

第二十五將
空雷卡庸
以女性口吻說話的獨臂男性。
地平咆梅雷的擁立者。

第二十六卿
低語的米卡
給人方正印象的嚴肅女性。
負責擔任六合御覽的裁判。

第二十七將
彈火源哈迪
十分熱愛戰爭的年老男性。
柳之劍宗次朗的擁立者。
領導軍方最大派系的大人物。

第二十八卿
整列的安特魯
戴著深色眼鏡的褐膚男性。

第二十九官
空位

CONTENTS

第五節　絕息無聲禍

第六節　六合御覽Ⅰ

ISHURA

AUTHOR: KEISO
ILLUSTRATION: KURETA

第五節

絕息無聲禍

一◆無盡無流賽阿諾瀑

位於東側邊境，寬廣的苟卡歇沙海。據說在那個無法確定座標的地點，存在一座半埋在沙子裡的迷宮。

那是收藏「彼端」書籍，宛如「圖書館」的知識寶庫。傳說若有哪位造訪該地的訪客能運走那些數量龐大的書籍且加以解讀，此人就能獲得價值連城的知識。證實這個說法的女子原為一介商人，卻藉由從沙之迷宮帶回的七本書裡蘊藏的知識晉升為中央王國的貴族。

沙之迷宮本身不過是個書本散亂一地，排滿書架的廢墟。並非用來擾亂或排除侵入者的建築物——但因其難以闖過的程度，這個世界才會稱之為迷宮。

苟卡歇沙海中，存在著一批妨礙所有沙之迷宮探索行動的人物。

如今，一支總數兩百八十人的武裝商隊正在追尋那種危險的知識。這支商隊是七小月以來的第一支大型隊伍。基於與妨礙者交戰的前提，商隊準備了人數眾多的護衛。

——有兩個生物正從山崖上監視那一大隊人馬。牠們像人類一樣穿著服裝，渾身長滿粗硬的皮毛，頭部與狼無異。牠們是狼鬼(lycant)。

「……十八人左右吧。有十八個高手。這是久違的大獵物呢。」

灰色毛髮、體型壯碩的狼鬼，淺步漢古將長距離望遠鏡靠在眼前。那是牠從過去這類商隊與冒險者的手中搶來的物品。

沙之迷宮探索行動的妨礙者是自稱宰艾夫群，由強壯無比的狼鬼組成的集團。牠們全部都是武術的探求者，對沙之迷宮的藏書沒有絲毫興趣。那些寶物對牠們而言，只是沒有用處、毫無價值的垃圾。

但是，受到沙之迷宮吸引而定期出現的人類(minia)與山人(dwarf)——不，他們運來這個不毛沙漠的探索物資就另當別論了。正因如此，宰艾夫群才會在這座沙海的正中央建立據點。

在正在觀察商隊的漢古背後，站著一位體型稍大、毛皮顏色棕白交雜的狼鬼。看起來年紀比漢古小很多。

「大哥，他們人數好多啊……！隊伍的尾巴，尾、尾巴……還一直排到岩石區，看不到尾耶！」

「冷靜點，卡努托。別被乍看之下的人數騙了。需要對付的傢伙只有十八個。測試我這招『淺步』修煉成果的時刻來了。靠我一個就能殺光那十八人。」

「只靠大哥！」

卡努托瞪大了眼睛，反問自己尊敬的大哥。

「就、就能殺光十八個——十八個人？」

卡努托震驚過度，連舌頭都忘了收起來。

「哼……你以為我辦不到嗎？」

「大……大哥！請讓我為您做見證！」

漢古莊重地拿起背上的武器。那把武器就像有著雙頭刃的薙刀。從觀察敵人到計劃最佳戰術，牠全部都自己來。牠們宰艾夫群的試煉從戰鬥之前就開始了。

「吼嚕。」

漢古的喉中發出野獸的低鳴，提高奔跑速度。接著——

◆

——漢古所用的戰鬥時間，與牠衝到商隊尾巴的時間幾乎相同。

穿過馬車正下方的空隙，以虛虛實實的步法閃躲迎面而來的箭雨，大部分護衛連抵抗的機會都沒有就被砍成兩半。

不過，最後與牠交戰的兩人卻不同。

身上裝著怪異機械機關，使用彎刀的小人(leprechaun)，刻劃三針的路克。

具有高超得簡直像不屬於這個世界之短刀投擲技術的人類，五月雨的阿魯巴特。

那是兩名輕忽不得的強者。對於淺步漢古而言，若是幸運的天秤稍微偏向對手，自己恐怕就會化為一具倒在這片苟卡歇沙海的淒慘屍體吧。

「咳，好強的傢伙。」

被漢古一擊打飛的刻劃三針的路克如今只能靠半邊的肋骨連接被撕裂的上半身。這是雙方生死決鬥的結果。

「——你們應該開心，自己的首級將會成為我未來七年的勳章。」

「這、這種招式。你到底是，何方神聖……」

「你我之間下的苦功差太多了。我們這群孩子受過『最初的隊伍』成員彼岸涅夫托的薰陶。這樣一來你在死亡之國就不愁沒辦法解釋自己的死了。」

「哦……『最初的』……原來是，這麼回事……」

宰艾夫群不是單純的狼鬼集團，比較像一支門派。

牠們將化為活屍體的傳說狼鬼——彼岸涅夫托奉為神像，不厭其煩地鑽研與實踐牠過去留下的戰鬥技巧。

這種賭命的試煉也是一項理所當然的通過儀式。

之所以即使僱用路克與阿魯巴特那種舉世無雙的護衛，做好面對沙海威脅的準備，卻誰也都沒辦法抵達迷宮，就是因為沒人能戰勝宰艾夫的狼鬼。

「好厲害啊，大哥！大哥果然是最強的！啊嗚——！」

「哼……我就說不用擔心吧……但是，掠奪的工作由你來做。別讓那些人族帶著東西逃走嘍。」

流著血的漢古露出笑容。無數的短刀貫穿其毛皮，插滿了牠右半邊的身體。

「我、我……我以後一定要成為像大哥那樣！」

「笨蛋……你根本不知道這得花多少時間。哼哼哼……」

功夫還不到家的卡努托輕鬆地脅迫倖存者就範，將這兩百零八名武裝商隊成員攜帶的貨物全部收為宰艾夫群的補給品。

被分類為鬼族的狼鬼當然「也」會吃人，但牠們的那種嗜好沒有特別強烈。

牠們宰艾夫群有規定，只能在將特別強大的對手當成練習對象以確認修行成果時進行殺戮行為，必須讓其餘的弱者或非戰鬥人員安然無恙地離開。

雖然這個地點只是進入苟卡歐沙海的入口起始點，不過在返回城鎮的路上，仍可能有好幾個體力較差的人渴死在途中。但那種可能性就與漢古牠們無關了。

既然踏進這塊土地，就算是弱者，也是甘願冒著危險追求知識的冒險者。就像獨自挑戰大軍的狼鬼戰士，他們也將自己的性命放上了命運的天秤。

在這片杳無人煙的苟卡歐沙海，牠們狼鬼信奉的弱肉強食守則就是法律。

◆

「……有點奇怪。」
「怎麼了嗎，大哥！」
異狀出現在漢古牠們回到村莊的途中。
「你有沒有聞到血腥味？」
「咦，這麼一說……」
兩人驟然狂奔。雖然右側手腳負傷的漢古速度稍微比卡努托慢，仍以全速奔馳。因為遠遠望向村莊時，看不到負責守衛的戰士。
「唔。」
兩人很快就找到了守衛。
牠們全都被埋在土牆裡。兩眼發白不斷抽搐，口中吐著白沫。軀體撞上牆壁的衝擊甚至打壞了好幾處厚實的土牆。
「發生什麼事？」
牠們毫無疑問是以驚人的加速度撞向牆壁。漢古腦中立刻浮現炸藥的可能性，但現場沒有火藥的味道。而且負責擔任村莊守衛的牠們不可能會被炸藥那種程度的東西撂倒。

穿過大門後，裡頭的景象更恐怖。

「大、大哥。」

「嗯，這是……」

一位戰士貫破了房子的屋頂。

有的人四肢被扭向反方向，倒在地上。

吐血昏倒，或是武器、手腳被扭斷的狼鬼數量更有數十倍之多。

村莊裡所有的戰士不是失去意識，就是連呻吟聲都發不出來。至少在兩人能確認的範圍裡，每個人毫無疑問都無法進行戰鬥了。

（太誇張了。）

那些看門獸甚至已經完全斷了氣。

動用兩位代理師父也難以對付的巨大蛇龍已吐出大量灰褐色的噁心液體死去。也就是說——

（對方根本連奪去宰艾夫戰士的性命都沒必要嗎？那是能「不取性命就打倒」這麼多戰士的敵人嗎？怎麼可能，太誇張了。）

牠們是本領與運動能力都遠遠凌駕於人族士兵之上的狼鬼。所有比漢古更高等的戰士也都通過了隻身對付商隊或討伐隊的儀式。

村莊裡那些強悍的精銳戰士——也就是所有住民，竟然全倒在血泊之中。漢古與卡努托前往進行本日試煉的時間還不到半天。

漢古拍了拍一位勉強維持意識之人的臉頰。

「發生了什麼事？眼睛看得見嗎？我是淺步漢古。」

「……那個，那個……」

牠的朋友牙齒全被打落，喘著氣回答：

「那個……不是……正常的，生物……」

「講重點。如果是正常生物做出這種事，那可就不得了了。」

「可、可是。那個真的，長得一點也不正常。」

「是『來客』嗎？」

「……是啊。可是，那不是……來自沙海的外面，是來自裡面……」

偶爾會出現一些特立獨行的人士，他們不以「圖書館」為目標，而是為了消滅這個村莊而造訪此地。

例如苟卡歇沙海外圍城市派出的討伐隊。這些人被稱為「來客」——當然，歷史上從未出現如此巨大的損害。

但那樣的人物竟然會從沙海內側出現嗎？

「該死。」

就在漢古憤恨地咬牙切齒時，卡努托突然跳了起來大喊：

「……師、師父？」

「卡努托？」
「師父……漂在池子上！」
「說什麼蠢話。那可是師父，牠或許想到了什麼新的修行方法。」
「原、原來如此，那應該是左手被扭斷也能做的修行吧。」
沒錯，兩人的可怕師父此刻臉朝上地漂浮於村莊中央的儲水池中。
正如卡努托所言，一眼就能看出師父的左臂被反折一百八十度，整隻手被廢掉了。
（真不愧是師父。）
老師還是一如往常地想出並實行一些驚人的點子。漢古是這麼認為的。
（真不愧是……）
接著牠看到了站在池子邊的凶手——至少看起來像凶手的東西。
那是一顆圓滾滾，有如清水般透明的淺綠色實體。是一種生物。
「……黏獸（ooze）。」
「正是。」
那東西回答了。照理來說只有少量智慧的黏獸竟流暢地發出表達意志的言語。不僅如此，牠還正在用偽足翻著看起來像是古籍的書本。
「吾乃黏獸，名為賽阿諾瀑。聽到這句話，懂的人就一定明白了。麻煩請帶我到那個人的面前。」

「開什麼玩笑。給你自行選擇未來吧，看是要成為我淺步漢古的刀下亡魂，還是立刻滾出去。二選一！」

「大哥……！」

「你少說了第三個選項。」

「什麼？」

漢古連話都來不及回，就感覺到兩膝瞬間閃過一股強烈的不適感。

啪嗒，隨後才傳來書本落地的聲音。

——好快。快過頭了。連神經的反應速度都跟不上。

賽阿諾瀑……照理來說屬於行動遲緩種族的黏獸，已經擦過漢古出現在其身後。

漢古連轉身望向對手都辦不到，只感到一股冰涼的寒意。沒有外傷。但牠知道自己彷彿被看不見的尖錐刺中，膝蓋韌帶被精準地截斷。

卡努托大喊：

「大哥——！」

「……從第一步的重心就看得出來，那是偏移中心的套路。往左前方斜走兩步，往右一步。混淆我的防禦方向，以左爪奪命。我的推斷沒錯吧？」

「怎麼可能！」

往左前方斜走一步。漢古只做到這個動作而已。

對方的速度快得不像黏獸。而且牠只觀察一步的移動，就看穿理應只存在於漢古腦中臨時規劃出的戰鬥流程。

漢古只能確定自己的膝蓋遭受到攻擊。然而除此之外，對方用的究竟是何種招式？是讀心術，還是預知未來的能力？無論是哪種，普通的黏獸都不可能辦到。

「我是為了實現約定而來，實現二十一年前的約定。因此道理站在我這邊。棕毛的，你要打嗎？」

「嗚……我、我也可以……！」

「——停手吧。勝負已分。」

打斷雙方的是一陣猶如來自地底深處的沉重低語。

「喔……！」

漢古立刻跪伏於地，向主殿的方向恭敬行禮。如今師父已被殺死，比牠更厲害的戰士就只剩下一個人。

除非那個人真的還活著，還能自由走動。

「真是的，受不了。實在是不懂禮貌……咳，令人傻眼的沒禮貌混帳。」

從陰暗的主殿現身的狼鬼的身上一根毛都沒有。

乾透的黑色皮膚上滿是皺紋，身體削瘦宛如一副骸骨。其身高還不到漢古的三分之二。

即使如此，負傷的漢古……仍然拜伏於那個存在的面前。

任何在場仍具有意識的宰艾夫戰士都會這麼做。
「好久不見了，賽阿諾瀑。」
「……二十一年不見了，彼岸涅夫托。」
「畢竟老夫的身體是這副德性呢。沒辦法計算時間。」
「不需要。我會幫你算。」
彼岸涅夫托。所有宰艾夫群的戰士都是在這具傳說之人的屍骸面前進行修行。
牠們努力鍛鍊自我，期許自己不會愧對那雙身體無法行動卻嚴厲非常的眼神，以全身感受那股無言的壓力。因此宰艾夫群才會變得如此強大。
……但是，沒想到，竟然會發生這種事……
「——原來您可以活動嗎，老大！」
「吵死了。」
活神像是不耐煩似的抖了耳朵。
接著，牠對遠比自己低等的黏獸說道：
「有何要求？」
「現在，在這裡和我決鬥。」
彼岸涅夫托。
曾經有一支向這個世界上首位「真正的魔王」發起對抗的「最初的隊伍」。

參與挑戰的七人中，可算是倖存者的人僅有兩位。星圖羅穆索、彼岸涅夫托。

（——既然如此。）

既然如此，打算與那個活傳說站在對等的高度進行決鬥，太過異常的這隻黏獸……

究竟是何方神聖呢？

◆

「……此刻仍有意識的人。」

涅夫托帶著不耐的態度說著。

「你們還有未來……我希望你們還有未來。」

牠的雙手拿著形狀猶如將一面沉重的圓盤劈成兩半的武器。外觀狀似斧頭，不過造型極為原始，只在圓盤內部嵌著握把。它不只是創造出宰艾夫群所有招式的武器。能夠以這種原始雙斧發揮出十全武藝的戰士，除了開山祖師涅夫托以外別無他者。

「應該不會有人愚蠢到……在開山祖師展現武藝時還敢睡懶覺吧。」

宰艾夫群的所有人都不允許自己失去意識。

因為彼岸涅夫托要戰鬥了。

賽阿諾瀑也集中意識、專注精神，雙方已經進入肉搏戰的距離。

「對下盤使出掃踢——」

就在賽阿諾瀑低聲說著的同時，初始的狼鬼踢出一記緩慢的掃堂腿，掃向黏獸的「腳」——接觸地面的部位。其動作清晰可見，但觀眾注意到的時候招式已經完成了。

賽阿諾瀑微微抽身，避開攻擊。必須在涅夫托出招前脫離攻擊的軌道。涅夫托的招式沒有一絲一毫的多餘之處。

看到起始動作才躲避就太晚了。賽阿諾瀑已經準備好應付下一招。

「——乍看如此，實則維持轉身速度，揮下背後的斧頭。而且是——」

涅夫托的動作還沒結束。只見牠從背後甩出斧頭發動奇襲，企圖劈開才剛躲過攻擊的賽阿諾瀑。圓盤狀刀刃厚重粗鈍，此刀是設計用來猛力劈砍。

漢古的薙刀也是如此，那就是宰艾夫群流派的核心——亦矛亦盾，傳遞自腰部至手肘發出之扭身力道的武器。

「二連擊。」

啪啪。兩道有如拍打水面的聲音。

在一次轉身之中從左右兩側揮出的斧頭不知怎地只滑過黏獸的表面，沒有造成傷害。

反擊的撞擊聲響起。黏獸似乎看準了轉身動作結束的那一剎那，以迅雷不及掩耳的速度打出交叉反擊。

削瘦的狼鬼如樹葉般彈起身。牠也沒有受傷。

涅夫托的落地處的地面刻著如水波般複雜奇異的幾何學軌跡，暗示著牠承受攻擊時使用的神祕技巧。驚人的衝擊力道完全被抵消了。

「你在這場決鬥中只用那點實力是對的嗎，『彼岸』？衰老的力量對我是行不通的，使出全力攻過來吧。」

「這種話應該是老夫來說才對，黏獸。你以為這點歲月就會讓老夫老化衰退嗎？」

「你展現出的身法卻不是那麼說的喔。」

「呵、呵……你還不知道生術的精髓吧。」

在萬分緊繃的緊張氣氛中，宛如來自地獄的低沉聲嗓織出了詞術。

「『涅夫托(weft)的鼓動聽令(wogm)。灰煙回歸於冷滴(wymuf wonffeer)。淺淡新綠(wwrhey wat)。陽光逆軌(wengefhornef)——循環吧(wutzeiheart)。』」

賽阿諾瀑沒有趁著詠唱詞術時的明顯破綻發動攻擊。不知道牠明白那是沒有意義的事，或是了解被引誘上鉤只會導致敗北。

……最重要的是，對方若不出盡全力就沒有意義。牠必須打倒那樣的涅夫托。

「老大！」

「老大……！」

「吵死了。」

狼鬼們感到畏懼，本能地發出呻吟。

那副模樣依舊骨瘦如柴，幾乎與先前無異。不僅如此，取回正常的生命活動後，牠的皮膚變得如老人般鬆垮。看起來更加衰弱。
只看外表是如此。
但是牠散發的鬥氣卻完全不是那麼一回事。牠的鬥氣比起全體宰艾夫群戰士的總和還巨大。
淺步漢古望向卡努托，擔心自己的小弟會不會就此斃命。牠的擔心雖不中亦不遠矣，卡努托已經垂著頭，口吐白沫昏過去了。
「老大……！」
……那不是顯於外的生命力。皮膚、內臟、味覺。牠將戰鬥中用不到的所有機能移去控制與強化內在的肉體。
「最初的隊伍」成員之中，終極的不死生術師。
彼岸涅夫托將二十年來動也不動所蓄積的生命力在體內進行循環。
「如你所見……從現在開始到數完八百一十五下的期間，你就把老夫當成那時認識的彼岸涅夫托吧。」
「──那我就傾注全力，殺你五次。」
「呵、呵，不死者一次也不會死──」
「颼」的一聲。
黏獸的圓滾滾軀體悄然無聲地在地面上滑行。
牠抓準涅夫托踏步的時機，在同一時間進入接觸對方的距離。

——接著，砲擊。

就在偽足貼到涅夫托身體的剎那，令人聯想到砲擊的沉悶聲響起。而且這次涅夫托沒有被彈飛。

不，是彈不起來。

宛如洶湧而來的海嘯將所有衝擊力道轟向大樹。若非涅夫托具有超乎尋常的武藝，牠的四肢五體恐怕會被這股威力炸得粉碎。

然而，儘管遭受衝擊的大樹承受了破壞性的威力，卻展現出難以置信的動作。

力道從被粉碎的脊椎傳至左臂，迴轉、彎曲。

硬要形容的話，那是一陣噗滋噗滋的聲音。

黏獸八分之一的體積在轉瞬之間就與地面一同被轟散。

兩道速度其快無比的連續迴旋攻擊製造出了那樣的聲響。

「……咳！」

「……！」

雙方腳步蹣跚，從猛烈的對打之中重新站穩身體。

同時宣告了招式名：

「『循環吧（wutzeiheart）』——雙斧『瞼』。」

「『八極貼山靠』。」

涅夫托用一句話就瞬間接合了骨架。牠果然是「故意承受」剛才的那一擊。賽阿諾瀑之所以無法架開如此沉重的攻擊，是因為對方挨了普通生命體應該即刻斃命的攻擊後，還超乎尋常地打出了反擊。

涅夫托的生術具有如此高速的治癒能力，不會造成任何肢體異常，也不會產生休克症狀。在任何人的眼中看來都超出了理解範圍。

不過，賽阿諾瀑剛才使出的招式也是屬於超乎凡人理解的武術體系。

「沒看過的招式呢。呵、呵……那就是你這二十一年來累積的力量嗎？」

「沒錯。就是這段年月之中，我在沙之迷宮裡學習鍛鍊而來的。」

十幾年來，未曾有人族抵達沙之迷宮。

狼鬼牠們也對迷宮中存在著什麼東西毫無半點興趣。

那麼，若是那個地點「早已有人居住」了呢？

如果有某個存在一步也不曾踏出迷宮，專心埋首於吸收那些價值連城的知識——

「第一本花了我兩年……但我全部學會了。」

——這個世界的知性生物留下文字，解讀文字的能力並不強。

即使過去有幾位「客人」試圖讓統一的文字在這世界扎根，然而民間至今使用的仍是簡單的教團文字。

就像「彼端」之人無法運用詞術真正的力量，對活在一個眾生皆有各自相異的語言體系，卻能互相溝通的世界中的生物們而言，讓系統性的文字語言在此扎根就實用度來說是一項極為困難的概念。

即使古代的「客人」將他們的超凡知識記錄於書本，能解讀的人也只有拿岡學者那類極少數的知識階級。

理應只有微量智慧的原始變形生物卻做到了。

「——真開心。你的執著令人佩服啊，賽阿諾瀑！」

「我比你還強！」

空氣發出「嗡」的一聲。那是雙斧迴旋的聲音。

涅夫托以全盛時期的體能使出無法迴避的武技，簡直如虎添翼。

賽阿諾瀑挨了那招二連擊，被削去沒有固定形體的肉體。但牠仍未失去黏液體深處的核心，繼續進行迴避。

挨招，架招。肉體被砍散。

牠對準暴風中的空隙打出一擊必殺的刺拳。狼鬼在被擊中的前一個瞬間扭身，移開對手瞄準的內臟位置。乾燥的皮膚與血肉碎裂，沒有對性命造成大礙。雙斧從死角逼近，賽阿諾瀑試圖迴避。

就在這個瞬間，狼鬼踢出一腳企圖踩碎黏獸。

黏獸沒被踩碎。朝涅夫托腳底擊出的偽足，反倒製造了直衝其腰、震碎身軀的衝擊。

又看穿了。

在這場連呼吸都沒時間的戰鬥中，牠預判了對手的下兩步。

「『冷勁』。」

「……『循環吧（wutzeiheart）』。」

如此精通拳腳功夫，身為「最初的隊伍」成員的彼岸涅夫托，為何會讓對手結結實實地對自己打出反擊呢？

即使是修行未深的淺步漢古也能做出遲來的結論。

（因為牠沒有四肢啊。）

——這是難以令人認同的事實。世上竟有如此可怕的武術家。

賽阿諾瀑出招時，看不見其步法。牠的整個接地面都是對大地施力的腳，能夠不受兩條腿的限制踏向超乎預測的方向。

牠施展打擊的手臂沒有關節。由於那些手臂宛如流體，不存在任何可動範圍的限制，也不會產生即將出拳的徵兆。

彼岸涅夫托一直都只能依靠已臻神域的第六感，在這場驚人的格鬥戰裡苦苦追趕對手。

在這場戰鬥發生之前，又有誰知道低等的黏獸身體裡蘊含了那種可能性呢？

在漫長的歷史中，能夠發揮此種可能性的黏獸毫無疑問只有賽阿諾瀑。

究竟得抱持什麼樣的執著，才能完成如此的修煉？

「呵、呵呵呵……了不起……那個礙手礙腳的小傢伙竟然成長到這種地步了……」

「……擲出左手斧頭，當我揮開時，再補上一踢——」

「啪」一聲，黏獸瞬間被轟飛。撞碎了後方的二樓石牆。

在場沒有任何人看得清楚賽阿諾瀑揮開斧頭之後被一腳踹飛的過程。出招速度與剛才屬於完全不同的次元。

「——我的推斷沒錯吧。」

賽阿諾瀑是變強了。然而常人所不能及的「最初的隊伍」更在其上。

長久累積的生命力緩緩在體內循環，彼岸涅夫托藉此獲得了暫時超越全盛時期的體能。

在千鈞一髮之際從劈砍與打擊之中守住核心的黏獸啪答一聲落至地面。

「為什麼……」

「……呵、呵。我耳朵不好，聽不見喔。」

「…………為什麼……要拋下我？」

傳說的戰士沒有回答。那張滿是皺紋的臉更加扭曲，露出冷笑。

涅夫托相信那是理所當然的決定。牠必須讓賽阿諾瀑再次明白這點。

即使經歷了久遠的時間，涅夫托如今仍記得「最初的隊伍」的夥伴們，仍能回想起那些已經逝去再也不會回來之人的臉容。

……無明白風艾雷那、色彩的伊吉克、移形梟首劍勇吾。

他們有時是朋友，有時甚至是敵人。但至今牠仍能想起那些成為傳說，受到讚頌的七個名字與那些人的聲音。理念與目的各異的他們——在旅途的終點做出了僅只一次的合作，集合力量討伐「真正的魔王」。世人是如此相信的。

真相並非如此。實際上不是這樣的。

隊伍中有「第八隻」成員存在。那號人物的名字，牠也從未有任何一刻忘記過。

「我再重複一次過去的忠告——賽阿諾瀑，你的實力根本不及『真正的魔王』。」

「『賽阿諾瀑的鼓動聽令。停止的波紋。維繫連結吧。盈滿的大月。循環吧』……那是——」

黏獸詠唱了再生的詞術。不必懷疑，那和彼岸涅夫托用的是同類型的詞術。牠也學會了過去見識過的頂級強者擁有的招式。

二十一年。懷念著往日時光的人不只涅夫托一個。

「你錯了，彼岸涅夫托。無論是過去或現在都錯了。」

「……」

「……我能贏。當時……如果我在現場。我們應該就能獲勝了。我說的沒錯吧，涅夫托！我要你改變想法！」

「——蠢貨！」

涅夫托衝上前，準備再次揮出必殺之斧。

牠不過是一隻稍微有些稀奇，言語能力稍微流暢的脆弱黏獸罷了。
那是理所當然的決定，隊伍中的所有成員都是這麼相信的。
「雙斧『折磨星』！」
——被傳說拋下的牠，是抱持什麼樣的想法而持續著無盡的鑽研與訓練呢？
「最初的隊伍」敗給了「真正的魔王」。就如同之後眾多發起挑戰的英雄，他們脆弱而無力。當時人民所抱持的希望也跟著一同被打碎。
即使如此，對於牠而言……對第八隻成員，賽阿諾瀑而言——
「涅夫托，我說過了。」
那場戰鬥還沒有結束。
即使是「真正的魔王」早已被討伐的今日。
在牠的心中，早已過去的時代仍還沒有結束。
賽阿諾瀑揮出的偽足被捲入迴旋攻擊中，慘遭打散。
不對，那是偽足。牠能夠無限地生出騙取對方攻擊的手臂。強逼對手在格鬥戰中對無限的分歧做出選擇。彼岸涅夫托是在沉重無比的思考負擔之下進行戰鬥。
（老夫太躁進了……）
失手了。
神經強化到極限的涅夫托已能預測直到最後一步的戰鬥流程。

伸長的偽足搶先踩住牠踏出的腳。不給牠在承受接下來的一擊時有彈起、逃開的機會。牠揮出的另一把斧頭被扯離原本的攻擊方向，沒有擊中對手的要害。

在這個時間點，賽阿諾瀑動用了三隻手臂。

對黏獸來說，那還不是極限。

第四隻手臂此刻觸碰到涅夫托的腹部。

「——我說過要殺你五次了！」

「簌」一聲的震動傳遍狼鬼的體內。

黏獸就像是用摩擦製造打擊，朝著與重力相反的斜上方推出手臂。

強烈的打擊聲並沒有造成爆發性的加速度運動。

因為那股衝擊全灌進了肉體的內部。

「咳嘔——！」

彼岸涅夫托吐出了大量灰褐色的液體。

那招必殺一擊至今從未出現過——牠知道賽阿諾瀑剛才都在手下留情。

牠吐出的是液化的內臟器官。

「把腦都吐出來吧，『嘯液重剄』……」

「『循環（wutzeiheart）吧』……」

涅夫托也明白，在之後的攻防裡，反守為攻的那一刻永遠不會到來。

「『底掌』！」

「吼嗚……『循環吧（wutzeiheart）』。」

賽阿諾瀑仍然站在極近的距離。

而涅夫托則是不斷使用超越極限的生術進行恢復——

「『螺旋手刀』！」

「『循環吧（wutzeiheart）』……」

「『連環腿』！」

「……『循（wutze）』——」

「『十三步』！」

「…………………」

赤紅的太陽即將沉入地平線。

就在那天，宰艾夫群的戰士們目睹了兩個難以置信的光景。

真正的傳說，彼岸涅夫托能活生生地行動。

以及那位涅夫托……遭到來訪的一隻黏獸壓制，最後潰敗。

「……我今天就是來實現約定的，彼岸涅夫托。」

在帶著砂粒的風中，那隻生物如此說道。

牠打倒了自己的認定中，確實是過去這個世界上最強的一人。

「就是我會變強……總有一天能超越你。」

——「真正的魔王」已經不在了。

經歷二十一年的鑽研磨練後，牠本欲打倒的對手已從這個世界上消失。

賽阿諾瀑從兩大月前造訪迷宮的一隻鳥龍（wyvern）口中聽到了那個事實。

涅夫托為了守護他們放走的這隻黏獸，不讓外界發現牠而在沙海中建立的聚落也已經失去了意義。因為賽阿諾瀑離開了沙海，沒有因為挑戰魔王而死。

這是所有的一切都早已結束的時代。

「……了不起。」

臉朝上躺在地面的狼鬼始祖露出滿臉的笑容。

牠看起來正在品嚐愉快的敗北，同時一併享受著失去的歲月。

「……」

還能活動的宰艾夫群戰士們爬向牠，打算將體力透支到極限再也動不了的牠扛起來。

縱使淒慘地敗北，即使那是從一開始就輸給「真正的魔王」的勇者，彼岸涅夫托仍是牠們最尊敬的武術老師。

對賽阿諾瀑也是如此。

「——我該擊敗誰才好？下一個是誰呢？我該怎麼做，才能收回那天的後悔？」

「黃都。」

涅夫托回答。即使在與外界隔絕的這個聚落，那個傳言也傳過來了。

……據說，真實身分不明，打倒「真正的魔王」的那位勇者即將在那場王城比武大會出現。

「去黃都吧。如果你相信自己能戰勝『真正的魔王』……接下來就讓世人見識……你也能擊敗打倒『真正的魔王』的人。」

「……」

「賽阿諾瀑，你有別名嗎？」

賽阿諾瀑稍微停下腳步，回答：

「……沒有。自從和你們展開旅程的那天開始，我的名字就一直只是賽阿諾瀑。」

「這樣啊。」

涅夫托坐在弟子們扛著的轎子上，露出了笑容。

即使長滿皺紋，衰老得看不出昔日的相貌，牠的笑臉還是與那天一模一樣。

「從今天開始，你就自稱『無盡無流』吧。」

賽阿諾瀑沒有向師父回頭。

牠拾起落下的書籍，開始尋找下一個自己必須打倒的對手。

——因此，牠只是頭也不回地答道：

「……感激不盡！」

此人窮究各種已然逸失、數量龐大的「彼端」武術。
此人不受打擊、拋摔、鎖喉所傷，具有無法預判的無限戰鬥選擇。
此人可使出一般身體構造無法辦到，正可謂必殺的打擊。
牠是無人不知其偉業的「最初的隊伍」之中，未嘗敗北的最後一隻成員。
格鬥家（grappler），黏獸。

無盡無流賽阿諾瀑。

二◆荀卡歇沙海

在熱沙之海背對著太陽的逆光之中，浮現一位獨自行走於沙上的人類輪廓。

那個男人揹著小木箱，脖子上還用皮帶掛著奇異的儀器。

看起來有些肥胖的圓臉覆蓋在防曬用旅行裝扮的頭巾底下。那是先前遭到狼鬼襲擊的商隊成員之一，不過他完全被其他撤回城鎮的集團成員拋下了——整個商隊中，只有他沒有從遭受襲擊的地點折返，因為他的目標是「另一個方向」。

「呼……哎呀，這種氣溫真的很不妙，會死人啊。我的體力還撐得住嗎？」

雖然他幾乎習慣似的打算用手帕擦拭額頭，冒出的汗水也一下就被乾燥酷熱的空氣蒸發。

「早知道就不來了。不但沒辦法取材，商隊也被搶劫了。好久沒遇到這種失敗狀況啦。」

「……那隻黏獸待在這種環境會不會有事啊？」

原本以為他在自言自語，卻有人出聲回答他。那是背上木箱裡發出的聲音。

這個荀卡歇沙海是通信機電波傳遞不到的偏僻之地，矮小男子揹著的箱子也沒有足以裝進小人的空間。看起來十分異常。

「雖然我也不是非常清楚啦，黏獸似乎和動物的排汗系統一樣能以汽化熱降低細胞溫度。但以黏獸來說，那種調節機能不是自動的……無法適應乾燥地帶氣候的黏獸可能撐不到半天就會乾透。那隻黏獸是怎樣我就不知道了。」

「哦～你很博學嘛。」

「還好啦，畢竟這個工作做了很久。我是專家嘛。」

「可是這次搞砸了吧？」

「哈哈哈，這行做了這麼久，難免啦。」

他目擊了那隻黏獸，那位力量凌駕於眾所皆知的「最初的隊伍」成員之上的驚人修羅。從武裝商隊遭受襲擊的地點追蹤被巧妙消去的狼鬼足跡……最後抵達宰艾夫群村莊的雪晴知道這趟取材之行只能以徒勞無功收尾。

他只能遠遠望著自己原本打算探聽情報的對象被打倒的模樣。

「……彼岸涅夫托。我晚了一步啊。」

「不是有另一位『最初的隊伍』倖存者嗎？聽說星圖羅穆索住在黃都喔。」

「羅穆索啊。哈哈哈，那個……那邊就沒辦法了。」

男子以沙啞的笑聲回答木箱傳出的聲音。在交涉或交易方面，星圖羅穆索在某種意義上很可能是比彼岸涅夫托更危險的存在——他如此確定。

「若『最初的隊伍』倖存者不行……那就應該去『最後之地』吧。真討厭啊。如果可以，實在不想去那裡呢。」

「如果不能找羅穆索，就沒有其他與『真正的魔王』相關的線索了。直接見到魔王……還能四肢健全地活著回來的人，也只有『最初的隊伍』成員而已。」

「……『最後之地』很恐怖喔。」

「最後之地」被認為是「真正的魔王」斃命之處。據說那裡潛藏著身分不明的怪物，黃都與新公國的調查隊全都被其阻擋在外。

「你知道阿立末列村嗎？是距離『最後之地』最近的村莊。那裡最近才發生很淒慘的事……不過呢，要尋找線索還是只能去那裡了。」

「你還真是軟弱耶～」

神祕木箱的聲音中多了一點傻眼的情緒。

「……當你這麼說的時候，通常還是會做吧，雪晴。」

「哈哈哈，差不多啦。」

英雄與傳說人物互相爭鬥、黃都逐步支配人類世界、世界的轉捩點。能以壓倒性的力量制止那種時代劇變的乃是誰也不認識——同時誰也都無法遺忘的一種恐懼。

這個世界上，有著企圖調查「真正的魔王」底細的人物存在。

「畢竟我是專家嘛。」

——男子是「客人」，其名為黃昏潛客雪晴。

三◇不言的烏哈庫

這天是對於這座阿立末列村而言難得降下一場大雪的隔日。

打開大門，就能看到濟貧院的廣場被一片未曾見過的閃亮雪白覆蓋。在上了年紀的人眼中，那副雪景實在刺眼得難以直視。

即使在今天，我仍能回想起那天所發生的事。

我在太陽升起前就起床了。不過當時雪白的庭院已出現了一條路。那是一條挖開雪地而成，通向遠方村莊的道路。

包含山人與巨人(gigant)在內，我見過形形色色的人。但就我所知，具有如此的毅力與力量，而且願意穩健踏實地進行這項工作的人只有一個。高高堆起的積雪厚度恰恰彰顯了此人的奉獻有多麼深厚。

當我獨自走在挖向村莊的道路時，就看到那位正在返家途中有著灰色皮膚的大鬼(orge)。

烏哈庫。是我唯一的家人。

「——啊，謝謝你，烏哈庫。你不冷嗎？」

我經常向烏哈庫搭話。
直到現在，我仍不曉得這麼做是否正確。
往回走的牠正抱著一頭小白狼，抱著緊閉雙眼正在發抖的小小生命。
「這樣啊……你找到這東西呀。真了不起。如此一來，害怕野狼的人一定就能安心了。」
我讚揚牠正確的舉動，從那隻大大的手中接過了幼狼。
……然後將其砸死在石階上。

我還記得那副破碎的腦殼流出溫熱的血液漸漸融化白雪的畫面。
因為烏哈庫當時的眼神直到現在都還留在我的腦中徘徊不去。
——我一直在思考，為什麼烏哈庫會如此悲傷？

消滅遲早會襲擊人類的野獸之子應該是理所當然的行為。
這世界上的任何人都會做出這種事，而不是給予慈悲。
畢竟那東西……與獲得詞術祝福的我們不同，是沒有心的野獸呀。

◆

與烏哈庫的相遇，是在一個空氣乾燥的季節。

在禮拜的時間接受阿立末列村的村人諮詢應該就是整件事的開頭。

「……神官大人，環座的庫諾蒂大人。請您代替沒有力量的我等，賜予村民詞術的護祐。」

「好的，只要是能幫助聚集於此的鄰人，這是應當的本分。方便詢問詳細的情況嗎？」

「道路經過的森林裡出現了大鬼。那是有著男人兩倍的身高，會吃人的怪物。我們打算從村裡召集勇士，明天一早就前往討伐。庫諾蒂大人……能請您以『教團』詞術的神力，保佑那些命不該絕之人的性命嗎？」

當然，「教團」的神官們刻苦學習詞術，是為了宣揚詞神帶來舉世共通語言的奇蹟，不是為了將那股力量用在爭端或保護他人之上。

但我沒辦法對尋求拯救的信徒講述這番道理。在「真正的魔王」的時代，所有活著的人都逃不過流血與爭鬥，任何人都得將行善的力量用於戰鬥上。「教團」的人也不例外。

黑暗的時代在這個距離魔王死去的「最後之地」最近的村莊刻下了深刻的傷痕。神官們在「真正的魔王」帶來的爭鬥與混亂中死去，讓濟貧院熱熱鬧鬧的孩童嬉鬧聲也從此消失，院裡變得悄然無聲。只剩下我，我成了這個小村落的教會裡唯一剩下的正式神官。

對信徒而言，我這個貧窮的老太婆是他們內心的唯一支柱。對我而言，他們的存在應該也是維持我自身信仰的唯一光芒吧。

「我明白了。我不知道這把老骨頭是否能如你我的願，幫助大家。但只要能提供你們些許的安心，我就沒有不去的理由。」

「啊啊……感謝您，感謝您，庫諾蒂大人。」

大鬼。在鬼族中身型最龐大，力量最強。是可怕的食人怪物。

小時候，我曾近距離看過那種生物一次。在玩爬樹遊戲的森林裡，有著紅黑皮膚的巨大怪物從我們的腳底下經過。那東西充滿了從樹上也能清楚感受到的憤怒與飢餓。如果牠發現了我們，我們所躲藏的大樹就會被那粗壯的手臂輕鬆折斷吧。

目擊到那隻大鬼的嘴角掛著某種東西時，躲在我身邊的朋友低聲說著，那可能是兩天前就沒有回村的獵人喬庫沙。我……身處於首次對死亡感到的恐懼之中，只能默默望著孤獨的獵食者消失在被夕陽染紅的森林深處。

當時並非夕陽時分。明亮的朝陽照進了道路經過的森林，野兔與鹿都安穩地吃著草。

獵人們似乎都不像我畏懼前方的路，紛紛以令我吃驚的迅速動作，靈巧地跳過倒在地上的樹木或小溪。

至於我，豈止想追上他們，光是不讓自己的腳陷入柔軟的泥土中而跌倒，就已經費盡力氣了。

「大鬼的智慧程度很高。」

獵人中有個人曾經如此提醒夥伴。

「牠可能埋伏於途中。我聽說有些傢伙會從樹上跳下來偷襲。」

無須他的忠告，獵人們各個都全神貫注於周遭環境，保護我這位神官，避免我接觸到危險。

因此最先發現目標身影的不是我，而是他們其中一人。當我順著發出警示的獵人們將視線移過去時，就看到一隻坐在大樹下的灰色大鬼。

大鬼背對著我們，似乎正在吃什麼。

牠的體型比那天看到的紅色大鬼稍微小一點。但即使是坐著，其高度也比我們任何人還高。牠的身邊隨便地擺著一根老舊的木棍。

「由我先發動攻擊，我會用那棵大樹做掩護。其他幾個人繞到後面，等那傢伙躲到樹後時解決牠。庫諾蒂大人……可以請您在那傢伙衝過來時，用詞術保護我們嗎？」

「……沒問題。不過那隻大鬼感覺樣子有點奇怪。」

「怎麼了嗎？」

「那真的是會傷害人的大鬼嗎？」

傷害人的大鬼。當我回想起自己的話時，也只覺得那是在極度混亂之下說出的胡言亂語。大鬼這種東西，根本就與害人之物是同義。

正因如此，那句話就代表著我感受到一種連自己也無法說明的突兀感。我和村人們一樣，都畏懼會吃人的大鬼。可是當時為什麼心中會冒出那種想法呢？

「請等一下。如果讓我稍微靠近一點……」

「庫諾蒂大人！請您小心，很危險啊！」

想要確認那股突兀感從何而來而靠近大鬼，應該是一種非常愚蠢的行為吧。事後我才驚覺，那麼做可能導致勇敢的村民們為了我而跟著犧牲性命。我應該對此感到羞恥。

儘管如此，若我沒有順從那股直覺，或許就不會發現那件事。

牠吃的是樹果，不是我們所知道的大鬼會吃的食物。

事後回想起來，進入森林後我曾見到野兔與鹿。牠們看起來不像是被異常的獵食者追殺的樣子。或許就是這個沒放在心上的小細節引導了我的直覺。

那隻大鬼與我兒時遇見的大鬼截然不同，身上沒有血液的腐臭味。野兔從牠屁股旁邊的巢穴進進出出。

「……牠早就已經注意到我們了。」

牠的背影動也不動，安靜地讓人以為牠搞不好睡著了。但我非常肯定這一點。

「牠之所以沒有危害我們，是因為我們也沒有加害牠。請馬上把派去包抄的人叫回來。」

「庫諾蒂大人，但是……那可是大鬼。鬼族會吃人……！這世界打從一開始就是這樣啊。」

「即使如此，牠們也有心。」

那是「教團」的教誨。這就是為什麼詞神大人為這個世界帶來了詞術這種奇蹟。

——因為有了這種美妙的奇蹟，我們再也不會孤獨。所有擁有心的生物都是一家人。

不知不覺間，我已拋下村人，靠近至可以碰觸那隻大鬼的距離。

顏色很淺，接近白色的眼眸望向我。

我對自己的行動感到害怕與困惑，卻還是努力擠出笑容，向對方開口：

「……午安，新來的鄰居。我是前面村子裡的神官。我環座的庫諾蒂，想、想要……拯救你。」

想要拯救你。真正需要拯救的究竟是牠還是我呢？

對方沒有回話。大鬼並未加害於我，也沒有無視我……只是坐在那邊默默不語。

縱使我繼續說下去，牠也僅以沉默與那個眼神回應。

大鬼打算伸出手，卻又立刻放了下來。

簡直就像我的心意已經傳達給了牠，牠卻找不到回應我的方法。

「難道……你——」

那就是烏哈庫。

身懷本不該有的身體障礙，孤獨地生於這世上的大鬼。

「聽不見我們說的話？」

◆

一開始我所做的嘗試是向大家說明這一個大月來，沒有村人失蹤，也無人提出遭到大鬼襲擊的證詞。

要讓吃人的大鬼——而且還是聽不見話語，無法為自己辯解的人取信於村民，並不是一件容易的事。雖然有鬼族融入人族社會的例子，但那些幾乎都是刀口舔血的傭兵或刺客。大鬼過著與邪惡無緣的生活——這種事大多數人都不會相信吧。

即使如此，我仍不屈不撓地說服村民，告訴村民在他們與我信奉的教義之中，無論對方犯下何種罪過，都應該對迷途受苦之人伸出援手。最後終於得到同意，將牠收入濟貧院加以「保護」——以村民的說法是「監視」。

令人不可思議的是，牠的聽覺沒有異常，只是聽不見詞術語言。

「烏哈庫。既然你至今從未獲得言語的能力，我現在就授與你這個名字吧。你就是『不言的』烏哈庫。」

不言。那是在傳說的時代，一群獲得詞神授與詞術之力而變得驕傲自大的兄弟中，一位不開口就調解許多種族之間紛爭的寡言聖者——不言的梅魯悠古雷大人所擁有的崇高之名。據說我也耳聞過其英勇事蹟，那支「最後的隊伍」的成員天之弗拉里庫大人，也是自小喉嚨便損壞，無法說話。

我們應該都明白詞術之力的本質。這項本質不是在於我們能說出什麼話，而是在於我們有著以詞術相通的心靈。

「——一定可以的。即使口不能言、耳不能聽，有一天你也一定會被接納的。」

就像那個別名代表的意義，牠沒有把天生的力氣用在爭鬥上，而是誠心誠意地幫助我，協助我完成年邁女子做不來的各種工作。

即使無法以言語溝通，我也立刻理解到牠是一位不喜歡無用爭執，能體恤他人想法的大鬼。

自從收容烏哈庫後，來教會的村民就一下子變少了。但又有多少村民知道，當有人前來獻上祈禱時，烏哈庫都會為了不嚇到他們而躲起來呢？

「你應該學習文字。既然沒辦法用嘴說話，你就必須學習其他表達自身內心的方法。」

教導無法以言語溝通的牠學習教團文字，是我這輩子從未經歷過的困難工作。

首先從銀幣開始。表達銀幣的文字、市場上使用數字的文字，接著是表示白銀的文字、表示圓形的文字。從第一步開始就是一條極為困難的道路。

用木籤沾墨水，在板子上鋪著小孩不穿的舊衣，我感覺自己似乎每天都教牠學字到深夜。

烏哈庫不會說話，但牠既不魯鈍也不懶惰，而是不斷勤奮地學習新知識。牠進步的速度令人刮目相看，牠在剛開始的三小月之中就學完我會的教團文字了。

不知不覺間，沉默的大鬼變成了我無可取代的家人。

埃娜、諾非魯特、利比耶、庫瑟、依莫斯、涅加……那群玩耍時總會打破窗戶，總是一天就弄亂修剪好的植物，常害我傷腦筋、逗我笑的孩子們，已經不在了。

與我共同學習，互相勉勵精進教團事務，時常幫助他人的神官們都已經沉眠於泥土底下。

這位出現在孤獨生活中的奇特大鬼，從某種意義上來說是我的兒子，也是共同守護信仰生活的夥伴。

烏哈庫從不吃肉，每餐都只用簡單的豆子或樹果打發。

牠總是在每個大月的第一天到森林採集自己所需分量的食物，不多也不少。

牠每天早上都一個人打掃濟貧院與禮拜堂，對詞神大人獻上無言的祈禱，再搬運柴薪及羊奶。

學會文字以後，牠就埋首於閱讀神官們留下的書本。只要我用文字詢問一條詞神大人的教誨，牠就能立刻在書上指出所在的章節。

「……你應該知道我們為什麼要學習詞神大人的教誨吧？」

烏哈庫曾救過一位摔下山崖扭傷腳的小孩。

不過大鬼的長相與模樣令小孩畏懼。住在這間教會的那段期間，烏哈庫直到最後都沒有得到牠應得的感謝與信賴。

當牠能書寫文字與人交談之後，我常常向烏哈庫搭話。就如同我們能對風或土壤說話。我相信即使聽不見，發自內心的詞術仍具有無可動搖的力量。

但那些作為是否真的正確，直到今天我仍無法肯定。

「神官乃是解除詛咒之人。透過言語……透過我們的意志，就能消除籠罩人心的陰霾。所以言語尊貴無比，詞術是我們的祝福……然而，烏哈庫。唯有你……天生不具言語的能力，雖然你的喉嚨與耳朵都沒有問題。」

烏哈庫一直低著頭。我曾聽說過，大鬼是一種情感比人類認為的更加細膩的種族。那隻紅色的大鬼也是如此嗎？在我小時候的那天，世上也存在著能拯救牠內心的人物嗎？

若能讓大鬼被認可為神官，那會是多麼美好的一件事。這世界上根本找不到任何比牠更為恭敬虔誠的信徒。

「我不知道那是詞神大人的意旨，還是某種贖罪的代價。但即使你無法言語，你的行為舉止之中仍有著希望拯救他人的意志。那是……不管別人怎麼說，都無法被改變的事實。」

我很開心。無論何時，我都從你內心的溫暖獲得了拯救。

所以你沒必要把自己的所作所為都當成罪過。

「烏哈庫，你有一顆心。是與我們沒有任何分別的心。」

無論在那個強風吹拂的日子，魔王的餘燼帶來多麼可怕的事物。

即使我的信仰在那天之後喪失了意義。

你——都曾是我的家人。

◆

如果將那天發生的事記錄下來，或許會傷害烏哈庫的名譽。

但是我很清楚，烏哈庫本人絕對不會希望我為牠說謊或隱瞞真相。而且如果要將我自己目擊的那部分真實遺留給後人，我就無法對那起血腥的事件避而不談。

當太陽偏離天頂時，些許的雲彩掛上了遠方的山影。

我在打井水的時候，目睹村莊的方向升起一絲黑煙。

「烏哈庫、烏哈庫，快看那邊！」

雖然牠聽不見我說的話，仍能從腳步聲的節奏察覺發生了什麼事——烏哈庫聽不到的只有詞術言語——於是牠立刻衝到了濟貧院的中庭。

是火災，還是狼煙？如果只是小孩子點火堆玩鬧的惡作劇就好了。我坐在烏哈庫拖著的手推車上，緊急趕往村子。

越接近村莊，路上的景象就越讓人不安。

鳥兒在森林中漫無目的地亂飛亂竄，翅膀被割裂，羽毛和肉塊掛在樹枝上。

野兔沒待在巢穴，而是呆立於道路中央痴痴地望著天空。

——我知道這種狀況。就是「真正的魔王」還活著的時候。那種若有似無，一切都變得不對勁的恐懼。

靠近村莊時，可以看到一道像被巨大指頭畫過的大量血跡，歪歪曲曲地塗抹至村莊的方向。即使我非常不願去想是什麼東西來過，或是發生了什麼事。但我無法叫烏哈庫停下腳步。因為我這個貧窮的老太婆一定能成為那些人的心靈寄託。

「庫諾蒂大人！現在不能進村！」

一位逃出來的村民驚惶失色地攔住手推車。

他的衣服被某人濺出的血及煤灰弄得骯髒無比，這說明了整件事的狀況。

「那個人……我認識！是裂震的貝魯卡！誰也打不贏她！連她也變得不正常了！魔王……果然是魔王……」

「……請冷靜下來。身受痛苦時我們應當互相幫助。我有詞術的護祐，還有烏哈庫在。到底發生了什麼事？」

「貝魯卡……是裂震的貝魯卡。是之前打算去宰掉魔王的英雄……大家都以為她死了……」

那位老工匠嘴唇不停顫抖，緊閉著雙眼。

「她還活著，沒有死。那傢伙從『最後之地』回來了……回來……還發瘋了。那已經是一頭怪物。」

我輕拍他的背，等他說完話冷靜下來後，便催促拉車的烏哈庫趕緊上路。

很快地，現場的慘狀出現在眼前。我正好撞見從村子入口就能看見的那間藍色屋頂倉庫，被從天而降的手掌壓垮、碾碎的畫面。

那隻奇大無比的手掌的主人也是高大得穿入雲霄，足以俯瞰村子裡的所有建築。

裂震的貝魯卡。如果工匠所言不假，那就是前往討伐「真正魔王」的巨人英雄……最後的下場。

據說遭遇「真正的魔王」後，還能「活著」回來的只有兩個人。

「救、救救我，救救我。我聽到了……！我又聽到那個聲音了！好可怕！救救我！啊啊啊啊啊！」

她只是發出瘋狂的咆哮，就使我的耳膜與精神受到無比的折磨。她手上那把似乎砍過自己好幾次的巨大柴刀沾滿了被砸死的村民鮮血與內臟，反射著濕潤的紅色光澤。

「『貝、貝魯卡號令於阿立末之土（bbberruka io arr）。蠢動的群影（welllin mmetttt）……救救我……鐵之起源（lllosse aanettt）。碎裂之波（nooorstems）……好可怕、好可怕……好可怕好可怕好可怕……孵化吧（uiomtestop）！』」

從貝魯卡腳下的土地竄出好幾座有如螞蟻窩的小山。

我有預感那是一道可怕的詞術，於是立刻躲到雜貨店的建築後面……然後發現烏哈庫沒有跟著我。

「烏哈庫！」

我拚命地大喊，然而烏哈庫聽不見任何言語。

牠就站在被壓垮的水車磨坊附近……接著，被伴隨駭人火焰與強光的小山爆炸所造成的破壞吞沒。

馬匹的屍體一下就被炸飛，瞭望塔的骨架遭到震斷倒塌，血液積成的水灘瞬間被烤乾，木造外牆全部因為熱浪自行燒了起來。

雖然不知道裂震的貝魯卡使用的是何種詞術，但我想那一定是從土壤中製造出某種會帶來火焰與爆炸之物的生術。

「烏哈庫！啊啊……天哪……！」

——烏哈庫安然無恙。牠站在爆炸的中心點，一點傷也沒有。

只有牠是這樣。

我不禁懷疑自己的眼睛。那裡沒有任何掩體，烏哈庫連動也沒有動。然而灰色的皮膚上連一道割傷，一點燒傷都沒有。

無論牠的身體多麼頑強，也不可能發生那樣的狀況。我認為自己還算是明白這個世界上什麼事是可能，什麼事是不可能的。

「嗚、嗚嗚……嗚嗚嗚～聲音……停下那個聲音……救救我……」

發瘋的巨人以失去焦點的混濁眼睛尋找倖存者，接著抓起半個身體被炸掉，僅剩一口氣的某戶人家的母親，塞進嘴裡咀嚼。

當巨人嚼食她本不該嚥下的物體時，嘴角流下汩汩的鮮血，她卻對此不以為意。那副景象顯示了貝魯卡陷入了多麼嚴重的瘋狂。

「快住手吧！裂震的貝魯卡！『真正的魔王』已經不在這個世界上了！讓妳感到恐懼、折磨妳的人物已經完全消失了！」

「……………………妳騙人。」

咬碎的村人骨頭割傷了她的喉嚨。巨人如此回答。

說實在的……當時我其實想逃想得不得了。和死去的夥伴們不同，我其實不是什麼信念堅定的神官。

只因為烏哈庫沒有逃，我才會強迫說服自己待在原地。

「那麼，這個聲音……在我腦中一直聽到的。我、我仍然感受到……魔王的存在……！那傢伙，還活著！」

「不對！沒有什麼聲音！我們必須與自身內心的恐懼戰鬥！即使『真正的魔王』死去，如果是懷疑一切，恐懼，憎恨，互相殘殺，那和『真正的魔王』的時代有什麼兩樣！請妳找回身為英雄的心！貝魯卡！」

貝魯卡再次開口，但這次說出的是充滿殺意的言語。

「貝、貝魯卡號令於阿立末之土……蠢動的群影……鐵之起源……碎裂之——」

「庫諾蒂號令於阿立末之風。瀑布的水流。眼之影。折斷的細枝！阻擋吧！」

必須在破壞的詞術完成之前，早一步詠唱保護自己的力術。

我們雙方同時詠唱起詞術——接著……

接著……什麼事也沒發生。

無法使用詞術——那是絕對不可能發生，令人完全無法想像的事。

並非詞術詠唱失敗。然而不只是貝魯卡沒有使土地發生變化，我也沒有編織出防護用的風之力場。我們發出的語言就只是普通的聲音而已。

我可能很難說明當時感受到的恐懼。不過……在我們「教團」的教導中，詞術就是在這個世界裡證明我們擁有心靈的證據。

當時的狀況就像我被告知那種東西「從一開始就不存在」。

貝魯卡宛如目擊令她難以置信的事物，瞪大了眼睛……然後雙腿一軟跪了下來。

「……貝魯卡？」

貝魯卡沒有回應我的呼喚，而是在恐懼的驅使之下，強行撐起了身體。

我在近距離看到那個景象。看到她越是掙扎，肩膀就越鬆脫，有些地方的骨頭被壓斷、皮開肉綻的模樣……彷彿在述說巨人這種龐大的生物本來就不可能生活於陸地上。

帶著鮮血、痛苦、恐懼的表情，貝魯卡抬起了頭。她的眼前站著烏哈庫。

「庫……庫諾蒂號令於阿立末之風——」

我詠唱詞術，打算保護烏哈庫。或是……沒錯，就像是希望說服自己，剛才的失敗只是哪裡出錯罷了。

風沒有回應我的呼喚。我的話語不只是沒傳達給烏哈庫，也沒傳達給貝魯卡。彷彿被隔絕於世間萬物之外的孤獨，成為存在於此的不爭事實。

「嗚嗚嗚，嗚嗚……呼……」

貝魯卡發出語意不明的呻吟，似乎在向人求助。

無論她想說什麼，聽起來都與沒有心靈的野獸所發出的叫聲毫無區別。

烏哈庫注視著貝魯卡，從碎裂的石牆處拾起一塊巨大的瓦礫碎片。

然後朝垂下的女巨人額頭砸了下去。

我喊出驚訝與恐懼的尖叫，發出無法組織成意義的語言。烏哈庫再舉起石頭，又一次砸下石塊。

牠就像平時那樣勤奮地盡著應盡的義務，猛砸巨人的頭，不斷地砸著——打破，砸碎頭顱。

巨人英雄在無法使用詞術，連站起身都沒辦法的情況下被殺死了。

任何一位在遠處觀望的村人都無法阻止這個行為。連我也辦不到。

「……烏哈庫？」

當一切都結束後，我才發現自己終於取回原本的語言能力。

烏哈庫沒有回答，牠活在沒有詞術的世界。

……接著，牠在這個時候開始進食。

牠就如往常一樣安靜地坐了下來，沉默地吃著巨人頭顱裡的東西。

所有人，包含我在內的所有村民，這才理解那個舉動的意義。

烏哈庫不是什麼無法吃人的大鬼。

牠只是「還沒吃過罷了」。

◆

之後的狀況就越來越糟糕了。

貝魯卡帶來的恐懼傳染了整個村子，大家都以懷疑與畏懼的看著烏哈庫。即使牠只是無端遭受牽連，即使牠是為了拯救他人……儘管沒有任何人期望如此。只要事情牽涉到魔王製造出的慘劇，人人都知道那會招來最糟糕的事態。

我抱著希望多少能拯救一些失去家人或鄰居的村民的想法而頻繁地探視村莊。卻無法解除他們心中的詛咒——下一次會出現什麼人呢？他們會怎麼死去呢……還有，「真正的魔王」是不是還活著？

村民說的沒錯。人們感到絕望而關上未來的大門，在恐懼之下四處逃竄的模樣，正是我在「真正的魔王」的時代看到的景象。

只要這種刻劃於人心的恐懼仍存在，魔王就會一再地於我們的心中復活。即使他早已死去，仍然能像過去一樣持續在未來帶來悲劇。

世界已從「真正的魔王」的手中被拯救出來了，阿立末列村正逐漸走向復興之路。這股清流如今卻被染成了汙濁的紅色。

沒有家的人帶著空虛的眼神在街上徘徊。有房子的人則是緊閉門窗，不讓他人進入。

如果有人承受不了無窮無盡的緊張與恐懼而引發暴力事件，那個人一定會被村民的私刑淒慘地殺光全家。留下的屍體則是被吊在村莊的入口。

請原諒我吧。請原諒目睹人們墮落回絕望時代的模樣卻一個人也拯救不了，如此軟弱無力的我。

任何人都相信，對詞神大人的信仰在「真正的魔王」帶來的恐懼面前不堪一擊。人們無法接受與吃人的大鬼一同居住的我。他們認為我企圖把人捉去教會，當成那隻大鬼的食物。

會有此結果也是理所當然的下場。我無法拯救他們，他們就有憎恨我的權利。

舉著火把的村民們朝教會聚集，打算處死我和烏哈庫。

——那是昨晚的事。

「殺死教團」，「殺死吃人大鬼」。我聽到了那樣的聲音。在他們心中，環座的庫諾蒂已然變成了「教團」這個形象模糊的敵人。

「烏哈庫。」

燭光之中，我在教授烏哈庫文字的書齋裡，對牠說著：

「你的所作所為沒有任何過錯，你拯救了許多村民的性命。吃掉貝魯卡的肉……那也沒有錯。鬼族本來就會吃人族的肉，那是這個世界從一開始就存在的規則。你只是因為……一直顧慮著我，才會沒有吃肉吧……」

烏哈庫一直在戰鬥，與大鬼與生俱來的罪惡與飢餓戰鬥。牠究竟得靠著多麼深厚的信仰與自制力才能做到那件事呢？身為人類的我根本無法想像。若我們之中有一人注定得死，我認為那就應該是誰也救不了，身為宗教信仰者卻毫無力量的自己。

我書寫著文字，對烏哈庫表示：

「你就穿過森林，直接渡過河川……去向其他村子的『教團』求援吧。我的信應該能給你些許幫助。我有話語的力量，我必須消除籠罩人心的陰霾……解除可怕的詛咒。」

烏哈庫接過信，微微點了點頭。然而牠攔住準備走出教會的我，獨自出門站到村民的面前。

「……烏哈庫，不要！」

我的話沒辦法傳達給烏哈庫。任何人的話都無法傳達給牠。

我們應該守護的村民發出了恐懼與憤怒的聲音。

他們各自拿著武器，朝烏哈庫殺了過去。但無論是什麼攻擊，就連射出的箭矢，都被牠一棍撥開。

彼此無法對話，連詞術都失去效果而造成的困惑在他們之間傳了開來。

開始有人害怕地逃跑。烏哈庫從後面揪住其中一人，用折樹枝的方式折斷了那個人的脖子，再回過一棍打碎了另一個村民的頭。牠光是揮出拳，就能把村民如布偶那般彎折打死。

當烏哈庫戰鬥時，該處就什麼現象也不會發生。

就像體型大我十倍的巨人肢體垮散，宛如牠不被允許存在於世上。

就像呼喚事物傳達意志的詞術失效，彷彿那本來就是不可能做到的無稽之談。

在牠的面前，這個世界上所有的人，就與失去各種神祕之力，沒有心靈的野獸一模一樣——而牠自己則是一隻只有巨大體型，只有強勁力氣的普通大鬼。

無論對手是村民或英雄，都沒有任何區別。

牠揮舞棍棒，肅穆地，勤奮地，將村民化為一灘灘血跡。

「……烏哈庫。我該怎麼做才好……我到底該怎麼做才是正確的……」

製造出那場慘劇的是我的兒子，我的同志。是我唯一的家人。

我一定是想逃離那個現實。所以獨自逃入了森林……然後就在感覺腳勾到線的時候，一支箭刺進了腹部。

——那是村民所設，用來殺我們的陷阱。

我就像一頭遭到獵捕的野獸。

我不知道有多麼後悔自己的過錯與愚蠢。這是出於害怕而拋下烏哈庫，只顧著自己逃跑的軟弱心靈所招來的懲罰。

好幾位潛伏於森林的村民拿著鎚子與木棒一步步包圍了我。我在心中下定了這次得接受命運的決心，卻因湧上胸口的恐懼而心生動搖，接著……目睹了他們其中一人突然倒下的畫面。

將武器舉向該處的村民也接連倒下，再也沒有站起身。簡直就像是為某個身處那個位置的人讓出道路。

最後當所有人都倒在地上時——一位熟人出現在那裡，我不可能忘記他。

「……嗨，老師。」

其名為擦身之禍庫瑟，是我以前的學生。

「庫諾蒂老師，妳還活著嗎？」

他拍著我的臉頰。由於來自傷口的灼熱傳遍了全身，那隻冰涼的手反倒讓我備感舒適。

雖然我有很多想說的話，但在逐漸遠去的意識之中，我只說出了這一句：

「……你長大了呢，庫瑟。」

「抱歉了。我每次都是這樣，每次都沒有及時趕上。是我的錯。」

「……」

「……別擔心。請妳等一等，老師。我一定會送妳回家。我會把所有……所有惡夢都解決掉。」

——我現在裹著庫瑟的大衣，躺在臥室裡。

雖然他為我加油打氣。不過以這個傷勢，我應該是撐不到明天早上了。

既然如此，我至少得留下一點東西……為了將我最後的想法傳達給無法言語的可憐烏哈庫，我打算留下這篇紀錄。

我一直無法遺忘那天殺死的幼狼。

我知道烏哈庫在庭院的一處角落堆了幾顆石頭，供奉著許多花朵。悼祭那隻幼狼的墓至今還在那裡。

我們所有人生來就獲得詞術的祝福。既然如此，那些沒得到祝福的野獸與我們之間，在出生之前又有什麼不同呢？

縱使無法使用言語，烏哈庫也有一顆心。牠體貼他人，忍受困難，為信仰奉獻……毫無疑問地和我們有著同樣的心靈。

我回想起好幾個從小到大看過就忘的景象。

我見過幾次拖不動貨物的馬匹遭人們以斧頭宰殺，被當成食用肉的畫面。

小孩子在玩耍中踢死小貓時，我也只是提醒他們靠近野生動物有危險。

……我們並沒有對為了自己而死的家畜付出敬意或愛情，只是當成理所當然的權力消費那些生命。

由於這是個所有人都擁有詞術，就連鬼族或獸族都能互通想法的世界，沒有詞術的生物只會被當成道具或敵人。

「彼端」的世界並非如此，這個世界或許是個非常殘酷的世界……在我十一歲那年，旅行中的「客人」對父親所說的這段話，不知為何我至今仍然無法忘記。

——那隻幼狼是不是與烏哈庫一樣呢？

牠會不會只是沒有傳達言語的辦法，但確實有顆心呢？

如果真是如此，我犯下的是何其可怕的罪過。

只要我們活在這個世上，就會一直不斷累積如此可怕的罪行。

從那天開始，身為神官不該有的想法就一直折磨著我。

詞術真的是絕對的法則嗎？

龍會飛，巨人會走，人能互通言語，詞術會化成現象。

我們認為理所當然的事物真的可以毫無道理地存在於世上嗎？

……烏哈庫。在你的眼中，沒有心的野獸與我們看起來是同樣的東西吧。應該只有你一個人能平等地憐愛萬物，與萬物對話，正視生命吧。

吃下自己殺害的生命，對你來說就是對生命負責的方式吧。

你奪去了許多村民的性命，就像我殺害幼狼一樣。

然而，那並不是你的罪過。

我們錯了。正如同不言的梅魯悠古雷那些沉溺於詞術之中，最後走向毀滅的兄弟。

以前我曾教過你。

神官必須成為解除詛咒的人。

不言的烏哈庫。從明天開始，你就把我所教過的東西全部丟掉吧。

不要被人族設下的道德標準束縛。你就按照自己的想法，平等對待所有的生命，吃下他們，活下去吧。

……我已經承受不了生存所帶來的罪惡，也不認為自己能償還對一個人而言太過沉重的罪過。

當我死去之後，你就吃掉我的肉吧。

◆

黃都第十六將——憂風諾非魯特的部隊抵達時，已是慘劇結束後的隔天早上。

襲擊教會的村民全都被砸死，咬爛。至於潛伏於森林裡的人，則是被發現變成了要害遭短劍戳刺的屍體。諾非魯特沒花多少力氣就找到了製造這場屠殺的大鬼。

諾非魯特放下老婆婆遺留的遺書。

「真好笑。」

一切都太遲了。上頭對「教團」相關事件的應對態度總是如此。即使是自己出生長大的濟貧院，隸屬於軍方的他也需要一天的時間才能拿到出發救助的許可。

「……太蠢了。庫諾蒂婆婆，她腦袋有問題吧……竟然什麼也沒對我說就擅自死掉了。」

與臉上那張輕浮的笑容正好相反，身材異常修長的劍士心中充滿了憎恨。

對故鄉見死不救的黃都，什麼也拯救不了的詞神，被「真正的魔王」玩弄的世界。

無論是勇者還是魔王，誰也沒有為死去的弱者著想。

「喲，烏哈庫。你是老婆婆的學生，那就是我的學弟嘍？……已經夠了吧，一切都無所謂了。乾脆就把一切都搞得一團亂吧。」

大鬼靜靜地面向祭壇，坐在地上背對諾非魯特。

雖然牠無法發出言語，仍然每天不斷地獻上祈禱。

「——去當勇者吧，烏哈庫。」

躺在聖堂裡的老婆婆屍體上供奉了大量的花朵。

此人在天生不理解詞術概念的情況下認識世界。

此人具有將自己眼中的現實強加於他人之上的真正解咒之力。

此人擁有身為最強人型生物，身為冷酷現實的強勁與龐大。

牠是帶著無法溝通意志的沉默，顛覆世界的前提，否定公理的怪物。

神官(oracle)，大鬼。

不言的烏哈庫。

四 阿立末列村

第二次襲擊阿立末列村的慘劇剛好發生於揹著木箱的男子抵達阿立末列村的那段時間。通往村莊的道路已被大量黃都士兵封鎖。若想繞過封鎖，只能抵達一間小小的教會，或是「最後之地」。而受到所有生物畏懼的「最後之地」，就是他的目的地。

「看來我來得不湊巧啊。」

黃都士兵於通往阿立末列村道路上來來去去。他們的行動看起來就像在掩蓋整起事件，不讓周遭的人發現裡面的狀況。

揹著木箱的記者名為黃昏潛客雪晴。

「……有股討厭的味道。」

他是一位矮小的圓臉男子。身上穿著與之前造訪荀卡歇沙海時不同的整潔服裝。

此人最大的特徵是掛在脖子上的儀器。雖然那東西像單筒望遠鏡一樣有著透鏡，不過其大型基座與蛇腹式構造都與這個世界的人所知道的單筒望遠鏡有著很大的差異。

一道奇異的聲音從他揹著的木箱中傳出，回應著他。

「畢竟似乎死了很多人呢。大概屍體都被擺在附近的儲木場吧。如果有大型建築就會改放那裡，但這種小村莊應該沒有那種地方。」

「不是那個意思，我是在說有種討厭事件的味道……舉例來說——」

雪晴看著腳邊被輪子壓出的新鮮痕跡。這條繞過阿立末列村的小徑應該很少有使用的機會才對。

「至少在兩天之內，有大量馬車經過這裡，朝阿立末列村前去。還有其他痕跡……這邊的是離開阿立末列村的『腳印』。有這麼多腳印，卻沒有一個是返回村裡的。」

「就算你這麼說，雪晴。」

木箱發出傷腦筋的聲音。

「我在箱子裡又看不到。」

「哈哈哈，我忘了。抱歉喔。是這樣說沒錯啦。我可以打開箱子讓你看看，要看嗎？反正現在不用擔心被別人看到。」

「……不用啦。所以呢，你從腳印發現了什麼？」

「很簡單啦。有大量村民徒步離村，卻沒有走回來。他們是被離開時沒有使用的馬車載回來的。」

他靈巧地操作掛在脖子上的儀器，拍攝周圍的痕跡。

「也就是說，村民在這條路的前方被殺光，屍體再被運回村裡。」

——在目前的時間點，連黃都都還沒有普及這種玻璃乾版型照相機。

只要單手就能完成對準焦距到調整光圈的操作。這是他專用的機制。但無論是將照相機拿在手上就能進行一連串攝影代表著多麼超乎尋常的絕技，甚至連他正在進行的是拍攝照片這件事，這個世界上的任何人都無法理解吧。

「……雪晴。負責處理這場屠殺事件的是一位二十九官吧。唔……我記得應該是憂風諾非魯特。他會不會就是犯人？」

「運出大量屍體的人是諾非魯特沒錯，但諾非魯特的部隊並非下手的犯人。以時間關係來判斷，鄰鎮接到發生事件的通信機通訊，部隊在一天之後抵達阿立末列村。所以屠殺發生在先。如果是他先對實行犯下達屠殺的指示，這段反應時間應該會更短才對。也就是說……雖然諾非魯特與犯人沒有直接的關聯，他卻將找到的犯人藏了起來。」

那位真正的犯人應該就在雪晴腳下這條道路的盡頭吧。繞過阿立末列村的道路只能通往兩個地點。魔王逝去的「最後之地」——或是一間小小的教會。

「雪晴，你在剛才那個城鎮打聽了許多關於教會的事吧。那裡住著與一位老婆婆共同生活的奇特大鬼……難道你早就知道是這麼回事嗎？」

「哈哈哈，沒啦沒啦。純粹是個性使然，我習慣對有興趣的話題問到底。若有機會問卻不問清楚，感覺事後會後悔呢。不過……多虧了這點，讓事情變得很有趣了。」

據說那是使可怕的巨人陷入沉默，迫使其無法使用詞術的大鬼。

——諾非魯特的部隊被派來這個黃都本國無法監視的邊境地區，積極地掩飾那場罪行。他們應該也正在對知曉不言的烏哈庫那個存在的人進行封口。如果雪晴晚一天才抵達剛才做過訪問的城鎮，那裡的居民恐怕就不會透漏同樣的消息了。

他的行動恐怕是出自個人擅自的決定。但是有什麼讓他為區區的一隻大鬼做到那種程度的理由嗎？

「——最近有一場王城比武大會。若諾非魯特打算擁立勇者，那八九不離十就是這麼一回事了。這條新聞會大賣喔。」

偶然抵達此地的雪晴獨家掌握到了尚且無人知曉其存在的強者情報。

「黃都的做法還真是一點也沒變——啊。」

木箱裡的東西似乎察覺到了什麼，壓低了聲音。

「前面有士兵過來了，那不是黃都士兵的走路方式。」

「從前面？」

對方是從「最後之地」的方向「來」的。雪晴提高警戒，注視著那個方向。

爬上坡道出現在眼前的是五位旅行商人。他們牽著裝載貨物，由一匹馬拉動的馬車。

「他們全都是士兵。別被外表騙了。」

木箱低聲提出忠告。

雪晴露出滿臉的笑容，正面迎向來人。

「午安！哎呀哎呀哎呀，我們大家都實在是辛苦啦！」

雖然旅行商人們對他那副光明正大的態度感到有點吃驚，還是停下了腳步。

「哦，你是什麼人？該不會是那個事件的相關工作人員吧。」

「是的，我是記者。黃昏潛客雪晴。還請多多關照。」

「……『黃昏潛客』！」

高瘦的年輕男子對這個別名起了反應。他向看似隊長、肌肉發達的男子報告：

「那是很厲害的記者喔。傳到我們這邊的情報有兩成都附有『黃昏潛客』的名字！」

「別激動。」

肌肉男子抬手制止興奮不已的部下。

「……這樣啊，我還真不知道遇上有名人士了。你是來採訪屠殺事件的嗎？」

雪晴明白隊長那個舉動的意義，那位高瘦部下明顯失言了。因此他打斷部下的話，避免暴露更進一步的底細。

黃昏潛客雪晴專門經手的報導多半與大規模死亡或慘劇，或是那類事件的徵兆有深刻的關聯。因為他是戰地記者。

而且他還掌握了自己放出的情報在各城市的流通情報比例。兩成。即使只算雪晴的報導比例，那仍是對戰地局勢情報需求度極高的都市。

（……歐卡夫自由都市。原來如此，是魔王自稱者盛男的傭兵啊。）

「不過我建議你別再走下去了，後面可是『最後之地』。為什麼你要往那個方向走？」

「咦？是這樣嗎？」

雪晴裝出大吃一驚的表情，搔了搔頭。

……「真正的魔王」葬身的「最後之地」。他之所以特地來到這個邊境地區，除了掌握「真正的魔王」真實身分的唯一線索就在那裡以外，別無其他原因。

「真是糟糕，我可能迷路了。畢竟我是第一次來這裡嘛。」

「哈，那還真是不幸呢。說來慚愧，我們其實也正在回頭的路上。那些黃都的傢伙老是封鎖道路，真讓人傷腦筋啊。」

（……原來如此，對方也沒完全料到會遇到其他人嗎？）

雪晴維持輕浮的笑容，繼續思考著。

迷路了——他之所以使用和雪晴一樣的藉口，應該是因為事前沒想到遇到其他人時該怎麼回答。所以才「借用」了雪晴的答案。

這位隊長之所以搶先提出問題，也是為了這點。然而更重要的是……

（……他們在搜索。不對，有點不太一樣？）

雪晴觀察著五位傭兵的視線。他的視野比一般人廣得多。

（「他們在監視」。）

「謠傳這次的屠殺事件就是從『最後之地』跑出來的傢伙幹的好事。畢竟是與魔王相關的事件，諾非魯特閣下也只能私下祕密處理。害我好不容易來做生意，卻進不了村子。」

「『最後之地』的怪物。不久前才發生過裂震的貝魯卡的事件。很有可能就是那種東西。」

私下祕密處理。包含這項形容在內，應該都是諾非魯特的部隊故意放出的情報。正因為發生過貝魯卡那件事，他們才能捏造出屠殺事件的犯人——捏造出看起來「真有那麼一回事」的犯人。

「『真正的魔王』真的很可怕。他不是早就死了嗎？沒想到死了之後還殘留這麼大的影響力，不曉得他到底是什麼樣的人呢。」

「誰知道呢。你有興趣嗎？」

「那是當然啦。誰都有興趣嘛。再說了，他真的死了嗎？」

就在這個瞬間，雪晴感受到那五個人都緊張地吸了一口氣。那是即使機率微乎其微，卻仍讓人不想去想像那種可能性的明顯反應。

雪晴愉快地說道：

「畢竟誰都沒有確認過『真正的魔王』的屍體吧？我一直有著疑問。為何大家都會相信『真正的魔王』被勇者擊敗的傳聞。搞不好他其實還活著，一直待在『最後之地』——隨時都會『跑出來』也說不定喔。」

據說在「最後之地」，有個東西會襲擊為了進行調查而進入該處的人。黃都、利其亞新公國、歐卡夫自由都市。魔王死後，各路勢力不斷派出調查隊，卻全部被神祕的襲擊者擋住，還造成為數不少的死傷。

但先不論這個事實，那個底細不明的存在被稱為「魔王遺子」，而不是被視為「『真正的魔王』本人」。

「我很確定。」

隊長露出抽搐的笑容回答：

「他毫無疑問地死了。那是不爭的事實……畢竟那東西在世的時候，局勢還『更悲慘』呢。不只是這裡。整個世界……只因為『真正的魔王』的存在就陷入了恐慌。你應該也很清楚吧。」

「……」

當然，雪晴也知道「真正的魔王」確實死了。

知道「真正的魔王」不只是具有龐大的力量，那是存在於世上就讓人感到恐懼的魔之王。

「……就算如此，我畢竟是一名記者。不能不關注這種誰也不在意的事情嘛。」

他必須確定真相。即使接近真相是多麼可怕的事也一樣，他仍得邁步踏入任何人都會猶豫再三、裹足不前的黃昏之中。因此，他的別名才會是黃昏潛客雪晴。

「魔王……啊，魔、魔王。已經被殺死了。」

五位傭兵之中，坐在馬車貨臺上的老人口齒不清地開口說道。

「……被殺死了。毫無疑問是被『無明白風』，被艾雷那殺死了。那個小鬼真的是天才。你、你知道嗎？那傢伙……被長、長槍的槍尖戳中啦。長槍的槍頭都插進去了。」

「喂，老頭子，別說了。」

隊長不耐煩地出言制止。老人的頭部左邊有道很深的傷疤。

「嘿嘿嘿，他是勇者啊……那可是真正的勇氣……『最初的隊伍』……」

「無明白風艾雷那，七位『最初的隊伍』成員之一。我從很久以前就聽過他的傳說。那位老先生是艾雷那先生的朋友嗎？」

「差不多吧。好像是很久以前的同門師兄弟，動不動就一直講那傢伙的事。艾雷那明明老早就死了……『最初的隊伍』的所有人都輸了。」

「最初的隊伍」。在那個恐懼的時代裡，最初也是最後的希望。公認世界最強的七人聯手向「真正的魔王」發起挑戰，最後淒慘地敗北。

他們的榮耀全都成了過去式。

而且最後連「真正的魔王」都在無人知曉其真實身分的情況下死去。

「……我們在路邊聊太久了。要不要坐到老頭子旁邊，讓我們順便載你回城鎮？我也想聽聽您這位傳說記者的故事。」

「不了，你的好意我心領了。其實我正準備向黃都部隊做屠殺事件的取材訪問，所以才會打算前往阿立末列村。」

隊長回了個笑臉。

「這樣啊，真可惜。」

當與他們碰上的那一刻開始，雪晴就心知肚明了。

（他們想殺我。）

歐卡夫自由都市的傭兵出現在這裡，後面則是除了通往「最後之地」以外別無他處的道路。不只是黃昏潛客雪晴，歐卡夫自由都市也在調查「最後之地」。而且他們正在監視該地，防止其他人利用情報搶先一步占得先機。

「那就在回程途中讓我聽些故事吧，『黃昏潛客』。」

說話的隊長沒動，周圍的士兵卻將手伸入懷中或袋子裡。看起來準備拔出短劍。

雪晴先發制人，突然開口說道：

「那個～不好意思。我是與貴軍有約的『黃昏潛客』！我迷了路，麻煩請士兵來帶路。呃～我人在通往教會的附近路上。」

他拿起以電線連接背上木箱的通信機發話器，對著它說話。五名傭兵停下了動作。即使有必要殺死雪晴，他們也不得不住手。

「……這裡是回頭的艾斯涅斯。怎麼回事，我們不是約好在阿立末列村碰頭嗎？士兵們也應該知道這件事才對。」

回答的聲音直接從木箱裡傳出來。在五位傭兵的眼中，看起來就像木箱裡裝著通信機接收器……此人與駐守阿立末列村的黃都部隊有採訪約定。那是為了讓他們無法在這時候動手的謊言。

雪晴的第一句話就對聲音的主人報出自己的所在位置。他們已經無法下手殺人了。

「就算您這麼說，對方既然要我往這條路走，我當然會以為是這裡啊。拜託請用艾斯涅斯隊長的權限下指示啦。不對，指揮權應該在諾非魯特閣下的手上吧？」

「別再廢話了，待在那邊別亂跑。我會找人去接你。你沒有帶其他人吧？這場作戰是機密。要是因為記者擅自亂跑搞亂狀況，我就麻煩了。」

雪晴拿著沒有任何功用的發話器，瞥了五位傭兵一眼。

「…………沒有啊，只有我一個人而已。那就麻煩你派人來接我啦。」

雪晴演完這場戲後，木箱再次恢復沉默。

他轉身面向五個人，甩了甩手。

「別擔心啦，我會對黃都保密。畢竟我們都只是迷了路吧？」

「……是啊，沒錯。謝謝你啦。」

隊長低下了頭，與雪晴擦身而過。雖然他們懷有殺害雪晴的打算，但只要那個行動有著導致他們與黃都部隊交戰的可能性，他們就無法下手。

黃昏潛客雪晴是一位靠著他自身的機智在許多戰場上生存下來的男人。

「別逼我演那種戲啦。」

木箱裡傳出不悅的聲音。

「哈哈哈，抱歉抱歉。不過感覺還挺不錯的吧？我們搞不好能成為一對好搭檔呢，『回頭的艾斯涅斯』。啊哈哈哈！」

「……隨便啦。剛才真是好險呢。」

「還好啦。不過多虧這場意外，我明白了一件事——歐卡夫也正在搜索『最後之地』。而且還企圖除掉想要得到情報的人。或許他們知道與『真正的魔王』有關的線索。哎呀，魔王自稱者盛男還真恐怖呢！剛才那群傢伙也很強，一點破綻也沒有。」

「……如果『最後之地』也不行，那就去歐卡夫嗎？如果還有什麼地方留有『真正的魔王』的線索，應該就只剩那裡了吧。」

「哎呀，該怎麼辦才好呢？」

剛才那場戲之中有另一個謊言，他並不是一個人。

還有一直與黃昏潛客雪晴共同行動的神祕木箱在場。

況且如果要前往讓過去的挑戰者全都鎩羽而歸的「最後之地」進行調查……還得想辦法與已經布署於該地的別動隊會合。

「——關於這點，得先看『客戶』的動向再做打算吧？」

五◇漆黑音色的香月

在那個剎那，麻之水滴米留的細長眼眸看到了四件事。

首先，在吧檯處附近大吵大鬧的傭兵——印象中是喊著「管他什麼契約」、「我不幹啦」。反正不重要——被人用弩射了一箭。既然這裡是歐卡夫自由都市，而且還是在「睡鵝亭」店裡發生的爭吵。不用說，雙方都是爛醉如泥。箭矢嚴重地偏離目標，打壞吧檯上的兩支酒瓶，並且朝米留這些客人的方向直飛而來。這不是什麼稀奇的事。

接下來的狀況發生在隔壁桌。他用眼角看見了一名穿著破爛衣服的男子對直逼而來的箭矢做出迅雷不急掩耳的快速反應。他稍微扭轉身體，箭矢穿過了他的胸口，而且還剛好通過心臟的位置，插在背後的柱子上。

這件事結束後，破衣男子附近的服務生才終於意識到狀況。她發出尖細的慘叫，手上的水瓶跟著滑落。可以清楚看見灑在半空中的水形成的軌跡。

但就在水瓶離開服務生的手時，破衣男子伸手接住了瓶底。他在短短的一個動作中，就將濺至半空中的水全部裝回瓶裡。

「不用再加水了。」

心臟才剛被貫穿的男子將水瓶交給了服務生。

「這個位子會有箭飛過來。」

米留的眼中也清楚地看見了從破衣之中露出的那隻手指長什麼樣子。

「——嗨，你也是傭兵？」

米留難得感到這麼愉快，他踩著輕快的步伐坐到了對面的座位。平時米留都會請對方喝一兩杯，不過對這個人應該沒那種必要。

「我是麻之水滴米留。既然你不喝水，要不要來根菸啊？」

「……不了。酒跟菸都對健康不好，我戒了。」

「呵呵呵呵，真是個惡劣的笑話——那麼你是來找工作的吧。」

歐卡夫自由都市是由魔王自稱者盛男所打造，以傭兵仲介為主要產業的獨立都市。

無論是王國與魔王自稱者的戰爭——或是人族與鬼族的生存競爭。這裡可說是介入那類小規模的爭端，不問勢力派遣戰力，藉此討生活的傭兵大本營。

這裡匯聚了情報與工作委託，可以租借槍枝火砲之類的最新兵器，還能進行平日的訓練。基於這些在傭兵業界，無法由單一個人包辦的全套專業後勤支援，從各地聚集至此的士兵精良程度與人數，在利其亞新公國淪陷的今日，已遠遠凌駕於黃都以外的任何國家。

雖說在「真正的魔王」的時代已然結束的這段時間，他們能拿到的全都是擊退魔王軍的工作，已經沒有讓傭兵選擇敵我陣營的自由。

現在也是如此。

「我是今天早上來的，正在找某個打算摧毀歐卡夫的傢伙。雖然這個國家的未來與我無關，不過那傢伙可能認識我。」

「很難說那個人知不知道呢。至少我就不知道你是哪位。」

「——『斬音』。」

他將右手擺到桌上。那是一隻沒皮膚也沒肌肉，宛如寶石般光滑潔白的人骨手臂。

「斬音夏魯庫。不過這不是真正的名字，我只是如此自稱。」

「……與其說失去生前的記憶，應該說骸魔(skeleton)與生前的人格本來就是完全不同的生物……你活了幾年？」

「活？別說笑啦。已經兩年了，『死了』兩年。老實講，別說自己，我可能連這個世界都不認識。」

米留已經確定了。當時的流矢之所以貫穿這名男子的心臟部位不是因為他沒有避開，而是他以最低限度的動作讓箭矢穿過肋骨之間的空隙。他是配合箭矢飛向自己的速度做出那種反應。

骸魔。和機魔(golem)與擬魔(mimic)一樣，他們與這個世界上自然生成的生命截然不同，是以魔之術製造的生物。在人族的社會中是比鬼族還更受人懼怕與忌諱的怪物。

不過既然骸魔與屍魔(revenant)是以屍骸為材料，那就一定存在生前的某個身分。即使靈魂與記憶不連貫，他們想找出那方面的相關資訊也是很自然的事。

也有的魔族明知那是白費工夫，仍為了填滿空虛的自我而尋求生前的記憶。

「看來你需要找個人當嚮導嘍？那個人必須和你有相同目的，具有知識，還有本事。像是我這樣的男人——不過呢……」

米留轉頭瞧了一眼吧檯。被酒瓶砸破頭的男子倒臥血泊之中，其他傭兵早已逃跑。這幾天經常可以看到這樣的景象，不是什麼稀奇的事。

「以最近的情勢來看，這裡的狀況不能說很樂觀呢。」

「……我想知道敵人的情報，那傢伙帶了多少人？」

「沒有。」

米留聳了聳肩，狹長的眼眸流露笑意。

「誰也沒帶。對方打算獨自全部消滅我們。很可笑吧？」

他的意思是——可笑的是敵人真的具有能做到這件事的力量。

這個世界目前仍是根據個人的力量左右戰鬥結果的世界。像這種超出一般規格的強者摧毀大規模軍隊的例子甚至不算少見——所有立志習武的人都為了達到那種領域而不斷鑽研磨練，其中的一小部分人將會成為新的強者。那種人物就被稱為英雄。

目前的歐卡夫正受到那樣的英雄襲擊。據說那是從很久以前就對他們的主人哨兵盛男抱有宿怨的「客人」。但出於傭兵的身分，他們沒有被告知詳情。

「來的是漆黑音色的香月。」

在短短一大月的期間裡，歐卡夫的菁英們以可怕的速度遭到剷除：綠帶的多門托、長蟲秤的因艾金、血報彈拉奇，而且全部出自一人之手。

「那就好辦了，只要看我和那傢伙之間誰比較強就行了。」

「哦，直到剛才我還認為重點是我和那傢伙之間誰比較強耶。」

「……或許是吧。」

骸魔垂下空洞的眼神，望著米留掛在腰際的武器。

那是一把沒什麼奇特之處的刺劍。在滿是凶惡的機械裝備與重型武器的店裡顯得格格不入。

「——別對我這個新人動手比較好喔。這種事應該關係到身為傭兵的面子吧。」

「我倒要反問你敢動手嗎？我們已經做好一定程度的作戰計畫，若有人攪局搞砸計畫，你恐怕會作惡夢呢。」

「我明白了。那我今天暫且先自衛就好……畢竟我是新人嘛。」

「哈哈哈，不錯。真有自信呢。如果還想打，你現在就可以加入襲擊者的那邊喔。畢竟接下來可是新時代，守護魔王自稱者的國家這種事已經退流行啦。」

「正如你所見，我是個死人。是活在過去的男人。」

就在這時，吧檯後方的門被推開，兩人同時轉頭望去。

店主在黑板上寫下表示報酬金額的簡單線條，告知眾人新的工作委託。

「你們聽著，任務來啦！上頭正在找人鞏固大橋門周圍的防禦！在第二外牆前拖住敵人，直到明天早上！報酬事前支付，敵人沒來也全額照算！這是盛男大人親自頒發的任務！有沒有哪個不肖子想接啊！」

響應店主洪亮沙啞號召的人有六位。

「今天再給我這個任務吧，我還沒賺夠妹妹的醫藥費呢。」

腰間兩側各掛著一把大型雙手劍，有著黑墨般深褐色肌膚的壯漢。其名為影隻西魯卡。

「喂喂，酬勞是不是比昨天還少啊？盛男大人的聲望會下跌喔！」

用寬沿帽蓋住整張臉，躺臥在長椅上的森人(elf)大喊著。他似乎用的是杖術，不過沒人見識過他的招式。斜紋軌跡的里佛基德。

「不用多說，我接了。」

年邁沉穩的大鬼在這群人中最資深。牠用的應該是機械式兵器，一邊調整圓盾裡的齒輪一邊回答。仰天的溫特。

「……我想確認一下條件。如果殺了對方怎麼算？」

高大的沙人(zmeu)女子手中把玩著細長的藥瓶。她是前「黑曜之瞳」的二陣前衛，趾尖震顫的巴吉雷希耶。

「那麼也算我一個。」

「我是今天入夥的斬音夏魯庫。」

兩名人類，一名森人，一名大鬼，一名沙人，以及一名骸魔。

在這個以力量衡量一切的城市裡，無論鬼族或魔族，所得到的對待都沒有差別。戰鬥，獲得成果，取得報酬。這是對當傭兵到現在的夏魯庫而言，極度熟悉又單純非常的規則。

「喲，夏魯庫。我叫里佛基德。就算用衣服遮住我也看得出來，你是骸魔吧？你是怎麼做到不吃不喝也能活動啊？」

「抱歉，這是祕密。」

夏魯庫隨便應付首先朝他攀談的森人傭兵。

「我還以為你打算拿你們為什麼不吃不喝就沒辦法動的情報來交換。」

「嘿，還真是有趣的傢伙。要不要來找點樂子啊？」

「……算了吧，夏魯庫不是只有嘴上厲害而已。我剛才看過他的動作。以那種速度，或許能躲過那傢伙的招式。」

「他明明連肌肉也沒有耶。但願如此嘍。」

森人接受了米留的調解，聳著肩退開。

夏魯庫不再開口，但是他有種懷念的感覺。他回想起在新公國當傭兵的那個時候，第一天也有個像里佛基德的傢伙來找他麻煩。

馬車很快就把他們載到工作崗位。這是一項從現在開始到隔天早上，必須持續對無法預測何時開始的襲擊進行戒備的艱難任務。
當眾人各自做著戰鬥準備時，夏魯庫也拿起自己的武器。那是一支白色的短槍。槍柄看起來像是用骨頭做的，和夏魯庫的身體一樣，慘白而光滑。
「戰力就只有我們這些人嗎？堡壘那邊不是還有不少傭兵？」
「每間店負責的防衛地點不同啦。盛男的私兵……雖然會從堡壘進行支援射擊，但不能太過期待喔。敵人是趁著夜色發動襲擊，他們也只能亂槍打鳥。若是想亂動，就得先做好遭到波及被打中的心理準備。」
「如果對戰力感到不安，今天預計還會有三位高手從黃都回來。不過……」
「喂，西魯卡，別探頭亂看。我警告過嘍。」
「……要賭嗎？賭他們能不能活著回到這裡。」
「死光了。」
「死光了吧。」
「賭不起來啦。」
歐卡夫自由都市的現況是連出入城市都會受到運氣的左右。
而且照這個樣子看來，能夠安全進城的人運氣就算相當好了。
既然如此，搭乘的馬車未受襲擊就順利進城的夏魯庫該說是「運氣很差」吧。
「……話說回來，我還沒問呢。你們之中有誰看過勇者的骨頭？」

「那是什麼？」

「我也沒聽說過。」

「那是什麼暗號嗎，西魯卡呢？」

「我連勇者的長相都不知道，又怎麼可能見過他的骨頭。」

「哈哈，說得也是呢！」

夏魯庫望向沒有回答，獨自喝著酒的大鬼。牠也搖了搖頭。

看起來夏魯庫正在追求的答案只能從今晚的敵人口中問出來了。

「——雖然沒有根據，不過我賭那些人應該能活下來。」

◆

傍晚的夕陽拉長了火焰般的深色影子。

這條通往歐卡夫的道路直到半路都是平坦地形，但接近都市區時就換成了坡度陡峭的山丘。

歐卡夫自由都市是一座建設在岩山斜坡上的堅固要塞都市。

在包覆於赤紅影子的歸途馬車中，有一群人正在聊天。

一位沙人，兩隻大鬼。包含駕駛在內的三個人全都是很有本事的歐卡夫傭兵。

「連歐卡夫都……那傢伙能埋伏的地方太多了。」

結束在黃都的工作後，他們選擇回到處於危險情勢之下的歐卡夫。直到幾天前，黃都本身也因為微塵暴的接近而陷入危機。那個威脅如今已被阻止，就算不是他們那種傭兵，選擇回到故鄉都市的人也不在少數。

「你覺得漆黑音色的香月會來我們這邊嗎？碰到那種用槍的對手，你這個劍士應該不好對付吧？」

「是啊……我記得曾經……躲過四次子彈吧。我肚子上的傷就是沒躲過的那次留下的。打中的位置很糟糕，花了一大月才治好。」

車廂裡的大鬼如此回答。牠帶的劍刀刃很短，卻有如盾牌般厚實。

牠捲起衣服，露出深深的傷痕。若是人類，那會是深及內臟的致命傷。然而對具有超厚肌肉與脂肪的大鬼而言，那甚至不是會造成牠無法行動的傷勢。這就是有著角與巨大軀體，以及與人族相比毫不遜色智力，最受人畏懼的鬼族。

「真有趣。你怎麼閃過的？該不會就是觀察對方的視線和手的動作？」

沙人眨了眨雙眼的瞬膜。明顯起源於爬蟲類種族的他們之所以被算入人族，是因為他們與鬼族不同，不會吃人。

「你打算看到對方的視線再閃？子彈飛過來可是這種——」

大鬼傭兵拍了一下雙手。

「毫無前兆突然拍掌的一瞬間喔。雖然集中精神注意就能知道那個瞬間是什麼時候，但也就只是知道而已。身體沒辦法反應過來。」

「哦，那你是怎麼做的？」

「就像平時那樣誘導敵人。例如護著頭，對方就會想打容易瞄準的軀幹。只要我一直在動，對方就會認為我停止動作移開眼神的瞬間是大好機會。要想像敵人的視野，控制對方開槍的瞬間與瞄準的位置。」

「真是的，你們這些大鬼的運動神經實在強得一塌糊塗。我還是老實點用炸彈對付吧。」

說到武器，沙人的武器遠比大鬼的龐大。奇妙的是，那把有著複雜機械構造的榴彈發射器上裝著導火線式的榴彈，那種構造的用意應該是以齒輪調整拋射角與導火線的點火位置，使榴彈在碰到彈著點的瞬間爆炸。

「……喂。」

駕駛馬車的大鬼打斷了對話。牠的感官能力遠比車廂裡的兩人敏銳。

「我聽到了歌聲。」

車廂裡的傭兵瞬間展開行動，手指伸向劍柄……或是火器的扳機。然後在濺起的血花之中停下了動作。清脆的槍聲幾乎是在同一時間響起的。

「……」

駕駛立刻以蠻力扭斷馬頭，翻倒馬車。製造出阻擋射擊的掩蔽物。

血水從翻倒的馬車中溢出。沙人與大鬼已遭到射殺。

槍聲卻只有一道。

（——鼓膜被打穿嗎？）

即使是全身包覆厚實肌肉盔甲的大鬼，也有著毫無防備的一點。可是在這種地形複雜的山丘上，是怎麼隔著馬車瞄準……而且還能同時打穿沙人的肺呢。

「答答～答～答～答答～」

歌聲越來越近了。那就像在告訴敵人自己的位置，是完全不合理的行動。

「混帳。是『客人』。是『客人』那種莫名其妙的傢伙……」

牠望著自己那把摔到眼前地上的武器。牠能用這把鐵杖在戰鬥中支撐多久呢？大鬼沒道理會輸給人類，前提是對手為一般的人類。

「答～答答……」

「我要宰了妳！」

大鬼探出身體，打算握住武器。但牠的動作就停在這裡了。

一顆子彈「繞過」翻倒的馬車，飛向大鬼前傾的頭部，擊穿牠的眼球。

◆

「答答……答～答～答答～」

清脆嘹亮的嗓音在空無一人的荒野裡織成了旋律。

夕陽中的山路上出現一道掀動裙襬的人影，還將雙手的鳥槍(musket)如畫圈般旋轉。

剛才殺光那些傭兵的存在是一位女性。她看起來年約二十五歲，披著粗獷的軍用大衣，蓋過了裙裝給人的女性印象。

「答～答～答答～答～答答答，在那焦黑的～景色中～」

「……水村香月小姐。妳經常唱那首歌嗎？」

有另一個人坐在翻倒的馬車上。那是一位年紀尚輕，看起來只有十幾歲的少年。但是那頭夾雜白髮的灰髮卻奇妙地給人一股老成的印象。

「必然將，撕裂～一切…………是啊，有什麼奇怪的地方嗎？你對我有意見嗎？」

「啊，沒有啦。我只是覺得真虧妳這十三年來都沒變呢。」

正在交談的兩人都很年輕。至少外觀看起來是如此。

「我們都沒有變吧。畢竟『客人』是不會變老的。」

「……是啊。根據我的調查……這個世界的古代王家也統治了以一代人來說長久到很不可思議的時間喔。最早活在這個世界的人全都是『客人』的說法聽起來很有可信度。」

「哦，那不會變老的原因是什麼？」

「誰知道呢。這只是我的推測……有可能是為了留下影響。」

少年交叉了手指，抬頭望向天空的方向。

泛著藍色的大月與紅色的小月。就算很多地方一樣，這點卻是與「彼端」之間的決定性差異——證明了此地位於遙遠世界盡頭的現實。

「即使妳我是超脫常軌之人，要我們這樣的人什麼也不帶就被丟到這個世界……然後對社會產生影響，得花費漫長的歲月。天賦的資質有可能會隨著歲月而生鏽衰退。就算能將技術或知識傳承給他人，也許頂多只對一代人造成影響……但就現在來看，妳和我不會衰老，至少香月小姐的技術未曾衰退。」

「哦～我是沒多少興趣啦。不過你的意思是我們之所以會漂流到這裡，是那個叫詞神大人還是什麼的打算改變這個世界嗎？」

「……正好相反。我認為原始用意是維持這個世界。這裡一開始只有『客人』。要讓他們在這個世界扎根，形成穩定的生態系，其物種原本的壽命不夠長——換言之，龍（dragon）或巨人有可能都是他們始祖的變異體……那些種族如今依然保有授與『客人』個體的長壽特性。至少我的假設是如此。」

這個世界的「客人」並非只有人類。

例如龍這種生物，不難想像是遙遠古代的超凡大型爬蟲類被送到這個世界後留下的子孫。在「彼端」的常識中不可能存在，具有智慧與感官能力的黏獸。身為植物卻能如同動物活動的根獸（mandrake）。所有的起始點應該都是某物種的超凡個體。

「彼端」的故事中描述的東西或許過去真的存在，只是被放逐到了這個世界。

在鮮少留下文字記載的這個世界，探求歷史的真相絕非易事。

「是說，你不是來閒聊的吧？竟然特地跑來這種地方。你不是忙著處理舊王國軍的相關工作嗎？那邊也要開始打仗了。而且那個微塵暴最後也沒有抵達目的地，接下來應該會很忙吧？」

「完成準備工作後，就沒有其他可做的事啦。畢竟我的工作就是閒聊。」

「你的話很難讓人相信呢。這不會對你的工作產生致命的影響嗎？」

「……就是說啊。」

少年有些尷尬地笑了。

「那麼，我打算來確認目前狀況的進展。安排工作時程時也得將支援妳的時段排進來呢。」

「進展速度大致都差不多吧。像這三隻也不怎麼強。」

黑長靴踢了踢屍體。由於浸泡於血水中，腳踝以下的皮革都變色了。

「還留在歐卡夫，值得一看的傢伙，應該就只剩麻之水滴米留吧？只要堵住人力與物資的出入悶死他們，再過一小月歐卡夫就會耗盡氣力了。」

「我要談的不是敵人的程度。以現在的狀況來看，香月小姐能不眠不休地持續活動本來就是一件讓人吃驚的事。香月小姐已經持續作戰一大月——整整六天的時間。即使具有匹敵軍隊的力量，也沒有多少人能以不間斷的注意力與集中力『持續戰鬥』。這就是為什麼軍隊要擴充眼線與人力，用數量補足這點。」

「是嗎？可是我現在就做到啦。」

她攻打歐卡夫時選擇的作戰方針不是閃電戰，而是以非正規戰鬥構成的持久戰。只靠個人戰力進行這個計畫的做法，與其說純粹是為了誇示強大的戰鬥能力，更像是背後有著超乎想像的戰略意義。

「……妳知道利其亞新公國淪陷的事吧？這個世界唯一具備空軍的強大國家一夜之間就消失了。」

「哼，八成是黃都幹的吧。那個國家從以前就一直背著我搞小動作。」

「如果我說攻打新公國的行動中，他們也動用像香月小姐這樣卓越的個人戰力呢？他們如今已經不需派出大批軍隊就能攻陷世上任何國家。不必花費購置裝備或進行訓練的資金，也不用考慮後勤補給，而且整個行動都能在敵人與自己國民一無所知的情況下完成。那是在另一邊的世界絕對不可能存在的戰場優勢。」

「……你的意思是我和黃都有關連？」

「——直到幾天之前，黃都都在傾全力防禦微塵暴對本土的侵襲。在他們不得不分出兵力迎戰舊王國主義者，又得以最低限度的行動牽制歐卡夫自由都市的情況下……如果是我，應該就會派出卓越的個人戰力應付吧。」

「你要擅自推論是你家的事。這和我的工作有關係嗎？」

「妳不覺得對黃都而言，卓越的個人戰力也等同威脅嗎？」

「……」

「在新公國的戰爭之中，領導鳥龍兵的夕暉之翼雷古聶吉死了。和我們同樣是『客人』的喜鵲達凱、駭人的托洛亞，連活了近千年的燻灼維凱翁也接連被殺……這樣的案例數量恐怕比我掌握到的還多。或許這是意圖……逐步消滅眾英雄的計畫。」

如今他們仍持續將卓越的個人戰力運用於壓制敵對勢力。因為那是可以避免消耗國力的戰爭型態。

但若以長期的觀點來看，應該可以視為他們打算將遲早對自己造成毀滅性威脅的存在從這世上抹除——「灰髮小孩」是這麼認為的。他知道那些人想要什麼，害怕什麼。

「……對於攻打新公國的人而言，那場攻擊作戰應該就是王城比武大會的『預選』。王城比武大會本身就是為了奠定黃都霸權而辦的活動。可以在開始之前，用這場比賽當成將英雄送上戰場的藉口。香月小姐也有參加王城比武大會的打算吧？」

「……」

「我的意思是妳也身處危險。妳為什麼打算獨自攻打歐卡夫？」

「……不是一個人吧，你們不是正在支援我嗎？」

「不，我不是那個意思。我只是在想，妳之所以堅持獨自戰鬥……與其說是黃都的作戰，比較像是妳故意如此為之，目的是待在黃都『監視不到的地方』。」

「你這話……是認真的？」

她瞬間舉起槍口對準少年。在飄起的長髮中，香月露出冷冷的微笑。

「如果你現在……說了什麼讓我不開心的話，我可以立刻在這裡斃了你。」

「若妳的目的是躲過黃都的耳目，我可以暗中提供幫助。」

被槍口指著的少年舉起雙手。在這個修羅橫行霸道的世界裡，他沒有任何戰鬥能力。他是基於其他類型的超凡特性而漂流到這個世界的「客人」。

「妳打算與有山盛男先生……不，是魔王自稱者盛男直接商量吧。這只是我的推測——妳開的條件是進行戰後談判時妳得在場。如果沒有黃都這個後盾，想要得到與一國之主密談的機會是很不容易的事。妳該不會想和他做什麼『客人』之間的交易吧？」

「哦～你還真清楚盛男是『客人』的事呢。」

魔王自稱者。擁有過度強大的組織或詞術之力的個人、自身成為全新種族的變異者、帶來異端政治概念的「客人」。歐卡夫自由都市的主人，確確實實就是這類超凡之人。

「歐卡夫提供包含兵器供給與一般訓練在內的軍事資源。即使偽裝成傭兵公會，其業務型態明顯就是ＰＭＣ（民間軍事公司）。要拿來當成證明盛男是『客人』的證據已十足充分了。」

「既然如此，我的目的或許就是讓我們三人齊聚，一同懷念遠方的故鄉喔？」

「好啊，到時候請務必邀請我與會。」

少年露出複雜的表情，仰望著歐卡夫的要塞。

「難道妳真的打算靠武力攻陷那裡嗎？妳對歐卡夫的示威行動已經做足了。盛男先生很有可能不等與黃都談和，就先接受與妳個人的交易。」

「說什麼蠢話。只要他還有守城的物資，就不可能接受那種交涉要求吧。況且你不是也為了打倒我這種人，製造了新型槍械嗎？」

「那原本是為了香月小姐而製造的喔。費了我好大一番功夫才能穩定生產呢。」

「喂，我是在挖苦你耶。」

剷除盛男也是香月的任務。即使有迴避戰爭的路可走，她仍然能持續製造雇主期望的戰果。這就是她被稱為英雄的原因。

「妳的目的是情報吧？盛男先生的那個位子能讓他彙集派遣至各地的傭兵送回的情報。」

「沒錯。但那個情報對你沒有任何用處。只是我個人想讓自己釋懷罷了。」

「那還真是……令人感興趣呢。如果是讓香月小姐如此在意的事，我就更好奇了。」

「移形梟首劍勇吾、黃昏潛客雪晴、哨兵盛男……漆黑音色的香月、逆理的廣人。」

「……？」

「哼，你的表情很不錯喔。這是最近出現的『客人』的名字。你都已經知道了吧。所有人，我們全都是來自同一個國家。」

以前不是這樣的。從種族的命名法則或文化型態判斷，大多數來到這個世界的人應該屬於比他們的「彼端」故鄉更遙遠的西方文化圈。

八成是在某個時間點出現了巨大的變化。香月對那個變化的真相有確切的把握，知曉導致世界走到目前這種狀況的那個大多數人都不知道的謎團。

「……或許確實有這種傾向。但比起憑幾個名字妄下判斷，我認為有必要先多花一點時間收集資料。」

「誰知道你的『多一點時間』是幾百年呢？」

香月旋轉雙手的鳥槍，自己也轉起身來。大衣與裙襬隨之飛揚。

「答～答答～答～答……」

「也就是說，妳還不打算借用我方的幫助嗎？」

「這是比商品的價格更重要的問題。畢竟我是英雄——就算只是個殺人者也一樣。」

在夕陽中翩翩起舞的她露出笑容。

「我的原則就是獨來獨往。必須對世界盡到身為英雄的責任呢。」

◆

在「真正的魔王」還在世的九年前，有一則建立於暗黑時代中，令人印象深刻的傳說。

從異世界降臨於此的火槍兵靈活地運用著當時沒人見過的兵器「槍械」，獨自一人解放了被魔王自稱者打造成迷宮的北方都市，大冰塞。

襲擊歐卡夫自由都市之人的名字，是「客人」——漆黑音色的香月。

高度足以俯瞰山脊的高聳外牆，跨過那道牆之後還有一道牆壁，後頭又有一道牆壁。牆壁與牆壁之間的空間裡，迂迴曲折的道路構成城市……而那些蜿蜒的道路上可供駐足之處，往往都暴露於中央堡壘狙擊手的槍口之下。

不僅如此，所屬此地的傭兵每個人都擁有匹敵黃都正規兵的裝備與精良程度，易守難攻。然而漆黑音色的香月是一位比任何人都擅長這種非正規戰鬥的黑暗英雄。

香月打算在不受黃都干涉的情況下達成自己的目的。而黃都則是能避免與歐卡夫進入全面戰爭狀態，還可以坐等「客人」自相殘殺同歸於盡。

漆黑音色的香月先削弱歐卡夫的戰力，黃都再以救援的名義派遣軍隊，以優勢地位展開交涉。那就是黃都的預期的構想，而且最好等兩位「客人」都死了之後再進行。

黃都企圖從世界上消滅超凡的戰力，香月對此心知肚明。

而老奸巨猾的「客人」——漆黑音色的香月如此程度的人物，也能反過來利用這種世界情勢。

香月甩了甩長髮，瞇起眼睛望向西沉夕陽的餘暉。

「灰髮小孩」將視線投向前來迎接自己的小馬車，低聲說著。

「時候差不多了。雖然有點依依不捨，還是請妳多加保重。」

「下次什麼時候能再見面呢？」

「或許再等十年——不對，應該不久之後就會再見吧。水村香月小姐，妳一點也沒變真是太好了。」

「是啊，你也還是一樣陰陽怪氣呢。」

香月微微一笑，翻身跳進向「灰髮小孩」購入的車裡。

那是以蒸汽驅動，名為汽車的車輛。為了今天的入侵作戰，必須用到不會死亡的動力。

十三年不見的少年所乘坐的馬車影子逐漸縮小遠去。馬匹蹬著地面，馳騁疾奔。

——馬。這個世界也有馬。她不禁感到一絲懷念。

這是毫無疑問延續自她的故鄉，卻有著決定性差異的世界。

「答答～答～答～答答……」

香月一在車裡擺弄著幾把鳥槍，一邊哼著歌。

夜晚就是屬於她的時間。大量配置於堡壘的槍手在黑暗與油燈的光芒中無法打中他們的目標。至少，在熟悉「槍枝」的漆黑音色的香月的概念中是如此。

香月發動了蒸汽機。她目前位於一處可以俯瞰架在山谷上的活動橋的斜坡。她乘著體感近乎直角的俯衝角度，還是以蒸汽車的行走速度衝下山。

（車的質量不會變。而且與馬不同，車輪的轉動速度也是固定的……）

這臺車上沒有裝設如「彼端」車輛的操縱方向機能，香月不需要那種東西。

（撞到凸起障礙物後，它就會順著那個角度飛起來——就像子彈一樣。）

她感受著衝下山坡的加速度，待在駕駛座中什麼也不做。

就像沒有槍手會干涉已經設定好彈道的子彈。

蒸汽車逼近了活動橋，持續急駛。對方發現敵人襲擊，以鎖鏈將橋面升起。她知道堡壘中的士兵已經架起弓箭與槍枝對準了自己。

蒸汽機沒有恐懼心，不會降低也不會提高速度。暴雨般的槍聲。以數量優勢構成的殺戮彈雨。裝設於駕駛座附近的板金裝甲能抵擋一陣子這場雨。加速十分萬全，誰也擋不住。車體猛烈地撞上了巨大的岩石，以香月設計好的角度衝上天空——再斜向翻過緩緩上升的活動橋前端。貨臺被壓爛，裝載其中的鳥槍如下雨般散落一地。

同樣被拋出車體的她在半空中握著兩把槍。

「——命中。」

彷彿從一開始就知道這場豁出性命的豪賭會成功。她翻越重重山谷，攻入自由都市。突破了第一外牆。

身處於半空中，她看到了持盾守著緊閉大門的大鬼。

正確的判斷。如果她踏進第二外牆，運用掩蔽與機動力展開戰鬥，那些烏合之眾的傭兵就毫無勝算。在剛開始的三天裡，她就是如此殺戮敵人。

「……答～答答答，在那焦黑的～景象中～」

先殺守門的大鬼。在甩出交叉雙臂的同時，兩道火藥的閃光交疊在一起。

鏗，一道高亢的聲音響起。

「……怎麼會？」

香月以柔韌的膝蓋抵消了高速度產生的落地衝擊。她相當疑惑，大鬼看起來不像對剛才的射擊有所反應。然而，目標卻還活著。

剛才的聲音毫無疑問是子彈被驚人的速度擋住的聲音。

那不是普通子彈。雖然這個世界量產的鳥槍與「彼端」史上的同型武器相比，精密度有顯著的改良——不過那子彈是以只有香月能看見的速度彎曲飛行。

子彈的軌道應該會從左右兩翼繞過盾牌，打穿頸部動脈。那不是力術。她的絕技甚至可以將空氣阻力與子彈的迴轉動作置於自身意志的支配之下。每當漆黑音色的香月擺出開槍的準備動作時，就已經做好了這種彈道控制。

「歌聲不錯，妳應該去當歌手。」

「……疊上～碰觸不到的手指……答、答。」

現場還躲著另一名傭兵。是一位身材異常纖細，足以藏在壯碩大鬼背後的骸魔。

骸魔的動作很快。沒有肌肉與內臟的他們有著不可能存在於生命體上的極限輕盈身體，而且還具備生前的技術與臂力。

（就算如此——）

她從未見過這種高強的存在。那是無法以種族差異說明，次元截然不同的速度。對方竟能在這種黑暗環境裡做出那種反應。

剛才她同時擊發的兩顆子彈並不是被劈開，也不是被彈開。而是被長槍的尖端處「壓在」地上。

（——那是多快的速度啊。）

香月有點不太開心。

「……你只打算躲在門後嗎？」

「我的工作是防禦。我有事情想問，就陪妳到子彈打完吧。」

「這樣啊，隨便你。」

有個東西趁這個空檔從旁邊飛過來。她一副理所當然的樣子翻身躲開。細長的藥瓶砸到地面，炸出刺激性的黑煙。

「漆黑音色的香月小姐。成天狩獵應該很無聊吧，今天是反過來喔。」

沙人以某種機械裝置發射藥瓶，那張蜥蜴臉上連一點笑容都沒有。正確的判斷。即使活動橋被強行突破，在這個第二外牆大門前的地點……對方仍可以指派多位高手包圍香月，製造出這種有利狀況。前提是香月對這種狀況毫無準備。

「『西魯卡號令於歐卡夫之土。霜之力。斷崖之面——』」（hilca io ocaf formia ora nel cloza）

又出現一個敵人。有著褐色皮膚的人類詠唱著詞術。

她順著閃躲的力道在地面翻滾，同時以手指的第一關節勾起兩把散落於地面的鳥槍。馬車滿載的槍枝是她布下的局。這個場地已然成為她的戰鬥領域。

轉槍，瞄準。射擊的對象不是正前方的沙人也不是詠唱詞術的人類。而是又冒出來的新敵人。

「『——停止脈動（enzeham nort）！起身吧（nazelcthuk）！』」

右方。企圖穿過煙霧殺過來的森人腿部被打穿。

之所以不是頭部中彈，是因為對方抓著鐵杖從下往上撈起的動作守住了要害。身手真不錯。

「咳……啊！」

「……里佛基德被撂倒了！」

「好快的反應，混帳……！」

使用藥物的沙人方向突然冒出一道土牆擋住射擊線，應該是褐膚人類的工術製造的防禦。如果她剛才對沙人開槍，腦袋可能就會被藏於煙霧中的森人一擊打破。

一切都是正確的判斷。

（雖然沒有意義就是了。）

她同時與使用各種戰鬥方式的對手應戰，卻仍能持續戰鬥下去。

對於漆黑音色的香月而言，那不算什麼。

狀況確實對他們有利。對方的判斷很正確，也看得出那些人對聯手作戰相當熟練。

話雖如此，香月也「很習慣」遇到這種事。即使接連做出最佳的應對方式，他們的才能也不及香月，遠遠比不上。

「答，答答～答～答～I don't believe anymore……連自己～都～彷彿要融化～」

她跟著歌聲轉著身體甩動鳥槍，賦予其離心力。

「……答！」

「喀」的一聲，出現在香月擲出右手的鳥槍之後。

下一發從沙人的發射機械拋射的藥瓶，在距離彈著點還很遠的位置就被脫離香月手中的鳥槍槍托砸中，碎裂的藥瓶散發的煙霧籠罩了沙人與人類詞術士。

她踢了一把散落在腳邊的鳥槍，隨後衝了出去。槍身在地面旋轉，滑進了黑煙之中。比起褐膚人類詠唱一節詞術所需的時間，香月的衝刺速度更快。

「『西魯卡（hilca）號令於（io）歐卡夫（ocaf）之土』……」

「答～答。」

她從煙霧中抽出左手的鳥槍。她的佩槍同時也是裝備刺刀的長槍。大量鮮血濺溼了刺刀，人類最後未能成功施展詞術。雙手劍的反擊也沒有刺中對手。

「在必然撕裂了～一切之前～」

抽回的鳥槍轉了半圈，甩向背後。揮灑的血液畫了個半圓。

後方出現一道發射聲。從守門大鬼的盾牌上射出的四支鐵釘被木製槍托擋住。大鬼的最後絕招是這個機械裝置的祕密早已被看穿。

如今她丟出一支槍，用另一支槍防禦，手中的武器都已經無法繼續使用……這時，她突然想起一開始的敵人。

（……如果那名高手，用長槍的骸魔……在這個瞬間行動會怎麼樣？）

「沙————！」

以藥瓶為武器的沙人就在旁邊。她揮出勾爪，企圖撕裂香月的喉嚨。「鏗」的一陣巨響貫進沙人的口中打穿了腦袋。開完火的香月拋下從大衣中拔出的手槍。這是她在剛才的戰鬥中未曾亮相的武器。

「答，答……」

漆黑音色的香月拋下了包含藏於身上的武裝在內的所有槍枝，就在這一瞬間。

——他掌握到了大好機會。

就是在香月背後舉著刺劍的人類。

是名為麻之水滴米留的男子。

在剛才的攻防戰中，他完美地消去氣息。銀色的軌跡刺向心臟——

「哎呀，真可惜呢。」

她以腳尖挑起腳邊的鳥槍。那是她在展開突擊前踢到這個位置的槍。

繞過腋下往後方回擊的刺刀比對方的刺劍距離更長。

「……！」

刺穿腹部，直接扣下扳機。

內臟爆開，刺劍劍士整個人被這股衝擊轟飛。

「你的功夫明明是最好的耶。」

這種突襲不可能預先得知——她只是一直待在可以應對任何狀況的位置。

香月以跳舞般的動作轉了半圈，回頭朝被殺的人露出微笑。

有四個人被解決了。她的戰鬥全都是在一瞬之間就結束。

香月挑起兩把槍，握住它們。毫髮無傷。

在這場高速戰鬥中，她總是利用敵人擋住來自堡壘的射擊。槍彈弓矢完全碰不到她一根寒毛。無論在戰鬥層面或戰術層面，傭兵們都遠遠不及英雄。

如今只剩下兩名守門者。持盾的大鬼，以及使槍的骸魔。無論還有多少陷阱或兵力等在後頭，歐卡夫自由都市的戰力仍確實地被逐步削弱。

「我是今天才被歐卡夫僱用的。」

骸魔看著米留的淒慘屍體。

「……那傢伙說過要當我的嚮導呢。雖然是傭兵之間的常見問題……但還是不太應該做這種約定啊。」

「哦？我可是先送他上路好幫你帶路喔。」

骸魔往前踏了一步。一身墨黑襤褸，宛若死神。經過某種技術處理的純白骨架。

「夏魯庫，撤退吧。」
大鬼簡短地對骸魔提出忠告。
「你應該知道吧，挑戰那傢伙就會死。」
「反正我早就死了，沒什麼損失。」
「答答～答～答～答……」
夏魯庫舉起了白槍。
「漆黑音色的香月，妳是勇者嗎？」
「……不是喔。雖然曾經被人誤會過，但我不是。」
「這樣啊。那我有一個要求。如果我贏，把黃都王城比武大會的參賽權讓給我。」
「哦……」
她把決定勇者的王城比武大會當成黃都突發奇想而舉辦的活動。攻下歐卡夫就能獲得參賽權的保證，從一開始就只是與哨兵盛男接觸的「附帶」報酬。
卻沒想到這個世界上竟有著為此提出決鬥要求的人。
「無所謂喔。隨便你。」
一對一。能和開戰時擋住子彈的那種速度較量，讓香月心中有些雀躍。
抑或者，也正如這個骸魔所願，不然他至今為何仍未出手呢？
「第二個要求。請妳現在就回答這個問題。」

「……你的臉皮比看起來還厚呢。」
「妳去過『最後之地』吧？妳是最前期前往確認魔王消失的部隊。」
「那又怎樣？」
香月觀察著夏魯庫的重心。那是準備向前衝刺的姿勢。他打算以攻擊距離最遠的突刺解決自己。
就算看見槍口的瞄準方向之後才展開行動，這位骸魔應該也能以超越子彈的速度躲開。不過等到眼睛看見才做出的反應，對香月而言都太慢了。她可以對槍身施加迴轉與慣性，射出與槍口瞄準方向無關的曲線彈道。即使接連做出最佳的應對方式，他們的才能也不及香月。
「如果魔王真的被擊敗了……妳在那邊有見到勇者嗎？如果他已經死了，那勇者的骨頭呢？如果妳有看過他的骨頭——」
通往終點的未來已經決定了。兩把槍即將同時射出筆直前進的子彈，以及繞到閃避位置前方的曲射。在長槍刺中的五步前，香月的子彈就會擊中骸魔。
「——那傢伙的骨頭是不是和我長得一模一樣？」
「抱歉喔。」
香月的長髮飄逸於夜風之中。
在這個世界上，有著生下來不知自己是何人的骸魔。
那種孤獨，想必與因為超凡才能而被放逐到異世界的「客人」的心境一樣吧。

「我沒見過你耶。」

「這樣啊。」

沙塵揚起，香月扣下了扳……

五　漆黑音色的香月

五　斬音夏魯庫

「——咦？」

槍尖已經從喉頭裡拔了出來。

夏魯庫與她之間的距離比長槍的攻擊範圍多了五步。一如超凡英雄，香月的判斷。以連子彈軌道都能觀察到的「客人」視力，也只能短暫瞥見怪異地變形伸長的左臂於剎那之中恢復原樣的那個瞬間。光這個動作就已經速度超凡。

更別說——他突刺時的速度。

（……不會吧……？咦……？）

她無法唱歌了。

香月的半邊腿頓時癱軟，一個轉身倒在地上。

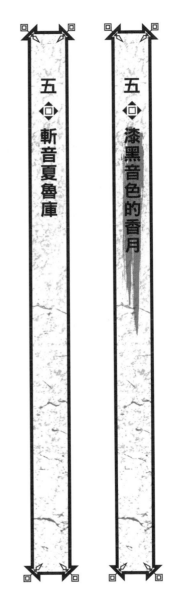

斬音夏魯庫冷冷俯視著她的模樣。無論在利其亞新公國或這座歐卡夫自由都市，他追求的東西都一樣。那就是這個世界裡勇者與魔王的真相。

或是該說，能告知他自己身分的強者。

「啊啊，這傢伙……也不對。」

空虛的骸魔苦澀地拋下這句話，走向了荒野。他是什麼人，來自何處，又為何如此強大？

這點就連他自己都不明白。

「……我是誰？」

此人具有突刺與射擊都無法傷之，超脫死亡定理的肉體。

此人不知自己的出身，卻知曉足以凌駕英雄的槍術。

此人的瞬間分離與接合，將認知攻擊距離的概念化為無意義。

他是驟然生於世上的怪異之物。地面上最快速的非生命體。

槍兵（spearhead），骸魔。

斬音夏魯庫。

六◇魔王的時代

——四年前。魔王的恐懼覆蓋了這個大地的時代。

那個地點與阻止魔王軍侵襲的義勇軍所集結的庫塔白銀市距有半天的路程。他跨越了人族的最後防衛線，立於該處。

那個男人沒有攜帶武器。

被寬沿帽子遮住的眼角下垂。那是一張看起來有點輕佻，滿是傷痕的臉。他揹著一個大木箱，裡頭似乎裝滿了旅行必需品。

這個男人不是戰士。即使他志願成為義勇軍加入防衛部隊，也沒有生還的機會。雖然有著繼承自父親的強壯體格，自小懷有成為王國第一弓箭手的野心，但他很早就看清自己缺乏才能。縱使之後不情願地改行當劍士，最後仍然發現自己不是那塊料。只為了證實自己沒有戰鬥的能力，他白白浪費了兩年。然後，時間來到了現在——

「這裡就是薩卡歐耶大橋市嗎？」

他瞇起眼睛仔細觀察，好不容易才看清楚了畫在染血指示牌上的市章。這裡本應是名震東西的商業都市。沒想到自己竟然以這種形式造訪以前曾聽聞過的城市。

「只過了短短一小月就變成這幅慘狀啊——」

……他閉上那張輕浮的嘴，因為看到路上的水車磨坊旁邊蹲著一位年事已高的女子。

「沒、沒事的。還、還活著。沒有死。別擔心喔？很快，很快就會結束了。很快……」

女子半哭半笑，口中喃喃說著讓人聽不懂的話。

她舉起鈍器般的物體，不斷毆打早已斷氣的年輕少女。

女孩伸出的腳之所以還微微地抽搐，應該是因為被打爛的大腦剩餘部分產生了誤動作。

「呼……呼……沒、沒事的。這樣一來就沒事了。好可怕。好可怕……嗚嗚……」

「……」

揹著木箱的男子沒說話也沒出手干預，逕自繼續往前走。與變成這副模樣的人扯上關係卻招來嚴重慘劇的故事，在這個時代屢見不鮮。

經過女子身旁時，他看清楚了那個人專心揮舞的鈍器到底是什麼。即使紅黑色物體的形狀變得歪七扭八，卻有著小小的手臂。女子握住的部分看起來像是腳。

（——可惡的魔王軍。）

「走向」魔王軍是一種瘋狂的行為。

在這種時候，任何人都不會想故意走進魔王軍之中。

每個人都知道防衛部隊只是徒具虛名。他們只能將瘋狂的人民與他們的所作所為逐出防衛線，並且祈禱「真正的魔王」不會哪天興致一來越過那條線。

連他也知道無法保證自己能在維持理智的情況下結束旅程安然歸來。這是一場魯莽的挑戰。

當周圍的建築密度開始變高的時候，路上出現了三四個搖晃的人影。

他們各自帶著無法稱之為武器的武器。腐爛的木材、鐵製餐具。甚至有個男子空手緊握著生鏽斧頭的斧刃部位。

「嘿嘿。嘿嘿。嘿嘿嘿嘿嘿……」

「不要……不要啊……救救我，誰來，殺了我……」

「哥哥……我、我沒有錯……這是……夢……是夢啊……」

置身於恐懼之中的倖存者感應到來訪之人的出現，向他尋求救助——至少，他們是如此認為的。

「不……要，不要啊啊啊啊！不要啊啊啊啊！」

少女發出慘叫跳到手持木材的男子身上，用叉子挖向他的眼球。她將整支叉子連柄一同塞進那個人的眼窩，邊哭喊邊執著地摧殘對方。

「……」

揹著木箱的男子沒有反應，只是遠遠地望著。介入阻止只會遭受牽連。即使對方是遠比自己弱小的少女，沒有什麼是不可能發生的。

「對不起，對不起……對不，啊——」

少女的道歉突然中斷。因為另一名男子狠狠敲了她的後腦杓。

她的脖子歪成異常的角度，卻繼續挖掘犧牲者的眼球。再次揮下的鈍器徹底砸爛了少女的頭顱。慘劇的騷動從小巷子裡引來了其他人，彼此展開廝殺。再引來其他的人。那些應該都是企圖「尋求幫助的人」吧。

揹著木箱的男子在不知不覺間屏住呼吸，看著這幅景象。

好可怕——他必須壓抑自己的這種想法。

（——原來如此。這就是為什麼沒有人來救他們。）

現場還有呼吸的人只剩一條腿被咬爛的中年男子。

（當一有人靠近，就會引發這種自相殘殺的現象。）

一條腿被咬爛的男子步履蹣跚，將兩手伸進了鮮血積成的水灘。

他用那雙手毫無意義地殺死了鄰居，自己則是瀕臨死亡。沒有人能從這種行為得到好處。

「嘿嘿。」

男子笑了。

「嘿嘿嘿嘿嘿嘿……」

他絕望地笑著，耳中聽不進任何人的聲音。

——那應該是與自己沒有任何差別的人類。應該是過著不起眼的日常生活，因幸福而喜悅，對不幸感到悲傷的人。

所謂的魔王軍，就是這種軍隊。

「……抱歉了，大叔。我不是勇者。」

「我受夠了……好可怕……我想獲得解脫……啊啊……」

即使慘劇就發生在眼前，也千萬不能涉入。他明白這一點。

但是，他仍有必要測試一次自己的力量。

「請你等一下。」

男子放下背上的木箱。從裡面拿出他常用的道具。就在此時──

「──不准動。」

那不是人。而是有如好幾個人同時開口發出的聲音。

在曾是教會的建築物屋頂上，有個異常的存在俯視著他們。雖然看起來像巨大的狼，不過那身散發蒼銀光輝的毛皮證明牠不是自然生物。

男子維持坐在地上的姿勢，舉起了雙手。

「……我沒動。」

「你打算往前走嗎？」

「是又如何，你的巢穴在前面嗎？」

「……你打算對付『真正的魔王』嗎？」

來到這個地獄的人應該不會有其他的目的。

「無論你擁有什麼手段或計畫……那都是愚蠢的錯覺。捨棄你的野心，或是成為我的食物，選擇權在你的手上。不管選擇何者……都能得到比挑戰魔王更仁慈的結果。」

「一出現就這麼沒禮貌，而且還想威脅人呢。你是黑獸(barghest)？該不會是狼鬼吧。」

說到有著狼的外型，又能理解詞術的獸族，就屬黑獸了。可是看那種巨大的身軀與四對八隻的腳，又像是完全不同的物種。

「我是混獸(chimera)，歐索涅茲瑪。」

「混獸……？胡說八道。哪有外型那麼正常的混獸？而且還會在別人遇到『真正的魔王』之前吃掉他。你想展現自己有多麼親切嗎？真是怪胎。」

「……吃掉？若你認為……我是為了吃人而待在這個地方，就那麼想吧。你已經聽到我的忠告了。」

「是啊。要是想殺我就快點動手。我可是一點戰鬥技術都沒有喔。」

男子拍了拍自己的脖子。

他絲毫沒有說謊，男子沒有任何戰鬥手段。

「……既然如此，為何還要繼續前進。的確……你的身體有著極端的耐久型肌肉。從動作來看，卻不像戰士……」

「好囉嗦的狼啊……怎麼樣，到底要不要殺？」

「我並不想做無謂的殺生。」

「呵……明明長著一副從詩歌裡跑出來的魔王樣，卻想裝成好人。我只是個詩人（bard），不過是想讓這位大叔聽聽我的歌罷了。」

野獸望向男子取出的物品。那是一種有著五根弦的弦樂器，不過歐索涅茲瑪並沒有相關的知識。

「你當自己是魔王的守門人，殺了幾位英雄呀，歐索涅茲瑪？但是，我跟那些傢伙可不一樣喔。」

粗壯的手指滑過弦的表面，奏出了音樂。

「其人正義炳著者／屍骸曠野還歸之／兩輪玄兔交相——」

「……！慢著。」

歐索涅茲瑪疑惑的聲音打斷了歌聲。

男子不耐地抬頭望向野獸。

「怎麼了？」

「你要唱歌？」

「你覺得詩人還有其他事能做？」

「你要在這裡唱？」

男子揚起嘴角一笑。從那張笑容之中，可以窺見賦予沒有力量的他這種天不怕地不怕氣魄的自信。

他繼續唱著。

「綠之時節滿朝陽／勇猛哉真王／榮耀恆常在——」

「…………」

歌聲與音樂不斷持續著。

他唱出遙遠古代之王的故事，那是連小孩都聽過的詩歌。

他所演奏的音樂傳達了這段曲子。極為單純的琴弦音色震動著人心，彷彿搖撼了靈魂深處。

美、感動——無法以如此簡短的語句表達的歡喜、悲哀、希望與憤怒，達觀、憎恨與期待……人類內心源頭的所有情感彷彿同時綻放開花。

那不是詞術也不是他的特殊能力，而是一首滋潤這片乾枯的絕望景象每個角落的歌曲。

「……」

就連一隻腿被咬爛的男子都止住了笑聲。

就像是恐懼與悲傷的波濤變得心平如鏡，男子默默地注視著他。

「……那是什麼？」

就連巨大的野獸也聽得入神了。

那是活在殺伐世界的牠在第一次接觸到，來自這個劇變世界的刺激。

「那個能打倒魔王嗎？」

「不可能吧。但為了用正常方法打倒他，已經有不曉得多少人消失了。至少得有一個人嘗試不正常的方法吧。就用我的音樂……呵。」

由於這番話太過荒唐無稽，連男子自己都笑了。

「感動『真正的魔王』吧。」

「太魯莽了。」

歐索涅茲瑪搖了搖頭。對方可是「真正的魔王」。無論那種音樂多美妙，牠打從一開始就知道那種想法是不可能的事。

「愚蠢的嘗試。你還是只會淒慘地死去。」

「這樣啊。你呢，歐索涅茲瑪？你不想成為勇者嗎？」

——我歐索涅茲瑪才不是「真正的魔王」的手下。

誰都知道「真正的魔王」不需要那種人。

誰也無法加入「真正的魔王」的陣營，因為那是這個世界上所有生命的敵人。

既然如此，牠的忠告毫無疑問是真實。等在前方的只有徹底的絕望。唯有透過死亡，才能阻止那些無意義地上前赴死的人。

「——我辦不到。正因為如此，我才會留在這裡。我……不想嚐到那些走過去的人所感受到的絕望。」

「這是沒辦法的事。連我這種笨蛋都想與『真正的魔王』戰鬥。難道你拿不出相同的勇氣嗎？」

「……」

「即使我現在不過去，以後還是會再來的。」

他站起身，揹起受傷的男子。

只有這個人受到了歌曲的安撫，鎮定下來。然而他的心可能再也沒辦法恢復了。「真正的魔王」帶來的恐懼就是如此巨大。

不過，若這個世界上存在著能稍微觸碰到那個心靈領域的力量——

他想像著一個未來。

「……別緊張。我已經達成目的了，現在就會離開。」

「目的……？剛才那就是你的目的嗎？」

「在這種危險的地點唱歌，確實是瘋狂的行為。多虧你在一旁觀看，我總算敢放膽一試。很少有人能生擒魔王軍喔。其實我之前只對眼睛被戳瞎的女孩子測試過……」

「……慢著。」

歐索涅茲瑪從屋頂上優雅地跳了下來。雖然牠身軀龐大，落地時卻沒有發出聲音。牠的身上沒有接合痕跡，根本看不出哪裡像混獸。

野獸跟在邁出步伐的男子身後。

「你的處境太危險了，讓人看不下去。為什麼一個護衛都不帶？」

「喂喂，我的歌有那麼好聽嗎？」

「……才不是那個原因。」

那是連他自己都不相信，荒唐無稽的野心。

只會唱歌的旅行詩人與來路不明的英雄殺手野獸。

或許，那會非常有趣呢。

——至少得有一個人嘗試不正常的做法。

「算了，就讓你跟到不想跟為止吧。一直待在那種地方，你也會受不了吧。」

「……我只會陪你走回城市的一小段路。話說回來，我還沒問你的名字。」

「飄泊羅針的歐魯庫托。總有一天我會讓大家做一首讚美我的歌。」

……在魔王遭到討伐的兩年前，有位名為飄泊羅針的歐魯庫托的男子。

那是個黑暗的時代。他不過是被「真正的魔王」殘殺的眾多犧牲者之一。像那樣的人要多少有多少。

他沒讓拯救心靈的歌聲響遍世界，也沒在歷史上留下自己的名字就死了。

但是……

七◇魔法的慈

過去曾有座被稱為庫塔白銀市的城市。那是位於東西交通要衝，以觀光業為主要產業的繁榮大都市。那股活力與今日的黃都相比絲毫不遜色。尤其是商業區。因為每次造訪該地都會出現新的建築，又被稱為變形之城。

現在的它有另一個名稱——「最後之地」。

「……竟然是小鬼（goblin）？」

出現在破敗城寨遺跡的交易對象讓厄運的利凱相當疑惑。

醜陋的血盆大口、矮小的身軀、枯黃的皮膚、尖細的耳朵。那是小鬼——看起來就是如此。

他在站起身的同時拿起愛用的短弓。這個房間原本是士兵的休息室，床的旁邊能擺放武器。

「站住。我是厄運的利凱，你的別名是什麼？」

「……你很謹慎呢，雖然沒有這種戒心就無法成為出名的傭兵。我毫無疑問就是『第一千零一隻』，第一千零一隻的基其塔．索奇。還請多多關照。」

令人驚訝的是，那隻小鬼竟然也能流暢地說話。

小鬼。根據利凱從父親與祖父那邊聽來的說法，那是在「真正的魔王」出現之前橫行於世界上的種族。野蠻且繁殖力高的小鬼經常侵犯人族的領域，威脅其安全。作為文明化的必經之路，牠們與鳥龍一同被列入了主要消滅對象。

以結果來說，個體強大可在空中飛行的鳥龍得以存活。另一方面，空有數量，智慧程度卻很低，對簡單的水攻火攻都很脆弱的的小鬼從某個時間點開始就從世界上消失了。

「……第一千零一隻的基其塔・索奇。我和你的交易往來也不是一天兩天的事，但之前的中間人都是人類啊……難道有人類正在協助小鬼？」

「你說呢？要說有人類與我合作，利凱先生您這位山人也算是我的合作對象吧。不露面就能交易的方法想要多少就有多少。不露面的戰鬥方式也是一樣呢。」

「是啊。然而你今天卻出面了。」

「畢竟利凱先生出了不少錢僱用我，我也得展現相應的誠意才行。還是說你討厭小鬼？」

「……」

利凱吸了口氣，坐回地上。

該怎麼說呢？其實他對小鬼沒什麼特別的歧視想法。年紀尚輕的他未曾經歷過小鬼存在的時代。沒有田地被破壞，小孩被擄走的經驗。

他的老客戶是稀有種族。沒錯，不過就是這樣罷了。

「這次是藍那農耕區的委託吧。要求驅逐『最後之地』的所有生物。那種小農村明明拿不出多少報酬，卻竟敢提出那麼大的委託。」

「……最近就是因為從『最後之地』跑出的野獸，導致阿立末列村發生了第二起慘劇。無論是小村莊或大都市，恐懼的心理都是一樣的。」

「但利凱先生僱用我承包這件工作，以你個人來說應該會虧不少錢吧。」

「不用管我。你有辦法戰鬥嗎？」

「戰鬥啊。如果是原本的戰鬥方式——現在有點困難。只能按照契約，像往常那樣對利凱先生提供補給運送的支援。」

「我不是期待你的助陣，是在問你有沒有辦法保護自己。既然來到這個地方，你應該也知道我的獵物是什麼吧？」

「……真是抱歉，竟然糟蹋你的美意。我聽過傳聞了。」

基其塔·索奇在無人的堡壘中攤開露營用具，向火爐裡添入柴薪。

對打火用的石頭詠唱簡單的熱術後，火焰照亮了牠的臉。

「據說那裡有個『魔王遺子』。」

「真正的魔王」死亡之處的周圍地區至今仍是一個充滿恐怖氣氛與危險，拒絕正常生物進入的地帶——因此，出沒於該地的人物絕不正常。

從「最後之地」跑出來的瘋狂之獸有很小的機率會襲擊周圍的人類聚落。

同時，「最後之地」裡也有著追尋魔王之死真相的過程中唯一能獲得的線索。不只黃都，例如利其亞新公國的警戒塔蓮這類派出調查部隊的勢力可說是不勝枚舉。不過據說該地有著身分不明的怪物出沒，所有調查該處與討伐怪物的嘗試全都失敗了。

「倘若傳言為真，敵人與魔王是同一種東西。姑且不論我自身的安危，我想……我自己應該沒有多餘的心力保護你。」

「……你真謙虛。其他地方明明還有托吉耶市舊王國主義者的徵召或攻打歐卡夫自由都市，這類知道目標為何，也挺划算的工作可選呢。」

「我既不是舊王國主義者，也自認沒有和漆黑音色的香月搶工作的本事……況且我覺得那樣不好。」

「什麼不好？」

「就是有人的生命正受到『最後之地』的野獸威脅。」

基其塔．索奇看了看屋內，休息室的一樓沒有其他人。

「——很遺憾，似乎只有利凱先生這麼想呢。」

厄運的利凱因為那種善良與正直的性格，吃了很多次虧。雖然在這個時代鮮少有如此的傭兵，但也意味著他具有能讓他堅持自身標準的堅強實力。

「關於『魔王遺子』的情報並不多，難道你打算一個人打倒他？」

「一個人？……怎麼可能。是誰說的？」

「哦，意思是——」

話說到一半，基其塔．索奇望向了休息室後方。一位宛如亡靈的男子踩著石階走下來。

「……說話聲……傳到二樓了喔，利凱。」

「這……這還真是驚人……沒想到您這樣的大人物竟然會接受這件工作。」

「小鬼，別來干擾我們。要是礙事，我馬上宰了你。這是第一個忠告。」

此人全身重量倚在拐杖上的走路姿勢孱弱地有如老人。不過那張深藍罩袍底下的臉卻籠罩於比夜色更深的暗影之中，看不見其表情或種族。

——熱術、力術、工術、生術。

關於詞術的體系，世人所知的系統有四種。除了那四種系統之外的詞術被統稱為「魔之術」。不過在這個現代——有一人發下豪語，聲稱從魔之術裡發現了第五種系統，找到其他人都無法解析的詞術。

此人名為真理之蓋庫拉夫尼魯。

「……庫拉夫尼魯與我會驅逐所有活在『最後之地』的生物，攻下『最後之地』。」

◆

不知道是什麼東西產生的粉塵染黑了天空，吹拂而過的風帶著溫熱的濕氣。草木的生長方向很不自然，看起來就像是想避開這塊任何生物都會受到詛咒的土地。

三人共乘一輛新式馬車，前往「最後之地」。

做工極為精密的輕金屬箭矢與各種藥品，預期攻擊行動長期化而運送到城塞遺跡的補給品。準備完這些物品後，基其塔・索奇最初的工作就暫時告一段落了。

「『魔王遺子』。『真正的魔王』會生小孩嗎？」

「不知道。一般的魔王——那些魔王自稱者會製造魔族就是了。但沒有人曉得那傢伙正確的真實身分。除非是……真正的勇者。」

「有可能是殘存的魔王軍嗎？畢竟會有這次的委託，也是起因於那個叫什麼裂震的貝魯卡的傢伙襲擊村莊吧。」

「這個敵人具有理性。他的攔截行動看起來像是刻意針對調查隊。」

蜷縮於座椅中的庫拉夫尼魯插嘴道。

「也有可能是自動觸發反擊行動的魔族。」

「……就說沒道理是魔王軍。即使還有其他像貝魯卡那種實力超出一般規格的倖存者。如果那傢伙是魔王軍，他不會也不可能屢屢針對被派進去的調查隊，趕走那些人。」

魔王軍沒有統帥，甚至沒有目的。

那是在過去覆蓋了整個地表，「最弱又最棘手」的軍隊。

（——要消滅魔王軍啊。不知道庫拉夫尼魯有什麼盤算？）

真理之蓋庫拉夫尼魯，是被譽為這個世代最傑出的詞術士。利凱認為這位英雄不是憑貧窮農村出得起的報酬就能請動的人，完全猜不透他心裡到底在想什麼。

「……那就是倖存者嗎？」

庫拉夫尼魯察覺到了馬車前方的存在。

一個圓形透明的淺紅色生物堵住了道路。應該是黏獸吧。

「或許是。基其塔．索奇，在這裡等著。」

「你打算下車嗎？以利凱先生的箭術，從這個位置應該也能擊中目標。而且如果沒看著我，我搞不好會自行逃走喔。」

「真的嗎？我知道你不是會做出那種事的人。總之先別前進。」

庫拉夫尼魯與利凱離開馬車，謹慎地拉近距離。土壤莫名潮溼，是不祥的徵兆。

當兩人靠近時，黏獸發出了語意不明的低喃。

「對不、對不、對不起……對不起，對不起。」

「……遭遇『魔王遺子』的士兵幾乎都沒看到敵人的身影。可能是因為對方的移動速度太快了，受傷的程度也各自不同。」

「嗯……你覺得這隻黏獸就是他嗎？」

「不好說。」

處於恐懼之中、渾身顫抖的黏獸還沒有接近兩人——黏獸腳下的地面就突然裂開。

「……！」

巨大的嘴巴衝破地表，一句話不說就吞下了黏獸。在隨後出現的頭部後方連接著長得驚人的軀幹。

地面上最長的生物，蛇龍（worm）。而且牠的身體各處都以金色的線修補，雙眼處嵌著水晶。那不是自然界的生物——而是魔族。

「喂，庫拉夫尼魯！」

「……怎麼？用這種方式處理，事情就比較好辦吧……若敵人的武器是速度，我的米迦穆朵就能用更快的速度吃掉『遺子』。」

「我不是那個意思……聲音與震動會引起周圍生物的注意。萬一他們注意到這場騷動會怎麼樣？那些傢伙會來『求助』啊。這裡就是那樣的地方。」

「那就是我的目的。既然要消滅魔王軍，讓他們聚集在一起會比較好處理吧。」

怪異的蛇龍名為米迦穆朵。是庫拉夫尼魯精心選出體型特別巨大的蛇龍屍體，灌入心智製成的屍魔傑作。

雖然庫拉夫尼魯本人沒被王國認定為魔王自稱者，但是他製造魔族的技術與魔王自稱者相比絲毫不遜色。不僅如此。原本魔族的製造只能透過非理論性的感性才能完成，卻唯有他能藉由理論重現這個過程。

「……還是說，你沒有獨自對付大群敵人的自信，厄運的利凱？我可以傳授你……我所知道的心術喔。」

「怎麼可能。只是覺得麻煩而已。要是你被自己害死了，我可不會救你喔。」

「呵呵呵……小孩子就愛講蠢話。」

路上又出現一位來客。對方穿著破爛的衣物，一副削瘦的淒慘模樣。看起來應該是人類。米迦穆朵做出比蛇還迅速的反應速度——但遠在牠展開行動之前，人類的胸口已經插上一支箭矢。他被一箭射倒，再也站不起來。

利凱拉弓的手上握著數支箭，喊道：

「後面還有更多喔，庫拉夫尼魯！」

「……別搶我的目標，這是第一個忠告……」

瘋狂的軍隊一個又一個被引了過來，其中多數人還開始啃食彼此。利凱則是以精準的箭術射倒他們。

現場還出現一群模樣駭人的小人隊伍。不過在他們企圖做出什麼行動之前，米迦穆朵大口一張就把那些人全部吞下肚。

瘋狂與哀號的聲音不絕於耳，形成一副永無止盡的惡夢景象。

即使兩人具有強韌的精神，內心明白魔王已死的他們仍不免被這種狀況「拖向」絕望。千萬不能介入魔王軍的慘劇。對這世上的大多數人而言，這點至今仍舊是一項鐵則。

「為什麼……他們還要待在這塊可怕的土地上！」

「……那就是『真正的魔王』，是恐懼的力量。越想逃就越逃不了。那些人已形同死亡——你應該也很清楚才對。」

「可惡的魔王……他明明早就死了……！」

利凱搭上另一隻箭。

與此同時，一股強烈的紅色預感在他的腦中敲響了警鐘。

他之所以經歷無數戰鬥還有辦法存活下來，原因之一就是他能將逼近自身的威脅前兆看成一種紅色的色覺——

「哦哦？」

利凱整個人往前一撲，奮力跳開。他沒有時間猶豫。

某個東西從地平線上的某處如閃電般直衝而來。襲擊者撞穿軌道上所有的建築瓦礫，刨開地面，畫出一條終點處在弓箭射程之外的破壞線條。

「不會吧……！」

在紅色夕陽的方向有一個背光的小小影子。不是大型種族。

影子動了。利凱從未感受到如此鮮明的紅色預感。那究竟是什麼人？

有辦法避開那股紅色，以箭矢對其發動交叉反擊嗎？

（不——）

「啪嘰」一聲。這次他清楚地聽見了物體撕裂空氣突破音速的飛行聲。

（——可，能！）

不過利凱運用天賦的才能，以最小的動作射出箭矢，正中了對手。這是他再次迴避直線突擊的同時使出的絕技。

反方向飛行的箭矢直接命中。無論命中哪個部位，應該都會造成相對速度帶來的驚人威力。

然而——

「箭斷了……」

「你射中了嗎？」

「——沒有射穿！右邊！」

轉向右邊。突擊已經接近。來得及嗎？

米迦穆朵衝到利凱面前保護他。以比鋼鐵更硬的鱗片保護的厚實軀體被輕鬆地挖開。那個越過米迦穆朵直撲而來的存在順著衝刺的慣性掠過利凱的身體。

（……這就是——）

調查隊也沒看清楚真實模樣的存在。

雖然對方至今只發動三次攻擊。但如果是一般部隊，早就在轉眼間全軍覆沒了。

「你是什麼人！」

紅光躍入眼前，迴避。影子伴隨著破壞與他擦身而過。

「——這該問你們。」

聲音來自背後。狀況大出利凱意料之外，擦過他的身體衝到後方的不明怪物回話了。

那是如銀鈴般清澈、響亮的高亢話音。

「該問你們是什麼人才對！竟然擅自跑來殺害那些弱小的傢伙！難道沒有人教你們，殺死那種生命……是不對的事嗎！」

利凱不禁回頭望去。

「……！」

幸好對方在那個瞬間沒有再次發動攻擊。利凱目睹了讓他驚訝不已的東西。

以腳尖站在崩塌民房的煙囪上的那個存在，是一位年紀看似十九或二十歲的女孩。

細長的栗子色麻花辮隨著動作的餘勁晃動。皮膚與頭髮健康有光澤，看起來一點也不像魔王軍。裙子底下露出的白皙長腿上看起來什麼也沒穿，她打著赤腳。

一點也不合理。

剛才她光是狂奔就產生踩碎建築殘骸的威力。

「大家都很痛苦……比任何人都需要幫助！都是因為有你們這樣的人！」

「……這傢伙是什麼東西……」

這裡是「最後之地」。

無論是外觀，言行舉止，還是那股異常的力量……這裡都不可能出現「這樣的東西」。

她具有遠比蛇龍或巨人優越的身體素質。實際上，與這位敵人對決了好幾次的利凱連她攻擊的瞬間都看不見。

「……我要上了，『庫拉夫尼魯號令於米迦穆朵之骸。泥球之穴（craffnil io migma nexopenes）——』」

「名字！」

既然看到對方的模樣，至少就無法不分青紅皂白進行攻擊。利凱背對著正在詠唱詞術的庫拉夫尼魯，舉著短弓問道：

「我的名字是厄運的利凱。妳就是『魔王遺子』嗎？」

「魔王的……遺子……！不對……不對！」

少女大喊著。儘管她看起來很憤怒，卻完全沒有打算戰鬥的人必定帶有的威迫感或殺氣，這一點也讓人感到毛骨悚然。

黃都、新公國。他們的調查行動全都受到此人的阻擋。

棲息於「最後之地」，身分不明的徘徊之獸。

「我告訴你！我的名字叫慈！」

少女上半身往前傾。她身上衣服的側腹位置破了一個洞，露出一點傷痕也沒有的白淨肌膚。

那一定就是利凱的箭擊中的位置。

純粹以本事來看，利凱恐怕更為高明。詞術方面她也沒道理贏過庫拉夫尼魯。

能閃過她的攻擊，也能打中她。可是……

（……真的有辦法打贏這傢伙嗎！）

「魔法的慈！」

◆

她的母親被噎死了。

母親手中握著餐刀。以那把鈍刀將自己的兒子——才剛滿三歲的弟弟的腹部切開，用內臟塞滿嘴噎死了自己。

兩人的臉上都保留著難以想像的痛苦。媽媽和弟弟，兩人直到最後一刻都充滿了絕望與恐懼，沒有受到拯救而死去。

她自己則是毫髮無傷，沒有失去任何肢體。無論是常常被稱讚明亮有神的眼睛，或是被笑稱有點緊的高價服裝都沒有受到損害。

在這個一切都沉入地獄之中的國家，唯有她被惡夢的世界拋下了。

鞋底浸在鮮血中，空虛地徘徊於建築物之間，眺望腳底下的城市——這個王國不是被人火燒燬，也不是被巨大的怪物踩躪。

然而人們都死了。所有人都身處於深沉無底的絕望與恐懼之中，不是和她所愛的血親一樣，就是遭受更可怕的慘劇，死無全屍。每個人都是以那種悲慘的方式死去。

「真正的魔王」不在這裡，他早就走了。

一切都已經結束了。然而，唯有年幼的她還活著。她感到無比的絕望。

「不要，不要，不要，不要……」

她伸手拿起躺在地上的劍，應該是誰弄掉的吧。那是一把劍刃滿是缺口的鈍劍。她吃力地舉起沉重的劍，準備切開自己的肚子。

「好……好痛，好痛……好可怕……不要啊……」

滿是缺口，像一把鋸子的劍刃劃開了皮膚，噴出鮮紅的血液。那是她自己的身體。好可怕，好痛，好難受。

（——會變成什麼樣呢？會變成什麼樣呢？會變成什麼樣呢？會變成什麼樣呢？會變成什麼樣呢？會變成什麼樣呢？會變成什麼樣呢？）

將被皮膚擋住的劍繼續刺向肚子的不是別人，正是她自己。

在死亡之前的漫長時間裡，她必須一直品嚐這股痛楚吧。為什麼要做出這種可怕的事情呢？她會變成什麼樣呢？

「好、好……呼、呼…好——」

她流下了淚水。

「好可怕。」

好恐怖，好恐怖。無論是她還是其他人，誰也不想做這種事，「卻不得不那麼做」。

——魔王正在看著。聽到那個聲音時，手就自己動了起來。

「救救我……我不要這樣……」
「啪嘰」一聲響起。一定是皮膚被割破了，裡面的東西……
「——住手！」
突然有個人衝過來搶走了劍。
長長的栗子色麻花辮隨風飄揚，那是她給人最深刻的印象。
「笨蛋！妳是女孩子耶……萬一留下傷痕該怎麼辦！沒人教妳要好好保護自己的身體嗎？」
是一位長相甜美可愛的少女，應該是十九或二十歲吧。看起來和她的二姊同年。
在這片地獄中……唯有突然出現的這位少女身上沒有沾染一點鮮血或悲慘。
「啊……」
她望著自己的手，少女正握著那隻手。她感受到了體溫。
麻花辮少女不嫌弄髒自己的手，用溫暖的手緊緊握住她。
「……妳是誰？」
「我是慈，只是剛好路過這裡的魔法的慈。妳……那個，為什麼……」
少女的眼睛望向掉在地上的劍。似乎打從心底感到困惑。
「……為什麼要做這種事？」
「……」
「來這裡之前，我看過城市裡的樣子……大家都很痛苦，大家都死了。我完全搞不懂。大家明明都活著……可是他們全都……我無法容忍這種事……太過分了。」

「不對！……不對！不、不是我的……錯……」

在她那顆充滿恐懼的心中，感覺一切事物都在指責自己。

只有她一個人還活著，其他人明明都死了。

「……」

麻花辮少女——慈搖了搖頭，像是想甩掉那股悲慘的感覺。

「這不是廢話嗎！……我們走吧！」

慈猛地站起身，讓被握住手的她必須踮起腳尖。她眨了眨一直瞪大的眼睛。

「去哪？」

「逃離這裡吧！我會帶妳走！」

「……啊。」

逃走。

她至今從未有過那樣的念頭。

若沒有人對她這麼說，她就會一直獨自徘徊於這個死去的王國嗎？

一定會是那樣吧，太可怕了。

即使如此，那也一定是與剛才的恐怖不同，屬於人的恐懼。

「我想……我想……逃走。我想逃走呀。但是，要逃去哪……」

「哪裡都好！待在這裡的話會變得很奇怪！趴到我的背上！」
她聽話地讓慈揹起自己……然後才發現自己的眼淚弄髒了那身衣服。
（我……啊啊，都已經……獲得這麼多的幫助。）
她到這時才注意到之前的她因為過度恐懼，連眼淚都流不出來。
「對不起。」
「怎麼了？準備走嘍——我會慢慢跑！」
接著，慈跑了起來。她嘴上那麼說，但四周景色的流動速度卻比騎乘任何駿馬還快。
她衝出窗戶，在尖塔、牆壁、庭院之間自由自在地跳躍。
令人難以置信，簡直不像是真的。這位少女所說的話與擁有的力量，簡直像夢中的詩歌英雄活生生地出現在現實那般。
「……沒事的！」
在急馳中甩在身後的麻花辮，看起來就像流星的尾巴。
「世界並不殘酷！我聽說過。無論何時，都存在著許多可能性……有各種不同的色彩！既然如此，一定就有個未來能讓妳露出笑容！」
在這片景象中，有個能堅定地說出這番話的存在。
突如其來地出現，突如其來地救了她。為什麼那個人可以表現出如此正面開朗的態度呢？

慈只在那天與她見過一次面，宛如無法與他人分享的幻覺。
只有一個人知曉她獨自存活下來的那天所發生的真相，其他人都不得而知。
「妳……妳是誰？」
「魔法的慈。至於其他的事呢……哈哈哈！其實我也不是很清楚！不過沒關係！」
地獄的景象被遠遠地拋在後方，慈露出笑容。
「重要的事一開始就知道了，只剩妳的名字還不知道！可以請教妳的名字嗎？」
「………瑟菲多。」
那是沒有保護好應該守護的人民的最後一位王族之名。
她應該永遠都無法自豪地說出那個名字吧。
但是慈回過了頭，綻放如花朵般的笑容。
「妳好！……笑一笑會比較好喔。」
「什麼意思？」
「——就是說瑟菲多笑起來絕對會很可愛！妳不這麼覺得嗎？」

◆

在疾速的戰鬥中，利凱同時將周遭的環境烙印在意識之中。

右方三步的距離有座倒塌的塔。後方二十步有一面幾乎完好的石牆。

米迦穆朵的戰鬥與剛才慈的突擊留下破壞的痕跡導致瓦礫散落一地——必須在數步行動之前就先預想好臨時的立足之處。

「你就等著被我狠踢一腳……」

慈在民房的屋頂上微微跳起。她的身體十分輕盈，完全看不出能造成那種嚴重的破壞。

「……好好反省吧！」

她的身影突然消失，只留下這句話。

利凱立刻蹬著牆壁往其他方向一竄。不對，沒看到預兆的紅色。

（——庫拉夫尼魯！）

「咕嚓」一聲，現場響起某種濕潤的堅硬物體碎裂的可怕聲響。

右臂飛到了半空中，那是庫拉夫尼魯被扯斷的手臂。在對面遠處，出現了慈刮著地面減速的身影。

如果只有利凱一個人，倒也不是不能避開。他可以勉強看見對方的起手勢。

然而那是連一下都不能被碰到的攻擊。

（……我沒有保護其他人的餘裕。只有將注意力全集中在自己身上才能躲過那種速度。）

庫拉夫尼魯的身體就像枯樹般傾斜，蹣跚地走了兩步，接著用剩下的左手接住右手臂。那隻右手臂異常地細，呈現乾燥的黃褐色。

「竟然衝著我來啊。」

老練的詞術士不悅地說著。

他並不是瘦。至今被厚重長袍蓋住的身體原有的血肉已完全被刮除。這個肉體是骸魔。

那是發現魔族製造之根基原理的男子。

「我知道喔！你人在其他地方吧！」

「——知道這種事情……又能有什麼用？妳認為魔族製造者……會輕易地暴露本體嗎？

『庫拉夫尼魯號令於賽維之骸。青紫之莖，破損的薄膜——』」（craffnil io seyv imhovest yuyshuwem neo）

「別、想得逞！」

慈瞬間轉身，赤腳踢碎了剩下的身體。庫拉夫尼魯從遠距離進行操作，沒有心智的替身連同深藍長袍被打到半空中，粉身碎骨。

其中一塊碎片……它的下顎繼續詠唱著詞術。

「『——水之圓環。侵犯吧』。」（muqimnart pegtilyria）

從碎裂的屍骸中湧出一股泛著綠色的汙濁霧氣，瀰漫了周遭區域。

雖然慈立刻跳開，然而她的視野遭到霧氣阻擋，被從旁邊飛來的三支箭紮紮實實地射中。

胸口，左眼，右膝。隔著霧氣仍能精準擊中目標，這是厄運的利凱的絕技。

「嗚嗚嗚……可惡……！大意了！」

以一般戰士的標準來看，那的確是疏忽大意。

（……沒有射穿她。真是夠了……連皮肉傷都沒有。）

他從極近的距離瞄準肋骨之間的空隙，但原本就不抱持能射穿胸口的期望。

利凱以足以射穿針孔的精準度正中其左眼。卻清楚地目睹箭矢雖然擊中，還是被彈開的畫面。

如果連對準眼球的攻擊都沒有效果，那還剩下什麼其他手段可用？

「庫拉夫尼魯。不好意思，攻擊就交給你了。我會專門射擊她的眼睛，逼她必須一直提防對眼睛的攻擊。在動腦方面你應該比較厲害……麻煩你想出打穿那傢伙防禦的辦法。」

「已經想好了。」

出聲回答的不是散落一地的骸魔肉體，而是飛在利凱右邊耳朵附近的金屬蟲。

趁著慈正在揉眼睛——雖然那個動作本身就不是一位戰士該露出的破綻——他們必須抓準時機分享戰術。

「那是可以停止神經與呼吸的病毒之霧……既然箭矢打不穿，我當然就會嘗試那招……只不過——」

慈的雙眸再次盯著兩人。

她的眼球散發出詭異的綠色螢光。那不是人類……至少看起來是如此。

「毒有沒有效，由你來判斷。」

「……該怎麼判斷啊……！」

慈的腳邊揚起煙塵，疾速的踢擊就要來了。

扭轉身體，朝直衝而來的對手臉上放出箭。光是那股速度帶來的衝擊就扯斷了綁住利凱衣服的繩子。

「了不起，已經習慣這種攻擊了嗎？」

「看過四次啦！」

她只是出盡全力加速，蹬腿前衝。或是揮拳毆打。這位少女只會一招。

縱然慈的衝刺具有超越砲彈的破壞力與速度，但只要沒看漏她的起手勢，就算那個速度超越了音速，還是能避開攻擊。

當然，前提是必須擁有利凱那種可以察覺威脅的異能，以及靠經驗磨練出的觀察力。還必須加上灌注所有意識的集中力。

「……不要躲啦！」

慈不滿地提出抗議。當然，照理來說應該射中臉的箭矢並沒有傷及她一分一毫。

「你再躲……我就要使出全力衝刺了。」

不管有沒有意義，少女原地做起了伸展運動。利凱立刻連續射出箭矢，然而即使命中眼球，對方卻擺出一副不痛不癢的樣子。

「如果！被我全力踢中！真的會！全身四分五裂喔！」

「慢著！說到底——」

躲開充滿威脅性的紅色。利凱照樣在千鈞一髮之際與可怕的踢擊擦身而過。塵土飛揚，視野上下顛倒。這都在他的計算之內。眼中掌握到少女的位置，舉弓瞄準。對方馬上壓低身體，施力於腿。

以箭矢牽制對方毫無意義。他的攻擊對這位少女無法構成牽制。

「砰」的一聲。

利凱猛然躍起。黑色疾風掃過他的腳下，掘起地面。

綠色眼眸散發出的光芒畫出一條曲線，踩碎了石牆。她於牆面上奔跑。

利凱以翻倒的姿勢再次躲過慈的突擊。對方從轉彎到展開攻擊的速度太快，只能用這種方式躲避。

地面被挖出一條深溝。這條溝一直通到道路的另一邊。他沒時間站起身了。

「砰」的一聲。接著沉悶的聲音響起。停止。

重新啟動的米迦穆朵從一旁撞了進來。慈遭受到比自己重上數百倍的巨大質量突擊，被逼退了三步的距離。

她的赤腳陷入大地，伸手碰著米迦穆朵的頭部，輕聲說道：

「……你有心嗎？」

和破壞庫拉夫尼魯替身的那時不同，少女沒有打碎屍魔的頭部。

這個空檔勉強給了利凱站起身的時間。

少女再次對準利凱，壓低身體擺出起手勢。

那是突擊的姿勢。

（還是一樣。）

反覆進行一模一樣的單純突擊，構成了她的戰鬥行動。

雖說其威力巨大無比，但只要靠著利凱的異能之眼與經驗，迴避那種攻擊並非完全不可能。

因為那不過是憑藉身體素質橫衝直撞，連招式都稱不上。然而——

「砰」的一聲。

「咕喔，嗚！」

縱然他仍在千鈞一髮之際躲過攻擊，平衡卻已經逐漸瓦解。

利凱的腳跟停了下來，他觸碰到沒有注意到的瓦礫碎片。這是一個可怕的警訊，他已經漸漸無法掌握周圍的地形。

就在他思考著下一步該踏往哪個方向時，慈再次踏出步伐。

「砰」的一聲。

（要到什麼時候。）

利凱躲了開來。他將所有思考能力都集中在防守上，卻仍不禁想著那個問題。

（——這種攻擊到底會持續到什麼時候啊！）

魔法的慈不斷做出如此猛烈的攻擊，卻尚未顯露疲態。也沒有因為發現自己的戰術毫無效果而改變那種單純反覆的舉動。迴避那種攻擊是可能的。那不過是憑藉身體素質橫衝直撞，連招式都稱不上。

然而——只要被擊中一次，就意味著立即陷入無法戰鬥的狀態。

她的攻擊毫無間斷，反擊一點用也沒有。

「披斗篷的傢伙跑到哪裡去了！他打算只讓利凱一個人戰鬥嗎！他怕了嗎！」

她的體力是無限的嗎？

自己必須一直閃躲這種攻擊下去嗎？

就在慈再次擺出突擊姿勢的瞬間——

米迦穆朵腹部的金線爆開，從肚子裡伸出無數的火砲。

「妳說我怕了？」

「——我會怕？」

同時發生的猛烈爆炸與強光撼動了大地。五棟石造建築慘遭轟垮，連地面都被挖出圓錐狀的大坑。當花草樹木碰到那陣砲擊散發出的硝煙時，全都溶解成了細小的黑色泡沫。

爆炸，飛濺。一整片地面陷入熊熊的大火。

現場被灑上了毀滅性的破壞。

利凱立刻以圍巾摀住嘴巴，盡可能拉開與攻擊地點之間的距離。

「做過頭啦……庫拉夫尼魯！」

「病毒、燃料、強酸，我照你所說的，準備了全套『貫穿防禦的手段』。」

庫拉夫尼魯從一開始就在米迦穆朵的體內藏著無數的砲擊機魔（cannon golem）。

沒有生命的軍隊可以自由自在地運用對生物有害的生物化學兵器。製造同一種規格的魔族正是庫拉夫尼魯的詞術精髓。

「這就是心術的戰鬥方式。我已經超越了色彩的伊吉克……」

紅色的死亡預感。硝煙被一分為二。

利凱閃身迴避。綠色的殘光劃過。那是慈的眼睛顏色。

看到這幅景象，庫拉夫尼魯的聲音也因畏懼而顫抖。

「這傢伙是……！」

衝到遠方石牆上的慈緩緩轉過了頭。

「…………」

那身衣服幾乎都被溶解，沾在身上的燃燒彈火焰正持續燒灼著她。

待在常人死多少次都不夠的破壞震央中，她的柔嫩肌膚卻一點傷也沒有。

在那毫無遮蔽之物的白皙肢體上，唯有燦燦生光的眼睛是碧綠色的。

她明明只是一頭超脫常理的怪物。

但在太陽的逆光之中……那個身影卻美得有如一幅畫，美得超乎現實。

「……妳是什麼東西？」

他只能勉強擠出這句話。

利凱已經無法確定自己還有沒有閃避下一次攻擊的體力。只能盼望以對話爭取時間恢復體力的可能性。

「妳沒有發瘋……沒錯吧！殺戮這種事……如果連保護自己的戰鬥都不算正義……！……這裡的野獸，這些魔王軍可是會襲擊人們的住所啊！」

「……你們所殺的那些傢伙也是如此嗎？」

「……」

「那些人之所以待在這裡，不就是因為想離開卻出不去嗎……！所以才會受苦。無論我想提供什麼幫助……都沒有用。他們只會抓狂，咬舌……自行停止呼吸……甚至弄斷自己的骨頭。」

可以溝通。雖然她是力量與自己如此懸殊的怪物，卻不是聽不懂詞術的野獸。

……既然如此，魔法的慈到底是什麼人，又是從哪裡來的？

那甚至不是構成這個世界的詞術所製造出的產物。難道她正如同其自稱的別名——是童話故事裡所說的那種魔法嗎？

「每當有人來這裡，那些人就會跑出來。因為他們想『尋求幫助』。但是，大家都被殺死了。就因為他們是魔王軍。」

「沒錯。他們的狀況太過嚴重，已經無法恢復成過去的樣子了。那就是侵襲這個世界的災厄。他們遲早會離開這裡，襲擊他人！妳能為此負責嗎！」

「如果他們不曾襲擊別人，又該怎麼辦？你的責任在哪裡！如果兩邊都一樣，我情願幫助看起來比較可憐的那一邊！那、那就是身為英雄的……那個啦！呃……人的，那種，正確的……」

「道義。」

蟲子狀態的庫拉夫尼魯糾正她的說法。

「——身為英雄的道義！」

利凱主動丟下了短弓，接著抬起空空的兩手。那是投降的姿勢。

他或許還能繼續戰鬥。如果只是要再閃過一兩次她的攻擊，應該不成問題。

然而與「魔王遺子」之間的戰鬥結果已是不言自明。

「結束了。」

「唔哇，別擅自投降啦！我、我都不知道該怎麼辦才好了……」

「……的確，妳的意見才是正確的。」

沒錯。就算那些人待在「最後之地」，也不代表自己擁有權利單方面殺害具有心的生物。

這是一場沒有意義的戰鬥。利凱遇上她時，剛開始還無法理解這點，說明了他還不夠成熟。

利凱指著最早被他用弓箭射死的人類。

「妳檢查一下他的呼吸。」

「……？」

雖然慈對他的用意感到納悶，卻依然老實地靠近那個人類，將手放上其胸口。

接著，她眨了眨眼睛。

「……還活著……？」

「那是『第一千零一隻』準備的特製藥品。半天之內不會醒，後遺症也不多。這種中空箭矢經過高精密的加工，擊中時會將藥物注入對方身上。」

「利凱，你難道──」

「是啊，這件事我沒對庫拉夫尼魯說。就算我再好心，也不可能只為了農村的酬勞就僱用『第一千零一隻』──我的另一位委託人是歐卡夫自由都市，內容是回收『最後之地』的『倖存者』。提出驅逐委託的客戶只要看到『最後之地』沒有留下生物就行了吧？」

慈露出喜出望外的表情。

她不只是外表，連那種舉止都像那個年紀的女孩。

「所以說，利凱是要讓大家逃走……！」

「……都是因為庫拉夫尼魯派魔族亂來，我才不得不做出像在跟他比速度搶獵物的行為。但至少我已經手下留情，沒有殺死任何人的打算……除了妳之外。雖然光是這樣可能無法構成讓妳收起敵意的理由……」

柔軟的身體撲了過來，打斷這段話，將他整個人撞倒。

利凱已經沒有再躲開一次的體力了。

綠色的眼眸在他的面前綻放出花朵般的笑意。

「好厲害！好厲害喔！原來還有這種保護他們的方法！」
「……不，那個……」
「……」
利凱無法直視那裸露的胸部，只好強迫自己轉移注意力。因此，他接下來的話有點隨口說說的感覺。
「……庫、庫拉夫尼魯可能也是這樣吧。」
「……！你胡說什麼！」
「米迦穆朵的體內。你做了規模如此龐大的改造，應該不可能特地留下消化器官吧。如此出名的英雄為何會接受這種一點也不划算的工作？你其實打算把那些人全部活著運出去……我沒說錯吧？」
「你也是那樣嗎？」
「……唔！別亂說那種沒憑沒據的話！」
利凱望著躺在地上的屍魔。米迦穆朵放出機魔的肚子裡看起來應該還留有充足的收納空間。
他也在跟利凱比速度……也就是急於活捉回收那些獵物。
他一開始之所以製造騷動吸引這塊地方的生物，就是因為他認為只要將要那些人聚在一起全部吞掉，就不會被利凱射死了。
「就算真的是那樣……我也只是需要製造魔族的材料！無聊……實在有夠無聊……！」

「不管是怎樣都沒差啦！你們打算把大家帶到外面吧！你們兩個都是好人呢！各位，這樣一來就有救了！太好了！」

「……就說不是那樣！」

她似乎聽不進這個辯解。

想要保護誰也不願伸出援手的人們。她只憑著這一個念頭而守護「最後之地」。魔法的慈的個性太過天真，以戰士而言又太過異常。

「……總之妳先穿上這件衣服。年輕女孩子做那種打扮很不好。」

「嗯！謝謝！」

慈披上了利凱遞出的大衣，露出笑容。

她是從哪裡來的？具有如此強大力量的存在又是怎麼誕生的？

……「最後之地」的怪物被稱為「魔王遺子」。

「——不過真的是太好了。如此一來，我就不用把來到這裡的人趕走了。」

「妳接下來有什麼打算？」

「若是能自由地旅行，我有一個想去的地方……想了很久了。如果利凱和庫拉夫尼魯能帶我去——」

「……妳覺得我會幫妳嗎？」

這很難說吧？仔細想想，他不會歧視小鬼。

那麼對於這個從來沒看過，種族不明的女孩。利凱又有何看法呢？
利凱能負起責任照顧這位離開「最後之地」的「魔王遺子」嗎？
「我會試著努力看看。那大概是我最需要的東西。」
「我想去黃都。」
「……妳說黃都？唔……這樣啊。」
庫拉夫尼魯對這個詞起了反應，因為他擁有在黃都進行的王城比武大會的參賽權。
他可是利凱終其一生都無法企及的英雄領域術士。

走了一小段路後，就能看到基其塔．索奇的馬車。
牠應該看見了那場驚心動魄的戰鬥，卻還是沒有逃跑。
那究竟是出於商人的守信原則——又或許是牠也隱藏著利凱無法估算的實力呢？
這個世界的強者數不勝數。
面對那種望不到頂的高強境界，厄運的利凱還太年輕，還不夠成熟。
「利凱先生！庫拉夫尼魯先生他……」
「在這裡。」
「哦，您變得真小呢。不過怎麼多了一個人？」
「把這邊的事處理完後，我打算帶這個女孩去黃都。你能幫我安排回程的交通嗎？」

「當然沒問題。得多準備幾輛車才行呢……您的意思是這樣吧？」

「畢竟需要運載的人數太多了。」

利凱揚起嘴角一笑。

到頭來，參與這項工作的每個人都是共犯，整件事就是一場鬧劇。也是有這種結局呢。

「妳為什麼想去黃都呢？」

「因為那是人類最大的城市吧！我喜歡漂漂亮亮熱熱鬧鬧的地方！我想穿可愛的衣服，還有吃很多很多料理！……而且——」

慈壓著胸口的大衣，有點害羞地笑了。

她雖然具有誇張的異常身體，卻有著一顆天真無邪的心。

「我想幫助一位女孩露出笑容！」

此人具有壓倒性的身體素質，足以擊垮武技與詞術的優越性。

此人運用無限的耐力，永遠不必停止攻擊。

此人身懷堪稱一切無敵的防禦，令毒與火砲皆失去了意義。

她是現身於充滿惡夢的土地，起源不可考的魔法化身。

狂戰士（juggernaut）。[redacted]。

魔法的慈。

八 最後之地

就在厄運的利凱、真理之蓋庫拉夫尼魯與「魔王遺子」展開驚天動地的戰鬥的時候。

在與他們不同的方位——有個人從看起來可能連道路都不存在的扭曲樹林中成功侵入了「最後之地」。

那是一位矮小的圓臉男子，他的背上揹著一個小木箱。

「哎呀哎呀哎呀。」

黃昏潛客雪晴伸手搭在眼前。砲擊般的巨響在視野的遠處不停響著。

可怕的是，發出那種聲音的不是火藥。而是雪晴無法以肉眼跟上的某種東西正在憑藉自身身體素質破壞地形的聲音。

——那恐怕就是「魔王遺子」。

「那個好厲害啊！要是我這種人被捲進去，瞬間就會粉身碎骨了呢。」

「……」

踏入「最後之地」，走在充滿沉悶寂靜氣氛的大地上，雪晴不停地自言自語。

「『最後之地』調查隊的人有兩種下場。馬車被破壞，所有人瞬間失去意識，最後不得不逃回去的狀況是其中一種。光憑這點你不覺得就很奇怪嗎？」

「……哪裡奇怪？」

「遭遇『魔王遺子』的證言之所以會傳開，就是因為那些人『活著離開』了『最後之地』。可是他們明明在魔王軍聚集徘徊的地區中失去意識耶。」

「……嗯，若所有人都死光就沒辦法把消息傳出去了。」

「那傢伙雖然打倒了調查部隊，但同時也把那些人送回安全的地點。根據我的看法，該種模式……是那位『魔王遺子』所為。」

那可是在會侵蝕闖入者理智的「最後之地」所發生的事。對無法理解的攻擊陷入混亂的倖存者所做出的證詞想必是虛實交雜。可以說正因為雪晴處於能對大量調查結果進行比對的立場，才有辦法察覺兩種不同的事件傾向。

「另一種呢？」

「被殺光。」

這就是踏入「最後之地」的可能下場之中，任何人都預想得到的正常結果。所以此類消息不易傳出去，反倒是遭遇「魔王遺子」的例外狀況廣為流傳。

「所有人被確認已死亡的模式就是另一種。你不覺得這也很怪嗎？」

「……是啊，死者也『不可能進行確認』嘛。」

「就是說啊。若是整隊人馬在『最後之地』被殺光，應該會被視為失蹤。不可能有人會特地進入『最後之地』確認屍體。就像存活的調查隊被趕到外頭一樣，遭到殺害的調查隊也應該是在『最後之地』的外頭被殺。」

或者，這兩種案例是被刻意混在一起。若有人遭到「魔王遺子」擊倒，陷入意識不清的狀態時被奪去性命。就會出現調查隊被殺害的案例是由「魔王遺子」所為的證詞。

「……是誰幹的？」

「我們不是已經遇到了嗎？」

雪晴一邊果斷地撬開民房的大門，一邊回答。即使目睹曾經有人居住，如今卻滿布宛如惡夢的幾個慘劇痕跡，他的話音中仍沒有絲毫的動搖。

「——就是歐卡夫自由都市啊。那群人做得很徹底。不讓其他人將『最後之地』的情報帶出去。並且散布『魔王遺子』的謠言，解決掉企圖尋找那號人物的傢伙，使誰也沒辦法找到『真正的魔王』相關問題的答案。這其中一定有被人知道會對他們造成不利的某種情報。」

雪晴在瀰漫血汙與腐臭味的房子中翻找著，臉上逐漸浮現別有深意的笑容。

「那可能是『和你一樣』的國家級醜聞呢。」

「…………」

至少在去路中，他躲過了那些人的追殺。但回程就未必能那麼順利。

遭遇對方的那個時候，他是不是應該裝出對「最後之地」或「真正的魔王」絲毫不感興趣的態度呢？可是黃昏潛客雪晴肯定沒辦法辦到這種事。

「雪晴。」

不只是他現在正在尋找的實物證據。對雪晴而言，人們對魔王話題的反應、虛假的回答，全都是他對事件的取材。

「喂。」

「在這邊的世界，沒人會拍什麼照片吧。既然如此就得找到部分屍體……」

他想了解更多。世界的謎團是如此令人愛不釋手。

他想知道未曾見過的事物，想要目睹無法想像的淒慘畫面。

這股欲望龐大到過去的世界也無法容納他。

所以某個人就為雪晴準備了「另一個世界」。

逐步接近世界核心的那股感覺，比任何東西更讓他著迷。

「……雪晴。雖然我看不見，但你該不會——」

「嗚，嗚嗚嗚，喔，嗚，救、救救我……」

人類的哭聲從腹部旁邊傳來。

不對，他可能其實早就聽到了。他感受到一股熱度。

「『被刺傷了』？」

「啊……」

埋頭於搜查之中的雪晴這才轉過頭望向他的背後。

魔王的犧牲者……全身破破爛爛的可憐女子爬在地板上，拿著生鏽的菜刀刺入雪晴的腹部。

——是因為情緒太激動，讓他沒有發現對方的接近嗎？不。在至今的取材活動中，雪晴從未對這種基本的地方疏忽大意。

「這樣啊。這樣……啊。這樣啊。哈哈，這還真厲害！」

菜刀掉落在地上，雪晴抓了抓側腹的傷口，笑了起來。

據說被捲入魔王軍慘劇的人已經沒有救了。

「……我在害怕，我在害怕啊。原來是這樣啊。所以腦袋裡所有的領域都在不知不覺間……被好、好奇心與恐懼塞滿……這還是第一次呢……！」

「雪晴！」

「救救我，救救我，求求你救救我。我、我吃掉了丈夫，我——」

「哈哈，哈哈哈哈……哎呀，這位太太，哎呀哎呀哎呀……真傷腦筋啊……」

才過了短暫的片刻，雪晴就搖搖晃晃地笑了起來。邊流血邊大笑的那副模樣看起來一點也不正常。不過，在這片被遺棄的土地上也沒有人能指出那有多麼荒謬。

女子拖著身體爬行，再次握住了菜刀。她抓著的是刀刃的部分。

「救救——」

那張臉被皮鞋踩爛了。

「……礙事。」

雪晴的那張圓臉掛著和善的笑容，再次踩了下去。
「礙事，礙事，喂，妨礙我取材。明明這麼……這麼有趣。竟然敢來妨礙我。」
兩次，三次。
極度衰弱的女子就此停止了呼吸，雪晴卻還是不斷地踩著她。
「……呼～好了。好了……恢復冷靜了。」
「喂，雖然我沒資格這麼說……不過你似乎不太像正常的樣子喔，雪晴。」
「哈哈哈！或許吧。不過既然我們身處『最後之地』，也沒什麼證據能證明你沒有不正常喔。以你的性格，原本也不會去擔心他人安危或感到害怕吧。」
「……」
「對吧？我可是很冷靜喔。就算……不再是如此，你和我仍是命運共同體。我們都得貫徹堅持，走到最後。」
雪晴的話音中帶著強迫症般的高亢情緒。有著恐懼與好奇心。
「……是啊。如果你真的打算放棄一切，第一個應該會先拋下我。就讓我奉陪到你死吧。」
「哈哈哈，謝謝。真的……多謝了。我真的打從心底這麼想……嗯。」
他一面向木箱回話，一面擦拭靴子的尖端。
——這還只是第一戶。在獲得連是否存在都無法確定的真相之前，他都必須持續潛入這片恐懼與瘋狂之中。

◆

「喲，『黃昏潛客』……又見面啦？」

離開「最後之地」的雪晴受到了槍口的迎接。

太陽早就下山了，雪晴自己全身上下也受到無法保證能走到城鎮的重傷。

「哈、哈哈……你好啊……旅行商人。去程時還沒問過你的名字呢……我還真是冒失。」

「別在意，我只是個無名小卒。」

是他在去路上遇到的歐卡夫自由都市傭兵。

他們應該在日落後又與一小隊會合，人數增加到十一人。對於待在無盡的瘋狂與恐懼之中，持續探索「最後之地」直到體力耗盡的雪晴而言，生還的希望幾乎等同沒有。

「找到什麼好東西嗎？雖然不管有沒有找到都沒差。」

「……看起來……你們沒辦法……立刻調動大規模部隊吧？畢竟附近的阿立末列村有諾非魯特的部隊……歐卡夫本國的軍事行動也受到黃都的牽制……」

他能靠對話爭取到的時間可說是微乎其微，對方並沒有與他交談的必要。

因為這支傭兵部隊打從一開始的目的就不是奪取「最後之地」的情報，而是要封住雪晴的口。

「哈、哈哈……就、就算如此……」
「我不是要懺悔，但我對你沒有任何怨恨。抱歉了。」
「……還是有能調動大型部隊的傢伙在啊。」
——突然之間。
箭矢飛了過來，打歪傭兵們的槍口。來自黑暗夜色中的連續射擊。遭受到預料之外的攻擊，有許多士兵弄掉了武器。隊長則是立刻準備拔出短劍。
一輛高速行駛的馬車闖進了雙方之間。
一名傭兵的胸甲被馬蹄踢碎，整個人飛了出去。闖進現場的馬車不只一輛。後面還陸續跟著好幾輛馬車。
黃昏潛客雪晴摀著沾滿血的臉，露出笑容。
「……藍那農耕區提出的……驅逐魔王軍的委託。『黃都勢力範圍內的村莊自行籌措酬勞，提出以維持治安為目的的委託』。對黃都而言……那是諾非魯特的個人權限，他們沒有介入的餘地。」
在他說話的同時，一輛輛馬車的燈光聚集過來，像是圍住雪晴似的停在他的四周。這是偽裝成旅行商人的傭兵部隊終究無法與之抗衡的純粹數量差異。
「『黃昏潛客』……！」
行動受制的傭兵之中，有一個人展開了行動。

是坐在貨臺上，頭部側邊有著巨大傷疤的老人。原本呆滯地望著天空的老人以超越弓箭的速度跳起，舉著長槍刺向了雪晴。

「第一擊，刺穿……！」

「慢著，老頭子！」

老人的高超速度出人意料之外，傭兵隊長想制止也來不及了。

然而卻有一隻手伸進來用力握住槍尖，將整支槍直接砸在地上。

「——住手啦！」

是一位以寬大的大衣遮住肌膚的少女。

她以白皙纖細的手指握住表面粗糙的槍刃，皮膚上卻一滴血也沒流。老人因為自己使出渾身解數發動的突刺被擋下而陷入茫然，少女對他喊出相當不符現場氣氛的話：

「這個人快死掉了耶！」

面對接連發生的狀況，傭兵隊長顯得相當困惑。

「可、可惡！這是……怎麼回事！厄運的利凱，你這傢伙在搞什麼鬼！」

領頭的馬車跳下一位年輕的山人。就是剛才連續射出箭矢打斷攻擊的男子。

厄運的利凱接受藍那農耕區的委託，另一方面也與歐卡夫自由都市締結事後處理的契約。捕獲留在「最後之地」的所有魔王軍，排除包含「魔王遺子」在內的所有潛在威脅。在這方面，他與對方利害一致。

「什麼怎麼回事，我才想問你這句話。」

利凱舉著短弓，平淡地述說著。

「我和歐卡夫締結的契約……應該是以保障回收的魔王軍性命為先決條件。若你們會為了封口殺害『黃昏潛客』，那就難保不會對被捉住的魔王軍做出同樣的行為。麻煩請跟我們走一趟，讓我們和負責人談一談。」

「可惡，我們竟然被不懂事的小毛頭……給小看了。你會知道有我們這樣的部隊存在……是從那邊的『黃昏潛客』口中聽來的嗎？」

「最後之地」乃是一塊任何普通人都無法靠近的土地。就連把守「最後之地」祕密的傭兵們，也只能在有人進入「最後之地」或是離開該處時，在途中進行襲擊。

因此——

「……不，是『第一千零一隻』仲介的。」

「利凱先生，我覺得你沒必要老實回答喔。」

只要在「最後之地」的「裡頭」進行接觸，就不會有人發現。

第一千零一隻的基其塔・索奇。牠是以受厄運的利凱僱用的身分一同來到此地，底細不明的後勤支援業者。不過——鑽過歐卡夫自由都市的警戒漏洞動員大規模運送部隊，並且讓進行「真正的魔王」調查作業的黃昏潛客雪晴在「最後之地」與利凱等人會合。這些計畫一開始就已經安排好了。

「……事情就是這樣。」

雪晴拖著遍體鱗傷的身體，搭上了馬車。

「『第一千零一隻』。牠就是我的客戶喔。」

這次輪到傭兵們舉手投降了。

「被擺了一道呢。『最後之地』的那些傢伙消失得乾乾淨淨……從今天開始應該就能跟這種骯髒的工作說再見啦……」

「哈哈哈哈，放輕鬆點嘛。這種能一口氣處理掉所有問題的好事……可不是每天都會遇到呢。」

或許是因為感受到自己終於逃脫了恐懼，雪晴笑著一屁股坐進了車廂座位裡。

「不，這很難說喔。」

坐在對面的基其塔・索奇如此回答。

「『真正的魔王』的事、歐卡夫自由都市的事、舊王國主義者的事，以及王城比武大會的預選，或許——這一切都可以同時解決。」

「哈哈哈哈……」

雪晴乾笑以對。他揹著的木箱則是一直保持著沉默。

「就憑這一小塊布？」

「是的，你立了大功，雪晴大人。」

基其塔・索奇在車廂裡拿著放大鏡檢視的物體，是黃昏潛客雪晴拚了命回收，指頭大小的衣物碎塊。

這是決定性的情報。

「……與歐卡夫的交涉材料，這下子就準備萬全了。」

九◇逆理的廣人

歐卡夫自由都市，中央堡壘。

除了魔王自稱者盛男的私兵以外，很少有人能獲准進入此地。但只要一走進去，就能立刻感受到與充滿傭兵或亡命之徒那種熱鬧吵雜氣氛的外頭市區形成強烈對比的肅殺氛圍。

逆理的廣人被招待至一處名為「司令室」的房間，與左右著耗費他整個人生的龐大計畫的魔王自稱者進行一場會談。

「客套話就不用了。」

那是一位身高中等，卻有著老虎般強壯體格，嘴邊蓄著鬍子，令人印象深刻的男子。

他穿著讓人聯想到「彼端」軍服的卡其色硬質服裝，當然，那不是從「彼端」帶來的衣服，應該是重現那種穿著的訂製服裝。

不少的「客人」對一開始的服裝有所留念，偏好那種異世界的穿著。對於所有的「客人」而言，那應該是他們與原本的世界唯一的連繫吧。

「不過呢，我總算直接見到你了，逆理的廣人。」

相較之下，廣人很嬌小。先不論體格，他的外表就是一個小孩。

雖然長相看起來是十幾歲出頭，但那頭夾雜著白髮的灰髮卻給人一種奇異的老成印象。也因為那副容貌，他被稱為「灰髮小孩」。

哨兵盛男打量著訪客的模樣，剪開了一支新的雪茄。

廣人的姿勢一向都很端正，雖然那種端正指的是進行談判者的端正姿勢。十指稍微交疊，放在大腿前段上，上半身微微前傾與對方說話。

「能受到您的賞識真讓我備感光榮。我也一直很期待與有山盛男先生見面。」

「就說不用客套了。雖說我方長期受到你的照顧，但你應該不會認為我不知道是誰將武器輸送給漆黑音色的香月吧。若不是因為那則情報，我根本不打算在這種時候與你見面。」

「……」

廣人想起了最後遇見的香月身影。她是與自己同為「客人」的老朋友。當時提出的協助意願也是毫無虛假的真心話。

某個遠遠超乎他預測的人物在那裡殺死了香月。如果按照他原本的構想，香月一定能活著出現在這場談判之中。

「這是當然的。不過軍事企業就是那樣的組織，您應該也非常清楚才對。客戶有需求，就販售武器。如果對立的雙方都有需求，那就更應該這麼做。」

「道理與個人的好惡是兩回事。我的士兵被那傢伙的游擊戰給殺了。不是人數的問題，他們所有人都是自由都市的家人。」

「確實如此。」

廣人觀察盛男表情的細微變化，尋找突破點。

一臉不開心，同時像是感受著哀傷的憤怒神情。

將士兵當成家人。從底層一路爬上頂端的軍人。被「彼端」放逐，從一無所有培育出這座傭兵都市的男子。盛男看起來是個重視面子與正義的人，實則不然。

「——的確，如果沒有我方提供槍械與後勤支援，水村香月小姐或許會放棄攻擊歐卡夫的計畫。但是策動她的另有其人。」

「是黃都吧。這點我知道。那些傢伙終於開始覺得我們的存在很礙眼了。」

「如今水村香月小姐已被擊敗，歐卡夫自由都市就成了他們最大的威脅。下次黃都應該就會派出軍隊了吧。」

「……真讓人不爽啊。香月大量剷除了我方的菁英。若以目前的戰力打起來，歐卡夫會輸。我方需要援軍以阻止那種狀況發生，而那批援軍就是你的軍隊。無論情勢如何演變，那都在你的計畫之中吧。」

盛男兩手交疊擺在桌上，瞪著廣人。這種發展不算壞。

如果對方完全拒絕自己，連不爽兩個字都不會說出口。那是道理與情感發生衝突時使用的詞彙。儘管盛男絕非一位無情的男子，他仍能冷靜地衡量兩者孰輕孰重。

「當然，我一直都是為了自身的利益行動。就連歐卡夫自由都市都是我基於這點而利用的對象之一。不過我所說的自身利益，還包含了合作夥伴的利益。只要讓我提供協助，我就絕對不會使您吃更多的虧。」

「具體來說呢？」

「這次就輪到你當賣家。我將『僱用全體』歐卡夫自由都市的傭兵。」

「……怎麼可能。」

盛男驚訝地說不出話，雖然他早就知道「灰髮小孩」累積了龐大的資本。

「你打算買下一整個國家嗎？接受這場交易對歐卡夫有什麼好處？」

「在往後的世界裡，ＰＭＣ產業不會有未來。倘若舊王國主義者繼利其亞新公國之後也戰敗了，傭兵這種職業的需求會整個消失。而我將暫時接收這種需求——就是這麼一回事。若要舉出具體的好處……那就是與黃都的戰爭能在不損一兵的情況下結束。具體做法還請待日後的說明，不過與黃都之間進行有利於貴方的戰後談判的計畫已正在安排。若你想知道更進一步的內容……那就是我會一併提供讓你的士兵戰鬥的戰場。」

「……戰場？」

「是的，歐卡夫的傭兵是一群只能活在戰場上的人。有山盛男先生也是為了守護他們的棲身之地，才會打造出這種都市。我保證一定會提供給你們戰場。」

廣人最後附加的這種提供戰場的利益，是盛男「個人的」利益。

他是一位比起面子或正義，更重視家人的指揮官。那是某方面的事實。

不過他一點也不害怕因為戰爭而造成那些人的死亡。他所期望的是讓家人生為戰士，死也為戰士。當他批評香月的戰鬥時選用游擊戰這個詞，就顯示了那種內心思想。

「——這個國家處於什麼樣的狀況，我倒是很清楚。逆理的廣人……像你這種高明的掮客應該有辦法搞出什麼大事吧。況且若是你公開了『那個情報』，我們兩邊都會完蛋。但我無法輕易信任你，你給我記住這點。」

「……是的。」

「雖然我們來往很久，可是到頭來我仍沒見識過你自身的力量。你在這個世界開發了第一把槍，帶來以這個世界而言五十年後才會出現的技術訣竅，不分勢力對象做生意——就只有這樣。你有辦法用那些錢僱用比這個歐卡夫更多的軍隊嗎？你有什麼辦法讓我們一人不損地與黃都大軍對決？你是值得信賴，可以讓我將背後交給你的人嗎？我希望你先證明這點。」

「……你說得對。或許展現我具有什麼樣的力量，能夠辦到什麼事的那天終於來臨了。」

廣人望向堡壘的窗外。他可以從專門用來狙擊的小窗俯視傭兵們在眼前的市區裡來來往往的樣子。

住在這個都市的居民約有半數為傭兵。盛男刻意將城市打造成這樣。

「有山盛男先生，你真正的力量應該不是聚集於城市中的傭兵吧。而是從他們之中挑選出來，授與你在『彼端』學到的最新軍事訓練的私兵。那些至今從未對外展示過力量的士兵才是你的最後王牌。」

「……我訓練自己的士兵是理所當然的事，那又如何？」

「包含傭兵……與那批私兵在內，我會獨自一人制伏他們所有人給你看。」

「我剛剛就在想……你的腦袋正常嗎？」

說到底，跨越合理法則的「客人」不一定擁有符合外觀的戰鬥能力。甚至還有漆黑音色的香月那種以纖細的手臂輕鬆操作大量槍械，展現出眼睛跟不上之高速機動性的例子存在。

這位逆理的廣人毫無疑問不是那種人。行為舉止會顯示出一個人的力量。別說身體素質，就連露出破綻與隱藏破綻的方式，他都比常人還差勁。

倘若盛男有那個意思，他在這場會議中隨時都能砍下廣人的頭。

「當然，我不會傷害你的士兵。再怎麼說你們都是我往後的結盟對象。我也不會使用刀械槍砲。這樣的條件如何？」

「……我可不想只因為一場追逐遊戲就把狀況鬧大。我既沒有圍剿追殺你的意思，也不想打亂那些傢伙的生活。如果你真的要做，我會向士兵下令，要他們發現你之後小心地捉住你。請讓我附加這樣的先決條件。」

「求之不得，那就待會兒見吧。」

即使逆理的廣人準備了什麼制伏歐卡夫所有兵力的策略，要實行那種計畫在事實上仍是不可能的事。

就像廣人被帶來這個房間時那樣，有多名衛兵正在監視他，以便當他展現攻擊的意圖時立刻出手逮捕。

然而廣人很清楚，對方再怎麼樣都不是一見面就不由分說攻擊結盟使者的男人。如果真是那樣，廣人就沒勝算了。

所以他提出的戰勝對象才會是有距離的「他們」，而非眼前的「您」。間接暗示包含衛兵在內的盛男等人不是對賭的當事人。

廣人使他們以為這場對賭在自己與傭兵們展開正面對決……或是趁隙發起挑戰之前還不算開始。同時為了以示公平。廣人也接受盛男的手下可以在不傷及自己的情況下進行逮捕的條件。

所以他才有機會進行準備。

他走進了走廊，打開行李袋。看到衛兵們稍微擺出警戒的姿態，廣人微微一笑。

「不是武器啦。你們要再檢查一次嗎？」

「……」

當然，那不是武器。至於其用途，那東西乍看之下也只像是一種通信機。

不過他也說了謊。只要在廣人的手上，那東西就會搖身一變成為威力無窮的武器。

他用閒話家常的態度向站在後頭的衛兵詢問。

「……往監視塔的路是那邊嗎？」

「你想做什麼？」

「呵呵呵，我看起來打算狙擊嗎？」

「……不，一點也不像。」

廣人走在堡壘中，朝監視塔的樓頂走去。衛兵則是保持距離追著他。

廣人沒什麼體力。要他走到遠處的監視塔加上爬完階梯是件有點困難的事。

「哎呀，真累人呢。各位每天都得這樣上上下下嗎？」

「……爬個樓梯就喘不過氣的人，廣人先生是第一位。」

衛兵嘲諷地笑了。他們可能沒想到廣人這麼沒體力。

「讓各位見笑了。」

他看起來就是個手無縛雞之力，只會說大話的男子。任何人應該都會看不起逆理的廣人。

等到他站上可以俯視地面的監視塔塔頂，開始那場行動之後就不然了。

「……啊～啊～啊～啊～」

他壓著喉嚨，試了一下嗓音。接著拿起自己帶來的道具。

那是逆理的廣人轉移到這個世界時，比起槍枝或車輛更想先獲得的道具。

那個機械的構造非常單純。金屬線纏成的線圈連接包覆鳥龍翼膜的物體。裡頭具有磁石，可透過聲音的震動產生電力。那股電流再經過通信礦石做成的擴大電路，傳輸至與輸入機制構造顛倒的輸出器。振動翼膜，從漏斗型的發聲口吐出聲音。

那叫做擴音器。

「——住在歐卡夫自由都市的各位！」

增幅過的巨大音量傳遍了整座城市。

聽到這陣從天而降的話音，眾人不是大吃一驚，就是拿起武器警戒，紛紛望向站在監視塔上的男子。

「我的名字與長相，想必大家都已經知道了！就是盛男大人下令捉拿的『客人』，逆理的廣人！請容我鄭重向各位打個招呼！還請多多指教！」

他開場就表明了自己的身分，阻止了幾個想先發制人，將其當成可疑人士處理的傭兵。在不傷及逆理的廣人的前提下捉住他。那是盛男對他們下達的指示。

另一方面，監視廣人一舉一動的衛兵也因為這個原因而無法出手。

雖說廣人使用能嚇人的機器，卻明顯不是進行攻擊行動。「客人」也無法使用詞術。不可能攻擊有著一大段物理距離的士兵。

「我事先做個聲明。盛男大人發布捉拿命令時應該也一併告知過，但為求保險我再說一次。我向盛男大人約定，我將戰勝你們所有人。並且以此為條件，換取與歐卡夫自由都市締結同盟關係！雖然我說了這番大話……但你們真的會輸給我這種人嗎？輸給看起來十分瘦弱，沒有半點警戒心的我？就讓我從這點開始說起吧。追根究柢……所謂的獲勝，指的就是達成目的吧。那麼所謂的落敗，一般來說又代表著什麼意義呢？」

他說了謊。盛男只要他證明自身力量，並沒有承諾與其同盟。但反過來說，根據解釋方式的不同，那段發言也能被他隨意曲解。甚至還有著讓發言的盛男本人認同那種解釋的餘地。

因此他在這麼多人面前光明正大地如此主張，使那個約定彷彿已成既定事實，讓他們相信只要廣人獲勝，雙方就會締結同盟關係。

「舉例來說。既然諸位大多是士兵，可能會認為明確喪失所有權利的『死亡』是最一般化的敗北形式。但有趣的是，在字面上表達爭奪生死的『生存競爭』這個詞彙所代表的意義中，個體的死亡與敗北並非同義。」

他在演說中夾雜著誇張的手勢，吸引眾人的目光。

讓他們集中精神於自己的話之中，減低那些以暴力為生的人們行使暴力的意志。

「雖然沒有能贏過龍的生命體，但是人類在生存競爭之中明顯戰勝了龍。無敵的個體與最後的勝利者絕非同義詞——這與我過去在『彼端』世界看到的情況是一模一樣的。」

聽眾們仍譏笑著廣人。把他當成不知死活現身於容易被弓箭瞄準的地點，突然開始胡說八道的奇特肉靶。這樣正好。

最重要的是不能讓他們對自己「毫無興趣」。透過盛男，刻意向所有人宣傳自己是捉拿目標的用意就在於此。

「來談談我自己吧。我在這座歐卡夫自由都市待了三天的時間。身為了解『彼端』的人士，以及了解人類社會的人士，我對此地的了不起之處讚嘆不已。在這座城市裡，種族之間竟然沒有任何藩籬！就連在『彼端』，人類與人類之間也會發生衝突爭執。但在這裡，人族與鬼族都能共同生活，並肩戰鬥，使用相同的貨幣交易！這座城市不但具有活躍的朝氣，還有著自然而然的秩序！」

廣人非常清楚——歐卡夫的秩序絕非來自半吊子的平等思想。那只是該地的自由主義與經濟活動自然發展而成的結果。

大鬼與狼鬼原本就是在體能與精神層面遠優於人類的戰士。如果只在戰時以傭兵形式僱用牠們，就不必擔負培養食人種族為常備軍所帶來的風險。將鳥龍軍當成自家空軍運用的利其亞新公國與歐卡夫自由都市之間，在這點上有著差異。

歐卡夫擁有的鬼族傭兵需求度很高，輾轉於各地戰場的牠們也能輕易取得鬼族的「食物」。於是歐卡夫的鬼族就不會受到在其他人族都市的那種排斥。原因就只是如此。

不過廣人利用了那個事實。當自己所屬的團體受到讚揚，人就會自然地得意起來，降低警戒心。只要是有情感的人，誰都會渴望受到誇讚。

「——那麼，請看過黃都的人思考一下。黃都又是怎麼樣的狀況呢？別說接受鬼族，他們對魔王戰爭中負傷的士兵們有給予足夠的補償嗎？那種依然故我的人族至上主義、貴族至上主義，能說是符合這個可透過詞術與任何人溝通的世界該有的統治形式嗎？『最初的隊伍』之中的彼岸涅夫托是狼鬼。然而做到與『真正的魔王』戰鬥，還能恢復理智的偉業後，牠卻被迫隱遁於苟卡歐沙海。當黃都人談論『最初的隊伍』時，可曾提到穢地露梅莉這個名字？即使她不是人類，也應該是不愧對於任何人的偉大英雄啊！」

他停了一下。不必將話說個不停，而是要誘導聽眾意識的方向。

歐卡夫因為與黃都的關係惡化，陷入了危機。他們那群士兵也很清楚這種情勢，所以就要利用那股敵意。身為肉靶的他將聚集於腳底下的數千士兵的敵意矛頭導向了黃都。

「……是的，不用你們說我也知道自己也是人類。應該會有人心中存有疑問。說到底，我這種傢伙哪有什麼資格談論多種族的共存共榮？我剛才提到……我打算談談自己的事。但你們應該會想，這個小孩到底算哪根蔥？他怎麼突然冒出來胡言亂語？這傢伙該不會蠢到把這裡當成教會的告解室，而且還沒發現自己搞錯了吧……？」

廣人聽到了聽眾之中傳出稀疏的訕笑。將敵意轉移至其他對象，再將純粹的注目焦點拉回自己身上。

「請容我再次向各位打聲招呼。或許有人在進行鳥槍交易時耳聞過逆理的廣人這個名字。各位可知道你們每天所看到的這種武器是在什麼地方製造的呢？是黃都嗎？是已經毀滅的拿岡迷宮都市嗎？還是哈奇那小州？」

他對一位衛兵招了手，要對方站到聽眾的面前。原本應該負責看管廣人的衛兵無法抗拒這種話術與聽眾的注視。廣人在此刻賦予了他監視自己以外的任務。

廣人以手勢示意他將手中的鳥槍高高舉起。不是由廣人自己，而是請被傭兵視為自己人的衛兵舉起鳥槍的做法，在讓他走進聽眾內心的過程中是一個相當重要的關鍵。

「都不是。我所製造的槍，不是在這塊大陸生產的。那麼是『彼端』嗎？也不對——是的，我就用這件事向大家介紹我的身分！我叫做逆理的廣人！花費六十九年的歲月，打造了第三個世界！那是各位所不知道的世界！」

驚訝與疑惑的低語聲如水波般在聽眾之中傳了開來。

廣人從一開始就規劃好煽動的流程。事先潛入歐卡夫的暗樁利用歡呼聲煽動聽眾，誘導受到控制的注目焦點集中於廣人身上。

「就在世界的盡頭！在大海的另一端！我建造了小鬼的國度！各位請看，牠們就是我的夥伴！」

以這句話為信號，潛伏於此的集團站出了人群。只要用大衣遮住臉，牠們看起來就像是身材矮小的小人。那是混在交易工作人員中的小鬼集團。廣人的計畫早在這天以前，早在他來這裡談判之前就已經開始了。

聽眾露出困惑的情緒與警戒的神色。目睹被認為早已滅絕的小鬼出現在眼前，這是理所當然的反應。不過，廣人需要讓某種決定性的證據深深烙印在他們的眼中。不安與激昂之間的情緒震盪，更能使人們將聽到的言語牢記於心。

這是一種危險的手段，必須在敵意復活前予以撲滅。

「各位！你們相信嗎！相信人們可以穿過潛伏著深獸(kraken)的遠洋，越過世界的盡頭！相信已經有人找出那條航線！相信被當成低等生物的小鬼擁有能生產槍械這種高技術需求武器的文明！相信牠們如今有著統一的文字！相信牠們組成了國家，組成了社會……可以和我這種人族和平共存！

——當然，你們一定可以相信！因為你們已經看見了那樣的社會！」

他握緊拳頭，以強烈的眼神俯視群眾。

逆理的廣人是認真的。

若無法真正相信自己所說的話，就無法使他人信服。

「你們應該明白！鬼族與人族是可以共存的！鬼族有著遠遠超乎人類想像的優越力量！更重要的是，無論是你們，甚至是黃都，都曾多次將自己的性命交付給小鬼製造的武器，因而得救！你們都應該已經親眼見過許多的證據！我再說一次！這座歐卡夫自由都市，是一座了不起的都市！」

後頭傳來有人走上監視塔石階的腳步聲……哨兵盛男來到了這裡，準備阻止演說。

廣人之所以刻意挑選這座遠離司令室的監視塔，就是讓盛男即使察覺這場演說的意圖也無法立即介入制止。然而盛男的敏銳直覺與迅速行動仍超越了廣人的預估。他很可能在演說開始時就出發了。

（而且還不是指派部下，而是親自前來。他不是靠言詞就能敷衍過去的對象。）

這下子就必須修正幾個事先準備好的演出。廣人繼續說道。

「——然而，黃都此刻卻威脅著這塊土地！他們企圖揚棄盛男大人打造的共榮秩序！但是我願意在這個時刻幫助各位！是為了利益？沒錯！為了明哲保身？沒錯！我不是什麼正人君子，也不打算提倡什麼理念或和平！不過我向各位保證一定能得到成果！我會像拯救過去被全世界排斥的小鬼一樣，一個不漏地救助各位！我逆理的廣人與小鬼大軍，往後將成為各位的夥伴！遵照我與盛男大人的約定，向各位提供力量！」

夠了——監視塔的木門大開，盛男從裡頭走了出來。

一如他的計算，對方就在自己提到盛男名字的同時到達。

「放下擴音器。」

盛男姑且冷靜地提出要求。雪茄的青煙隨風搖曳。

自己不可能以暴力勝過他。只要盛男有那個意思，他隨時都能以短刀砍下廣人的腦袋。廣人將擴音器從嘴邊拿開，走向對方

「好啊，我明白了。這東西有點重，你可以幫我拿著嗎？」

盛男絲毫沒有鬆懈，但還是伸出手準備接過擴音器——廣人卻用力握住那隻手，隨即朝擴音器大喊：

「我在此保證將與歐卡夫永結友好！」

那是引誘對方伸手讓他握住的陷阱。

聽眾之中爆出了歡呼聲。這次不是來自他安排的小鬼暗樁，而是人們自然發出的歡呼。如雷貫耳的掌聲久久不已。

盛男一臉苦澀地瞪著廣人。而他也以認真的眼神注視面前的眼眸。

「你這傢伙……！」

「就像我一開始對您說的，我絕不會讓您吃虧。」

只要盛男有那個意思，他隨時都可以殺了廣人。但現在已經不行了。
即使是魔王自稱者盛男……正因為是魔王自稱者，他就是一位以人民信任為依歸的為政者，絕對無法忽視人民的意向。
廣人吸了一口氣，再次對群眾提出呼籲。
「……歐卡夫自由都市的各位！我和盛男大人做了約定！只要我獲勝，我、我的軍隊、我的武器，全都會成為各位的力量！我向你們保證，我將會創造更進步的文明與發展！還請各位務必協助我逆理的廣人獲勝！但是這絕對不代表各位的落敗！」
他放下了擴音器，直接以自己的聲音大喊。這是一種演出。
注意力已經完全放在他身上的聽眾耳中仍能清楚聽見那個聲音。
「為了讓我獲勝，更重要的是為了讓各位獲得勝利！讓盛男大人獲得勝利！請支持逆理的廣人！還請各位務必協助逆理的廣人，贏得這場勝利！」
掌聲響起。雖然這陣掌聲比盛男現身時溫和，卻依然明顯地表達了對廣人演說的支持。
他深深一鞠躬，轉身望向只能待在後面眼睜睜看著事情如此發展的盛男。
「……這就是你的目的嗎？」
「是的。正如我所說的，我已經戰勝在場所有人了。」
「而且不管我相信還是不相信，都不得不與你結盟呢……沒辦法了，反正我也不是會堅持無聊自尊的人。」

魔王自稱者盛男，他果然是一如廣人期待的男人。
在往後的戰鬥中，他的人望一定會成為不可或缺的力量。
「接下來呢？不傷及我的士兵，有利的戰後談判。你應該有十足把握吧。」
「當然有。我準備利用與黃都北方方面軍對峙中的托吉耶市舊王國主義者。」
「難道你打算與他們聯手？如今微塵暴已被摧毀，那些傢伙也撐不久了。」
「不對。」
廣人仍然維持著笑容。他總是充滿著自信，若非如此就無法帶領人民。
「基其塔・索奇。」
廣人打了個響指。一個矮小的影子從塔頂入口處的上方跳下來。
「……是小鬼啊。城市裡面姑且不論，沒想到這傢伙還能潛入我的堡壘。」
「幸會，盛男大人。」
就連盛男這種身經百戰的戰士也沒有察覺這個小鬼的存在。
「向您介紹一下。這是第一千零一隻的基其塔・索奇。是我最信賴的參謀……事前準備已經做好了吧？」
「當然。現在處於只要等那邊行動的階段。」
基其塔・索奇露出得意的笑容。
逆理的廣人是不具備任何暴力手段的男子。但是，他仍然有辦法戰鬥。

他轉頭望向盛男，輕輕地闔上雙手。

「我隨時都能摧毀他們。」

◆

北方方面軍正在與舊王國主義者進行對峙。司令官之名為黃都第二十四將，荒野轍跡丹妥。

（——真讓人不爽。）

這個伊瑪古北部平原是擺下陣地的絕佳地形。東有寬廣的運河。前方——托吉耶市的方向有茂密的森林。背後的南側有伊瑪古市，不愁缺乏補給物資。這裡是有害的蟲類、野獸都很少見的乾燥臺地。只要控制著此處，伊瑪古市就不會被攻陷。

……但，正因為如此，他強烈感覺這種布陣的便利性反遭到利用了。

森林的另一邊，以托吉耶市為據點的舊王國軍至今仍不斷從黃都無力管轄的邊境招兵買馬，人數持續增加。由於直到前幾天為止，名為微塵暴的大型災害威脅著黃都本國。黃都必須將大軍留在該地，暫時無法期望他們派出軍隊增援。

（真讓人不爽。我怎麼可能靠自己的軍隊一直撐下去。難道得一點一點派出少量兵力消耗對手嗎？王城比武大會、微塵暴……那些傢伙每個人……都在講什麼勇者、什麼微塵暴之類的胡言亂語。難道只有我在關注現實的問題嗎？）

率領這支北方方面軍的將領是第二十四將丹妥，以及第九將亞尼其茲。若只是要箝制敵人，這樣的戰力應該十分充足——這點毫無問題。黃都軍與舊王國軍之間的裝備與士兵精良程度都有差異。然而，既然以微塵暴而非軍隊攻擊黃都本國的計畫失敗，可以確定他們很快就會採取行動。舊王國那邊也需要盡可能在有利的局勢下結束與黃都之間的戰爭。而要舉出他們在這種情況下會盯上的目標，那就是身為前線主力，與舊王國軍對峙中的丹妥部隊。

（我還撐得下去，但光是這樣還不夠。為了獲勝，必須徹底擊潰對方——無止盡地拖延戰事，只會對我方士兵及有待收回的領土托吉耶市造成負擔。）

黃都對古馬那交易站那個微塵暴的通過地點指派兵力協助避難，卻不對幾乎可以肯定即將爆發交戰的這裡派出增援。丹妥認為那是舉辦王城比武大會所造成的用兵方針僵化。

據說第六將哈魯甘特甚至還拋下武官的身分，跑到不知道什麼地方去找「真正勇者」的候補者。實在讓人傻眼。

（援軍不會來。但再過幾天基魯聶斯就會有所行動了。在前線指揮作戰的是那個摘果的卡妮雅……得先觀察那傢伙的戰術再做決定。）

聽說摘果的卡妮雅是一位肌肉天生極度壯碩，力氣強大與基魯聶斯不相上下的女中豪傑。如果這場僵局是她刻意為之，那麼她就是一個連智謀都不能小看的對手。

伊瑪古北部平原易守難攻。

旅行商人通行用的狹窄道路必須穿過低地的森林。而可以繞過森林的西側溼地則是蛇龍的棲息地，連黃都軍都不免會遭受莫大損傷。

限制大軍自由機動力的森林與伴隨遭遇蛇龍危險的溼地區域。丹妥難以將原本用於防衛黃都的龐大兵力運用於此地。

儘管如此，當發生意外狀況時，他還可以輕鬆退守伊瑪古市。這麼一來他就能支撐很長一段時間。

然而，那麼做將對市民造成不小的負擔，伊瑪古市對黃都議會的支持度恐怕也會因此下滑。當問題連累到人民時，他們往往會翻臉不認人。

在這個即將舉辦王城比武大會的關鍵時期，丹妥絕不能扯黃都的後腿。

就在他思考到這裡時，回到司令部的傳令向他進行報告：

「團長閣下。雖然斥候部隊嘗試突破森林，卻造成三人陣亡，一人重傷。森林中藏有陷阱與老練的游擊兵，以現況很難突破該地。」

「……這樣啊，這可以視為整座森林已經要塞化了吧。我明白了。將回營的士兵全部移交給司令部。整理狀況之後把情報分享給所有人。」

雖說丹妥從對這場僵局感到焦躁的士兵中募集志願者前往偵查，結果仍然一如他的料想。不知道這次的四名犧牲者是否能抑制其他士兵的急躁情緒。

（強行突破會造成大量犧牲。雖然不是不可能那麼做，但也足以使我方對積極的行動感到猶豫。）

直接燒掉道路周圍的森林恐怕是最快的手段。然而敵人也很清楚丹妥無法隨便做出這種舉動。

這座森林是經營林木業的伊瑪古市持有的財產。如果黃都軍打算燒森林，就必須考量到往後數年的損失賠償。第二十四將丹妥得擔起這個責任。

另一方面，舊王國主義者沒有那種桎梏。對方隨時都能燒掉這道綠色防護牆。只要做好準備，他們就能從正面發動攻擊。

（應該前進犧牲森林，還是後退對伊瑪古市造成負擔呢？既然不管怎麼做都躲不過指責，最好就速戰速決……只不過……）

只要撐到黃都派來援軍，丹妥就可以維持著對這塊土地的控制，同時派別動隊避開溼地區域繞一大圈包圍舊王國軍。那也是黃都期許丹妥盡到的責任。

——如果援軍在敵軍有所行動之前即時抵達，丹妥也就沒必要冒險妄動。但那種希望反而將他困在原地也是事實。

「……報告！團長閣下！有一支看似歐卡夫自由都市的軍隊正朝這邊過來！」

「歐卡夫？」

「規模兩千！目前正在卡米凱路行軍中。」

丹妥急忙攤開地圖。歐卡夫自由都市應該是由第二十七將哈迪進行壓制。他們受到哈迪派出的漆黑音色的香月的攻擊而受到不少損害，理應無法有所行動。

不對，最重要的是他們為何特地朝丹妥的陣地而來。即使他們有攻擊黃都的打算，也有很多其他更值得攻下的要地可選。

「該死的傭兵……他們打算與舊王國主義者會合嗎……？立刻召集各分隊的隊長，退回伊瑪古市！」

「您打算放棄這個平原嗎？」

「沒錯！按照那群傢伙的行進方向，他們打算從側翼切入這個戰場！一旦我們的退路被堵，與伊瑪古市之間的聯繫遭到切斷，這個臺地就會變成讓我們曝屍荒野的棺材！再不撤退，我們所有人都會完蛋！」

以歐卡夫軍的位置計算，還有時間讓全軍撤退。而且他們與舊王國軍之間有座阻隔雙方的森林，敵軍應該也無法突襲丹妥的後方。

然而，到頭來他還是被逼著只能選擇後撤。

難道哈迪的策反行動被搶先一步了？倘若歐卡夫自由都市的援軍在舊王國主義者的算計內，他到底被敵人玩弄到了什麼程度？

丹妥咬牙切齒地想著。

（——真讓人不爽。）

「沒錯。」

陣地的前線指揮官，摘果的卡妮雅露出如往常般的笑臉，點了點頭。

即使士兵們看不出那是不是真正的笑容。因為就算身處腥風血雨的戰場，她的表情也從來沒變過。

◆

「歐卡夫軍的目的是什麼呢？」

「可能想拿擊敗黃都軍的成果當見面禮，前來投入我方吧。無論如何，他們目前不是敵人也不是友軍……」

卡妮雅粗壯的手臂轉動著宛如厚實菜刀的劍。

她對這場戰鬥有股預感。預感告訴她那不會是雙方性命相搏的激戰，而是帶來勝利的蹂躪。

「不過，倒是可以拿來利用。」

「如今敵人已經開始行動，我方現在也該出動了。」

「是的，穿過森林吧。」

舊王國軍將精銳部隊安置於森林中，藉此阻擋黃都軍的偵查。

那是在等待丹妥軍隊後退的那一刻。占據臺地制高點的黃都軍以為他們看清楚了森林的全貌。然而如果只從伊瑪古市的方向觀察森林，那就必定存在死角。那是以潛伏於托吉耶市的黃都諜報部隊的視點也無從得知的情報。

「……就從開好的道路過去。」

濃密茂盛的森林在面對托吉耶市的方向被挖出一大塊空間。

阻擋侵入者的密林只有在那一帶受到集中砍伐，並且利用森林東側的運河將木材運出去。那是卡妮雅製造出與黃都軍的膠著戰況時，著手準備的策略。

如果森林地帶不寬，騎兵隊的機動能力就不會受到限制，也就能迅速調動大軍。她計劃穿過這個空隙區域，從後方全速打擊逃跑的黃都軍。

他們不會活著抵達伊瑪古市。

「走吧，基魯聶斯大人一定會很高興的。」

「是！」

於是，卡妮雅率領騎兵部隊打頭陣，大軍轟隆隆地開動。

聚集於托吉耶市的士兵大多是一群不入流的烏合之眾，然而卡妮雅的手下並非如此。所有人都是過去待過中央王國正規軍的勇猛戰士。而且他們處於一個意志的統領之下。

「跟著騎兵部隊！我來證明前方沒有伏兵！」

在卡妮雅的戰吼激勵之下，軍隊紛紛發出了「哦！」的回應。

宛如暴風壓境的馬蹄聲踏亂了大地。全軍湧向了位於敵方視覺死角的森林空白地帶。卡妮雅馳騁於戰場上，笑容越來越深。

如此龐大的軍力已經迫近至幾乎可以觸碰到敵軍背後的位置，敵方將領卻對此渾然未覺。卡妮雅想像著敵人發現己方戰術的敗北，死於混亂之中的模樣。

「來吧，來吧，來吧。第二十四將丹妥。交出你的首級，我要你的首級！」

她全速衝上山丘。當然，並沒有部隊埋伏於森林外。面對從側翼靠近的歐卡夫軍，丹妥應該會選擇以付出最少犧牲的方式行動。他原本就處於退路暢通無阻的狀態，不可能安排需要賭命斷後的部隊。

當製造出膠著戰況時，那個地形就變得只對她的軍隊單方面有利，就像是有人特別設計好似的。

……突然之間。

卡妮雅腦中浮現了一個疑問。

（……這是設計好的嗎？）

就在此時。

伴隨著一陣不是來自馬匹或士兵，而是另一種東西製造的恐怖地鳴聲，後方響起了慘叫。

與卡妮雅一同衝鋒的士兵一個個拉住了馬，轉頭望向己方的部隊。卡妮雅是最後看到那個景象的人。災害發生了。

宛如巨龍的洪流滔滔不絕地從運河湧出，使留在低地的士兵全部沒入水中。

——就像事先設計好似的。
原本應該能阻擋洪水的林木已被卡妮雅自己砍掉了。
「怎麼可能……運河的堤防被破壞了！」
就在跟隨卡妮雅的大軍通過低地的同時，東側運河的堤防被破壞了。為什麼？
砍伐森林的事實沒有任何洩漏的道理。至少沒有洩漏給黃都軍。
（……是誰？誰幹的？不是黃都軍。）
不可能是黃都軍。因為從山丘上可以看得很清楚。
有群人埋伏於高地，一個個殺死背著湧入的洪水四處逃竄的士兵。
那是身材矮小、動作迅速，從未見過……至少在這幾十年來未曾看過的種族。
小鬼現身於森林中，殺害她的士兵。陷阱、戰鬥技術、集團戰術，在各方面都屬菁英的游擊兵遭到低等的小鬼單方面地屠殺。
「……救出行動較慢的人，誰有意見——」
「……卡妮雅大人！那個……那個是什麼？」
參謀沒有回答她，只是指向了山丘。那裡有個東西望著卡妮雅。
異形之物正等著他們。
宛如牠早就知道卡妮雅的部隊即將出現。
「——任何人。任何人都有成為英雄的資質，具有那種身體。」

牠看起來像是巨大的狼，然而那身散發蒼銀光輝的毛皮證明牠不是自然生物。

那個存在緩緩轉動頭部，看著年輕的新兵。

「那名男子的腿部肌腱有著了不起的爆發力。如果只看腳力……他擁有接近綠帶的多門托的實力。」

士兵們不待指示就已經拉弓瞄準那隻狼。那毫無疑問是危險的存在。

狼沒有動，看起來像在評價那些人。

「…………那邊的那位……你不適合當弓箭手。從肱肌的分布來看，你的手臂適合上下活動，使用垂直揮下的招式——例如當劍士。」

「砰」的一聲，弓箭擊發的聲音響起。怪物搖晃了一下身體。

然而就只是如此。野獸將牙齒咬住的箭矢丟到地上，繼續說著。

「……否則你就只能達到這種程度。」

「我來幹掉這傢伙！」

卡妮雅轉動著巨劍，低聲說著。

而怪物帶著看不出感情的眼神，回答：

「真遺憾你們採取敵對行動……反正結果都一樣吧。我先報上自己的名號。」

「啪」一聲，巨大的背部打開了。

那是難以從其優美的野狼外觀想像，也無法以言語形容的變化。

空洞的軀幹內源源不絕地冒出無數手臂。
「我叫歐索涅茲瑪。」
那些是以金色的線與肌腱拼接上去，各自拿著銳利醫療器具的……蒼白人類手臂。
「是混獸。」

◆

舊王國軍才剛潰敗沒多久，歐卡夫軍的使者就與荒野轍跡丹妥進行了接觸。接觸行動非常迅速，簡直就像他們早已經預測到黃都軍的撤退路線。
「……這是怎麼回事……！」
丹妥本以為那是拖住撤退行動，以利敵軍從側翼發動偷襲的陷阱。但既然舊王國軍已經瞬間潰敗，對方就明顯不屬於丹妥所認為的勢力。
「歐卡夫行動了！舊王國軍垮了！簡直莫名其妙！」
「……幸會，丹妥閣下。」
使者沉穩地打開話題，他的身邊有一位小鬼陪伴。
他名為逆理的廣人，是讓鳥槍流通於這個世界的「灰髮小孩」，也是底細不明的「客人」。
「逆理的廣人……！你到底……有什麼企圖！是歐卡夫派你來的嗎！」

「不。這與歐卡夫無關，只是我個人的想法。我希望對丹妥閣下提供幫助才會來到這裡。」
「……你覺得我會相信那種話嗎？你無端介入這場戰爭，只因為幫了我就想要賣人情？那就是你們侵略黃都的藉口吧……！」
「丹妥閣下，請您仔細思考一下。」
廣人十指交疊，微微探出上半身。
「黃都本國會怎麼看待這個狀況？他們應該期望丹妥閣下一直維持托吉耶市之間的膠著戰況，在微塵暴的善後處理結束後，再從本國派出援軍壓制該處。而目前這個結果……您不覺得看起來就像丹妥閣下背著負責壓制歐卡夫的哈迪將軍，擅自與歐卡夫自由都市進行交涉，找來傭兵當援軍嗎？」
「我會說從那種狀況判斷，一切都是你們設計好的！你以為我沒辦法現在立刻逮住你們，逼你們為事實真相作證嗎！」
「——我不是在談論事實，而是在談論『有沒有解釋的餘地』。為什麼在這場艱難的戰局之中，對丹妥閣下的支援被延後處理？北方方面軍的另一位將領……第九將亞尼其茲將軍正待在後方的伊瑪古市吧？為什麼不是他成為負責人站上前線呢？」
「……」
「丹妥閣下是不希望以勇者進行改革的『女王派』吧。這次的人事安排，我認為很可能打從一開始就是籌備王城比武大會的改革派所下的指示……迫使你敗退至伊瑪古市，削弱你的地位與話語權。丹妥閣下也應該早就察覺到了。」

——微塵暴事件的處理與應對單一災害的事件不一樣。那是一場隱含多重意圖的「軍事作戰」。

黃都本國很晚才能派出援軍，是出於必須處理前所未見的人災害，微塵暴的正當理由——但因為這個理由正當充分，也能藉此堵住批評黃都將過剩的兵力分配於防衛本國的聲音。

如果只要箝制舊王國主義者，靠丹妥的軍隊就夠了。但若是摘果的卡妮雅在這場戰鬥中利用地形實現她的計謀，狀況就很難說了。

「改革派可以輕易地誣陷您，指控您為了眼前的勝利而僱用歐卡夫。包含這個原因在內……我們打算避開黃都，直接對女王與丹妥閣下提供幫助。」

「……」

看著無法給出回答的丹妥，廣人舉起手掌，比向站在他座位旁邊的小鬼。

「讓我介紹一下。牠的名字叫基其塔・索奇。我在與托吉耶市交易時廉價派遣造船工人，同時高價收購木材以操作市場。這一切都是基於牠的構想。那一場隔著森林形成的膠著戰況，不過是摘果的卡妮雅幫忙執行了牠腦中構思的藍圖罷了。」

「——站在舊王國主義者的角度來看，打算趁著微塵暴造成黃都援軍遲到，迅速分出勝負的想法是非常自然的事。事實上，那片阻礙行軍的森林對他們而言只會礙事。我只是儘快幫助他們『想到』如何移除那個障礙。呵呵呵。」

基其塔．索奇扭著醜陋的嘴角，發出別有深意的笑聲。

「戰術這種東西啊……越是從自己的腦中迸出來，就越容易掉進陷阱呢。」

「……」

「您意下如何？您的軍隊毫髮無傷。我方的小鬼軍隊都是由牠鍛鍊出的優秀士兵，後頭更有歐卡夫自由都市的軍隊。這一切全都可以借給您使用。」

「你、你打算……唆使我造反嗎？還是想要恐嚇我？」

他的外觀只有十歲出頭。唯有那頭夾雜白髮的灰髮給人老成的印象。

這個男人毫無疑問很弱。比摘果的卡妮雅弱，比荒野轍跡丹妥弱。

即使如此……這個男人——

「好了，您打算怎麼做呢？決定權在您的手上。」

「別瞧不起人了。我……我可不是會出賣黃都的無恥之徒。我完全沒有引爆內亂的打算。」

「既然如此。我就準備一條兩者皆非的道路吧。那就是解散歐卡夫自由都市的軍隊，將其完全置於黃都的旗下。而達成這場談判的功勞將獻給丹妥閣下。」

在這個丹妥被視為自作主張與歐卡夫進行交涉的狀況下，只有一條道路能讓他躲過責難的矛頭。那就是歐卡夫自由都市完全「喪失其威脅性」。

「莫名其妙。這麼做能讓你們得到什麼好處？」

「黃都在徵召勇者吧。二十九官正在尋找人選。」

又是勇者。怎麼每個人都只關注那種東西。

真讓人不爽。這場戰爭從一開始就充滿了讓丹妥看不順眼的事物。最讓他感到不爽的，就是自己也逐漸被捲入那股潮流。

「然後……如果勇者並非單獨一個人的話會怎麼樣呢？任何人不曾確認過『真正的魔王』的死狀。如果我們主張有人手握大軍，以其兵力打敗『真正的魔王』呢？」

「怎麼可能有那種事……！你沒見過能以恐懼使任何人發狂的『真正的魔王』的力量嗎！越是弱小，數量聚集越多，越勇於面對，就越容易在瘋狂中自相殘殺。你沒見過那種死亡之力嗎！勇者只有可能是個人！這是小孩也能明白的事！」

「然而誰也沒辦法證明這點。我在談論的是『有沒有解釋的餘地』。若勇者的背後有國家撐腰，對黃都或對這個世界的大多數人而言，那個國家的人民能算是敵人嗎？」

「……王城比武大會。你們的目標也是王城比武大會？」

「我打算把牠當成勇者派去參加比武大會。第一千零一隻的基其塔．索奇。就是牠接受小鬼大軍與歐卡夫傭兵的支援，打倒了魔王。他們是同為命運共同體的英雄──」

丹妥的額頭浮現豆大的汗珠。

那種說法不只意味著王城比武大會的參賽權利。

只要歐卡夫自由都市可能與勇者有關連，黃都就無法對他們動手。至少名義上不得不如此。

如果一切的狀況都是為了走到這步所做的安排。逆理的廣人。這個男人從一開始盯上的就是王城比武大會的參賽權。

「我要兩個參賽名額。」

「……兩個……！」

「是的。我希望您推薦一位容易溝通，您也好控制的黃都二十九官。像您這樣聰明的將領，應該可以至少想到一個那樣的人物吧。我要請您與那位人物擁立兩名人選。」

利用各種有形無形的情報煽動舊王國主義者，迫使他們走向毀滅。

讓歐卡夫的士兵一滴血也不流就結束戰爭。

協助歐卡夫自由都市與黃都締結有利的和平協議。

並且……準備了全新的戰場。

逆理的廣人做到了他所有的承諾。

「廣人。」

一個巨大的影子一聲不響地落到營地裡。那個東西看起來像狼，但誰也沒見過那種型態的野獸。外頭沒有傳來通知威脅入侵的警報。誰都沒有注意到牠。

「你還在談啊？我這邊已經處理好了。」

「這樣啊，你每次都幫了我大忙呢。歐索涅茲瑪。」

「……我不是在幫你，我們之間不過是對等的互助關係。」

……不知不覺間……

丹妥已經無法當場殺害這位脆弱的少年了。

在他的注意力被談判內容吸引的時候，少年已將兩股強大的力量召集到身邊。如今的丹妥又能辦到什麼？擁立牠們為勇者候補，藉此換取解散歐卡夫軍的功績以洗清嫌疑。他有辦法立刻想出比逆理的廣人的建議更好的解決方案嗎？

「兩個名額，牠們就是我的勇者候補。」

戰術家（tactician）。小鬼。第一千零一隻的基其塔．索奇。

醫師（medic）。混獸。善變的歐索涅茲瑪。

——以及……

「你這傢伙……你這傢伙……逆理的廣人！你這傢伙到底是什麼人！」

面對站起身拍桌大怒的丹妥，廣人攤開了雙手。

他背負著如今置於其支配下的所有軍隊，露出完美的微笑。

「那該由你來決定。」

此人具有封鎖聽眾的所有選擇，舉世非凡的演說與交涉才能。

此人能一眼看穿對方內心，知曉敵人的一切需求與恐懼。

此人孕育無人所知的國家，使其發展超越人類文明。

他是運用異世界的法則，扭曲所有舊法則的文化侵略者。

政治家（statesman）。人類。

逆理的廣人。

十◇萬物之敵・四季

在道路之中，有一盞營地的火光。

即使不騎馬，只要行程分配妥當，前往黃都的旅程就沒必要露營。不過他們那天的計算稍微有些失誤。

遠方鉤爪的悠諾還不習慣旅行。她與不熟悉常識的「客人」，柳之劍宗次朗結伴同行，在黃都的命令之下往來各地。

宗次朗這次的任務似乎是代替攻打歐卡夫自由都市失敗的漆黑音色的香月。他們前往面見負責指揮該場作戰的第二十七將哈迪。然而當悠諾等人抵達時，高層似乎已經談妥了，宗次朗連參加進攻作戰的機會都沒有。對悠諾來說完全是白跑了一趟。

與她一同旅行的宗次朗正裹在簡易睡袋裡躺在不遠處，旁邊則隨意地擺著拿岡的訓練用練習劍。

「……早知道就多用功一點了。像是認識露營的必要工具，或是學習植物的採集……我從來沒離開過拿岡啊。」

「唔，有什麼關係嘛，又沒有野獸。只要能安心睡覺就好了。」

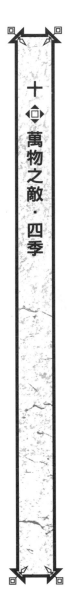

宗次朗對這場出乎意料的露營活動似乎駕輕就熟。對於聽說「彼端」的文明比這個世界還要進步的悠諾來說，這個事實讓她多少有些意外。

悠諾突然脫口問出腦中浮現的問題。

「……你來到這個世界之前，那邊怎麼樣？」

「啊？」

「你之前告訴過我吧。M1艾布蘭……是其他國家的戰車。包含這些東西在內……『彼端』的世界是怎麼樣的地方？」

「是這個問題啊……該怎麼說，其實我也不知道耶。」

「……？」

◆

二十一年前。

那是「真正的魔王」出現，絕望蔓延了整個世界。但是人們還抱持希望，相信終會有人出面結束那一切的最後時代。

「不、不要……不要啊！快死了！我會死啊！會死掉啦！」

那是活人的聲音早就絕跡的廢墟。瘋狂的蛇龍追逐著少年。粗糙的鱗片像一把銼刀，粉碎了城市的殘渣。一小月前還活著這個地方的住民已經變成外表雖然為人，內心卻不再是人的東西。
不斷逃跑的少年被崩塌的瓦礫堆擋住了去路。
「啊啊啊啊！」
他猛抓著鮮豔的紅色頭髮。
「要死了！我會死在這裡嗎！」
已經完蛋了，他確信會如此。
蛇龍張開了散發血與腐肉臭味的大嘴……不可能有人來救他，因為這裡是「真正的魔王」的支配地區。
「——啊啊……真是夠了！我要死了啦——！」
遠在蛇龍展開捕食前，光的軌跡奔馳而出。長槍前端看起來只是擦過交錯而過的蛇龍大嘴。少年著地時，濺到身上的血液拖出一小條痕跡。巨獸維持前衝的力道撞進地面，停了下來。
牠死了。
那是從沒有被鱗片包覆的嘴裡穿過頭蓋骨的縫隙，戳入大腦一個點的神速絕技。
「呼……呼……呼，混帳……！要是死掉了該怎麼辦啊……！我很努力了喔……應該很努力了吧……？每天都像這樣……！總是有人想要我的命……！沒道理會這樣啊……！」
結束攻擊的他倚著紅槍，猛喘著氣。年輕的槍術天才，無明白風艾雷那。當時知道這個名字的人並不多。

「嘻哈哈哈哈哈！」

石牆上有位一直觀看整場戰鬥的少女。她坐在石牆上，拍手大笑。

「還是一樣厲害呢！你真的是人類嗎？」

「露……露梅莉……難道妳看到了？看到我快死掉的樣子？」

「你哪像快死掉的樣子啊。」

少女晃著給人沉穩印象的黑髮，嘴角露出促狹的笑容。

她是名為穢地露梅莉的森人少女，看起來年紀與艾雷那差不多。不過森人是能長保青春的種族。事實上是否真是如此，就連一同旅行的艾雷那也不知道。

他只知道露梅莉是一位實力已臻化境的詞術士，也因為這個原因而被出生的故鄉放逐。

「不管是出現老鼠還是龍，你都會嚷嚷著快死了快死了。誰都不會當真啦。至少真的死過一次吧。」

「我說啊……我每次也都很拚命耶。就是因為不想死，所以我每天努力鍛鍊，在危急狀況下出盡全力，最後才終於能發揮出這種速度。感覺每次都少了兩三年壽命啊。畢竟我又不是露梅莉那樣的天才。」

「哦，你竟然說我是天才？太有趣了！不過被這樣認為好像也不錯！嘻哈哈哈哈！」

穢地露梅莉毫無疑問是天才。

她與被稱為最強最凶惡的魔王，色彩的伊吉克之間的詞術大戰已成為一則傳奇，如今所有西王國的人民都知道這件事。能夠造就這項豐功偉業的人沒有第二個。

艾雷那看過她所釋放的那種具有腐蝕力的黑色熱術光芒。

少女使用一種無法重現的特殊能力，可以介入並且改寫他人的詞術命令。

「既然妳來了，表示其他人也到了嗎？」

「啊，伊吉克那混帳又在嘮嘮叨叨說什麼要做準備，我就把他拖過來了……這下總算——」

她坐在石牆上彎著身體，瞪著一座堡壘。

她比隊伍中的任何成員都憎恨那個存在。

「——總算可以殺死『真正的魔王』了。」

那位少女對正義或道德之類的普世價值觀都冷笑以對。就像艾雷那一樣，她也不是基於身為英雄的理念而戰鬥。

為什麼露梅莉打算挑戰如此可怕的「真正的魔王」呢？

如果打倒了魔王，未來是否有一天能讓他詢問那個理由呢？

「……嗯，蛇龍死了。」

另一道聲音出現。

「艾雷那，你又被捲進打架事件啦。」

巷子裡冒出了一位帶著圓框眼鏡，看起來為人樸實的男子。

他叫星圖羅穆索，也是他們的同伴之一。

「不是啦，老師。那才不是打架！正常的人類會和蛇龍打架嗎？大家都說別跟魔王軍扯上關係，我才會想逃跑……我今天……真的差點死掉耶！」

「都是一樣的。」

羅穆索的身後倒著一整片失去力氣站不起身的住民。

他是能在不傷及對方的情況下，制伏化為瘋狂魔王軍的人們的高手……更重要的是，他自己不會被任何瘋狂所吞噬。

「無論是在郊區打架，還是遇上魔王軍暴徒。如果讓對方感受到自己的內心紊亂，就會煽動對方的感情之火。所以你才這麼容易被捲入不幸事件。」

「這、這兩件事又沒有關係。不過我真的會怕啦。要是和賽阿諾瀑一起留下來就好了……」

「是啊，你可以那麼做。既然如此，為何你仍想挑戰『真正的魔王』呢？」

「那是……」

——為什麼呢？這個世界必須有人來做這件事，這點無庸置疑。

不過無明白風艾雷那真的具有那種足以稱為英雄行徑的信念嗎？

即使到了今日，明明他已經來到「真正的魔王」的前面，他還是會如此懷疑。

「那麼，我們三個一起走吧。伊吉克已經等得不耐煩了。」

「……好的，走吧。」

「讓那個混帳一直等下去算了！看來不好好揍死那個垃圾一頓，他就不會學乖……！」

二十一年前。曾經有一群名為「最初的隊伍」的七人。

憑藉弓術從奴隸晉升為英雄的，天之弗拉里庫。

將部族傳承的武技發揮到極限的狼鬼鬥士，彼岸涅夫托。

被世界遺棄的邪惡詞術士，穢地露梅莉。

被騷動與厄運纏身的不世槍術神童，無明白風艾雷那。

因其無比邪惡的所作所為受到世人懼怕的魔王自稱者，色彩的伊吉克。

使用異世界黑暗之技的「客人」，移形梟首劍勇吾。

理解所有人體經脈的醫療技術先驅，星圖羅穆索。

他們是生活在這個世界的所有生命的希望。是第一批心中懷抱挑戰「真正的魔王」勇氣的七人。身為具有能互相抗衡之力的超級英雄，他們時而敵對，時而聯手共抗魔王軍。如今終於在這天展開最後的戰鬥。

以黑色圍巾蒙住嘴巴的男子前來迎接露梅莉等人。

「──露梅莉。提利多峽谷之戰以來就沒見過妳了呢。」

「勇吾先生……！我還記得那時的約定喔。我一定能成為助力。『隱藏心中刃』。勇吾先生曾對我這麼說過呢。」

移形梟首劍勇吾輕輕地對昔日的敵人點了頭。

不只是他。除了賽阿諾瀑以外的全體成員此刻都聚集於魔王的居城之前。

只有一個人盤腿坐著。那是一位披著綠色大衣，看似疲憊不堪的中年男子。

他透過手指擺出的方框望向眼前的堡壘，帶著他平時那副灑脫的態度。

「嗯～哎呀哎呀哎呀，很不妙呢。這次會很難搞喔。」

「喂，伊吉克！混帳傢伙！」

「好痛！」

露梅莉毫不留情地朝他的背後踢下去，與對待勇吾的態度完全相反。

「我不是叫你別說一堆廢話嗎！那還是今天早上的事耶！你怕個屁啊！」

「哎呀，露梅莉妹妹，我才沒有怕喔。啊……不對，我說謊了。老實說，我可能真的怕了。很奇怪吧？我可是沒血沒淚的色彩的伊吉克喔？」

只是存在就讓這塊土地染上瘋狂的「真正的魔王」。

誰也沒見過他的樣子。因為無論是靠近他，還是被他靠近的人，全都發瘋了。

面對未知的恐懼時，就需要勇氣。如果無法像聚集於此的七人那樣具有支撐自我的真正力量，就無法抵達此地。

眼前有著讓人想掉頭逃跑的恐懼。

明明只是毫無異常之處的領主堡壘，卻一眼就能看出「真正的魔王」在裡面。

那裡就是潛藏著如此強烈，具有確切實體的恐懼。

「你怎麼看，弗拉里庫？要攻進去還是算了。既然伊吉克那種強者都那麼說，那就是事實，這次可能時機不對。我是都行。」

勇吾雙手抱胸如此詢問。

「……唔。」

天之弗拉里庫只回了短短的一聲，自己則是注視著堡壘。

他的喉嚨自從小時候壞掉後就失去了作用。這名男子只能用這種方式傳達意志。

「啊。」

「——弗拉里庫說要去，那麼我也會跟上。」

「哼，哼……也只能選在今天動手了。再過去就是城市。如果讓魔王入侵，那裡將會被摧毀。如此一來就有違你們的本意了。」

彼岸涅夫托。逐漸受到人類排擠的狼鬼村莊的最後英雄。

伊吉克也不情不願地站起身。

「雖說我也是無所謂啦~反正我早就壞事做盡，什麼時候死都不會後悔！哈哈哈哈哈哈！既然不是被殺就是殺了對方，那就來個精采的結局！讓我們開開心心地大幹一場吧！」

「嗯。」

弗拉里庫露出微笑。雖然他無法言語，卻總是這一行人的核心人物。

——於是他們踏入堡壘，前赴死地。

是的，那就是死地。

正如同往後的時代人盡皆知的事實，「最初的隊伍」戰敗了。

就像日後眾多前仆後繼的英雄，他們太過脆弱無力，連同當時所有人的希望一同被擊潰。當然，這時的他們無從得知那樣的未來。

「……我能確定，『真正的魔王』……就在前面。」

伊吉克以他製造的造人(homunculus)探查前方，引導著一行人。只到腳踝高度的造人光是靠近那個房間就徹底發瘋了。即使是魔族，有心之物都會變成那樣。

七個人全都感受到了一股無法捉摸的死亡預感。

首先伸手搭在門上的是無明白風艾雷那。

「我來開門。」

他判斷應該這麼做。這樣才能確保弗拉里庫的箭矢與露梅莉的詞術不會受到阻礙。

此刻所有人都接受了羅穆索的點穴，能夠發揮出非比尋常的集中力。但是，沒有任何點穴技能讓他們承受這股常人早已陷入瘋狂的恐懼重壓。

心臟劇烈跳動，口乾舌燥。

好冷，呼吸不過來，好可怕。

艾雷那害怕地渾身顫抖。他會來到這裡只是情勢所為。其他不是如此的英雄們一定不會有那些想法吧。

（……「真正的魔王」。）

門開了。一股令人毛骨悚然的寒氣刺激著神經。

露梅莉詠唱起燒燬一切事物的詞術。她手指上的寶石散發光輝。照理來說應該是如此。

「『露梅莉號令於哈雷賽普托之瞳（rumeyryio halese）。撥起的翠綠漣漪（hamsuwaka baal）。光之虛無的（morteka zuorurg）——』」

詠唱停止了。

攻擊速度理應快過任何人的弗拉里庫沒有拉動弓弦。

應該潛入影子中斬斷一切的勇吾，站在原地動也不動。

（為什麼……）

艾雷那一邊對自己體內狂跳不已的心臟跳動感到膽怯，同時尋找著那個原因。

尋找那個不明自白的原因。

——因為很可怕。

「啊，是客人嗎？」

聽起來是一個悅耳的聲音。那東西在寢室中，稀鬆平常地坐在椅子上，稀鬆平常地如人類的學士讀著一小本書。

微風吹起。這股風與外面的世界的風一樣……與這個沒有巨大的恐怖存在的世界所吹的風一模一樣。

黑色長髮輕輕搖曳，墨黑的眼眸望向他們。

她露出了微笑。

可怕的魔王，蹂躪一切的荒蕪惡魔。

或是不具形體的毀滅現象。

她兩者都不是。

只是一位普通的少女。

「真正的魔王」與他們之間只有一個差異。

縫在剪裁單純的黑色布料上的白線，胸口掛著顯眼的紅色領巾。

……是比任何地方都遙遠的異世界文化服裝。

「……午安。」

那稱作水手服。

「不知道？那不是你自己的世界嗎？」
宗次朗那句聽不出重點的回答令悠諾十分疑惑。
宗次朗連自己的世界都不認識嗎？
「……怎麼回事？」
「該怎麼說呢？我的國家在很久以前就變得亂七八糟，有許多國家的人跑過來，一直都在打仗。詳細情況我不是很清楚啦。」
「那就是……那個，戰爭……吧。你的國家已經……」
「嗯。就是那樣吧。從小時候開始就是如此，我也只是聽說而已。」
是啊，仔細想想就會知道那是理所當然的事。宗次朗曾與異國的兵器戰鬥。就算不用他說，也會知道曾經發生過那樣的情況。
悠諾所經歷過的迷宮都市毀滅，這位異世界的劍士早已見識過了。
「聽說那裡被一個叫相原四季的傢伙摧毀了。」

太陽落下，代表歐卡夫自由都市繁華的燈火逐漸在底下亮起。

逆理的廣人從中央堡壘俯視這片景象，低聲說道：

「水村香月小姐說過。」

漆黑音色的香月也死了。

十三年前。已將活動據點轉移至其他大陸的廣人相中了她，將槍械託付給那位英雄。

「有山盛男先生。我有個問題想問你。現在，我已經明白她在畏懼什麼……也知道她想問你什麼。」

「……漆黑音色的香月直到最後都是我最棘手的敵人。事到如今，我不可能跟那傢伙做交易。」

「她應該也是這麼想的吧。所以才會以敵人的身分與你戰鬥到最後一刻。」

事情不可能永遠照著廣人的想法走。

他暗忖著，如果與香月最後一次見面的那天就準備好這場談判，那該有多好。

這幾十年來，沒有失去的事物比失去的少太多了。

「所以那傢伙想知道什麼？」

「提示非常少：為什麼最近出現的『客人』都是來自我們國家的人——她的腦中可能有個我連做推測都有危險的情報。」

「……是啊，或許是如此。雖然你不是，但我和香月，還有黃昏潛客雪晴都是這二十年之中出現的人。」

「所以我就請那位雪晴先生做了一番調查。」

他拿出一片碎布塊擺在桌上。這個世界的大部分人應該無法一眼看出那東西是什麼。

盛男以說不上是憤怒或憎恨的複雜表情看著那塊布。

那是一件爛掉的學生制服──水手服的一部分衣領。

「從『最後之地』拿到這東西的經過應該不需要我多做說明吧。四十萬雪晴先生、基其塔・索奇。就是我派出了這兩位，還配合了歐卡夫的作戰。」

「……『真正的魔王』的情報……香月的目標就是這個嗎？」

「是的，有山盛男先生。你就是想要確保那一條情報不被『任何人知道』的事實不會被改變吧。正因為如此，才會使『最後之地』被所有人畏懼。還時時繃緊著神經，不惜介入小農村的驅敵委託──」

廣人順手以燭臺的火焰燒掉了那塊布。

「你燒得很果斷呢。」

「是的，我覺得應該這麼做才對。」

這項物證的存在，是讓他能與魔王自稱者盛男面對面談判的最後一步棋。

但現在已經用不到了。那是一個不僅對盛男，對廣人自己也是極度危險的真相。

「『真正的魔王』是『客人』吧？」

從某段時間開始，轉移到這個世界的超凡者全都變成了他們國家的人。

……廣人腦中有著「彼端」流傳的超強之人相關知識。

在「彼端」的戰爭中，留下不可思議戰果的駕駛員或士兵；或是在歷史上留下超乎常人奮戰事蹟的武士。不必舉出個別的具體例子。即使那種異常程度未達超凡於世的領域，那都是能夠誕生超越人類智慧之超人的環境。

無論是哨兵盛男，或是漆黑音色的香月，他們在「彼端」都是士兵。唯有帶來死亡與混亂的戰亂，唯有失蹤之人不會受到關注的混沌時代，才會誕生出修羅，誕生出超凡於世界的人物──「客人」。

若是如此，「彼端」想必正在發生一場超乎廣人想像的嚴重戰亂。

「我先聲明，就算在這個國家，這件事也只有我一個人知道。至於在『最後之地』負責封口的那些傢伙，他們不知道任何在任務範圍以外的事。想知道的人都被除掉了。畢竟這件事與『我們』所有人都有關連。」

「我明白。」

「真正的魔王」是「客人」。

光是揭露這個事實，就會讓世界再次天翻地覆。

將「客人」從異世界引導至此，開天闢地的詞神；已經以各種形式融入這個社會文明的「客人」知識。活在這個時代的人們所擁有的價值觀將會從根本上受到懼怕，遭到排斥。

至少，在那之後這裡將會成為「教團」或「客人」無法生存的世界。

（水村香月小姐也沒有對別人說出這件事呢。）

——我只是對世界盡到身為英雄的責任。

見識到真相後，她打算以什麼方式對這個世界贖罪？廣人已無從得知。

不過他知道，面對「真正的魔王」那種巨大無比的災厄，還能有那樣的想法是非常困難的事。

（……水村香月小姐，妳果然是如我期待的英雄。）

當不成英雄的逆理的廣人終究無法達到那種程度。

（雖然妳一定會否認。）

◆

（「真正的魔王」。）

移形梟首劍勇吾知道該用什麼行動消滅這個敵人。

投出宛如滑行於地面的短刀，砍斷腳踝。從幾乎趴在地上的壓低投擲姿勢瞬間跳上天花板。

吸引對方注意下半身，直接劈開天靈蓋。這是名為「煙」的招式。以此招殺了她。

即使對方從正面進攻，他也有辦法取得先機。以看起來就像縱砍的動作揮劍橫掃。是名為「眩」的招式。又殺了她。

他在腦中模擬著那些行動。「開」、「燻」、「眠」。勇吾學過的無數技術中，沒有一招殺不死這位少女……

（──我應該能殺死她才對。）

移形梟首劍勇吾的雙腿卻一動也不動。

他沒有受到拘束，也不是正在承受肉體的痛苦或體力耗盡。他只是單膝跪地，站不起身。他應該比其他人更快採取行動，卻沒那麼做。

「話說……話說啊──」

在他的身後，色彩的伊吉克口中喃喃自語著。

「讓我說句話！我啊！一直都很奇怪耶！」

雖然那個聲音一如往常地帶著笑意，卻充滿了明顯的恐懼。

「為什麼……誰都沒有注意到？太奇怪了吧。我……為什麼在知道敵人所在地的時候……沒有用蝗蟲屍魔之類的東西把整座城市毀掉？我應該那麼做吧！應該那麼做啊！」

「……伊吉克。」

「簡直、簡直就像……哈哈……就像我怕了似的……害怕一旦出手就會完蛋，一切都會結束似的……喂！別開玩笑了！」

他從袖子中甩出肉觸手。那是腐蝕生命，毀壞生命的生物兵器——但就連這個攻擊都在碰到少女之前就停住了。

她什麼也沒做，阻止攻擊碰到對手的是伊吉克自己。

觸手沒有意志，是使用者害怕那個東西。

「……不會吧……騙人……」

露梅莉茫然地看著那個景象。現場有著多達七名的英雄，但能試圖進行攻擊而失敗的人竟然只有一位。

沒有人完成自己應該做的事。

他們看起來就像一群愚蠢的笨蛋。

「用詞術！」

艾雷那奮力大喊。

「快改寫詞術，露梅莉！如果是詞術，妳就可以應付！」

「不、不對……不是那樣的！該怎麼做才能這樣……！這不是詞術！」

勇吾拚命調整呼吸，努力思考著。

（沒錯。這不是詞術，也不是其他任何技術。這種現象沒有強制力。只不過是……內心感到恐懼，僅只於此。）

他們可以活動身體。也可以對「真正的魔王」抱持敵意。

（只要指尖能動就好。只要動兩根指尖射出針就好。這樣就能殺死她了。「真正的魔王」沒有戰鬥能力，我已經非常清楚了。現在就是大好時機。現在……得趕快殺掉她才行。）

以勇吾的體質，他知道這不是血鬼(vampire)的感染或毒、幻覺之類的東西。當然，也不可能是詞術。沒有任何殺不了「真正的魔王」的道理。

「……吶，我說你呀。」

「真正的魔王」蹲在他的面前，望著勇吾的眼睛。

極為普通的少女就這麼走到他的身邊。她從椅子站起身走過來的這段期間……眼睜睜看著這段過程的勇吾到底在做什麼呢？

纖細的指頭握住他的手，交給他一根小小的金屬棒。

她將那個東西放到以快到眼睛跟不上的速度為傲，誰也無法接近的移形梟首劍勇吾的手中。

「你要不要用這個戳戳看？」

勇吾望向自己手掌上的物體。那是前端已被弄壞，沾滿血液與髓液的某種東西。那原本是被稱為鋼筆的器具，但就連認識「彼端」器具的勇吾也難以分辨。

（在這個距離。眼睛。我手上有武器。只要……動一根手指就好，就能殺了她。黑色的眼睛。聲音。殺了她……殺了「真正的魔王」，真正的。好可怕，好可怕，好可怕。）

呼吸變得很急促，無法維持呼吸節奏。耳朵聽不見世界。眼睛明明看得見，卻只能看著那黑色的眼眸。好可怕，好想逃。至今發生的事明明沒什麼好怕的。她正在看著，正在微笑。腦中像是正在被什麼東西撕扯。好可怕，好可怕，可怕到要瘋了——

「噗嘰」一聲，手中傳來具有彈性的觸感。

他在不知不覺間拿起鋼筆戳向自己的眼窩，活生生地挖著眼球，親手將它掏出來。

他明知那是多麼可怕的事，意識不斷呼喊著要他住手。但這毫無疑問是他憑自己的意志做出的舉動。

好可怕，好可怕。為什麼自己非得要這麼做呢？

「啊、啊啊……啊啊啊啊啊啊！嘎啊！啊啊啊啊！」

「——啊啊，啊啊。太好了。呵呵呵呵。」

不知道「真正的魔王」覺得哪裡有趣，她看著那副模樣笑了出來。

那不是安心也不是感到愉悅，而是孩童般的天真無邪笑容。

「妳……妳是什麼東西啊……！可惡，用這種卑鄙手段……詞術……只要我能用詞術！聲、聲音，啞掉了，可惡……可惡啊啊啊……！」

露梅莉的聲音實際上並沒有沙啞。

只不過是就像常見的情況那樣，恐懼得發不出聲音罷了。

「真正的魔王」悠哉地走在無法行動的英雄們之間。

「我是人類喔。」

接著將眼神投向涅夫托。

「別擔心，不用害怕喔。放輕鬆就可以了……好不好？」

「別過來，吼嚕……別過來……！住手！不、不要看著老大——！」

涅夫托以自己的手撕開了腹部。連斧頭都沒用，是空手撕開。他吐著鮮血，用自己的生術進行再生，繼續拷問自己。

活生生的內臟滴在地板上，涅夫托親手縮短自己的細胞壽命，同時不斷受到不死體質帶來的痛苦與恐懼的折磨。

「啊啊——！嘎，咕啊，嘎啊……啊……！」

「啊，你想怎麼做呢？」

「啊……噫……！」

深邃的黑色眼眸接下來望向艾雷那。他手上握著長槍，連癱坐在地都辦不到。他只是站在原地看著「真正的魔王」。

「真正的魔王」輕笑了一聲，牽起他的手。

「來吧。你想怎麼做都可以喔，畢竟你們是客人嘛。」

「我想把……弗拉里庫先生……」

艾雷那舉起了長槍，他根本不想做出那種行為。明明只要刺出這把長槍，就能終結「真正的魔王」帶來的恐懼。

之所以沒在她的面前那麼做……是因為他身上還沒有沾滿自己所能想像到最強烈的絕望與悲

慘，這讓他感到驚駭無比。

「殺、殺掉……救救我……請讓我殺吧……」

「……這樣啊。那麼，你只要動手不就好了嗎？」

「真正的魔王」溫柔地笑著。

她一句命令也沒說過。

例如「殺死夥伴」、「殺死自己」。如果「真正的魔王」如此強迫他們，不知有多少人能因此得救。

色彩的伊吉克以自己的屍魔觸手塞住他的氣管，不動了。

移形梟首劍勇吾拿交到他手上的那支鋼筆繼續挖著兩顆眼球。

星圖羅穆索打碎了動彈不得的露梅莉的骨頭。

所有人都在哭喊。他們被自身的意志逼瘋，傷害著自己。

「嗚嗚……！嗚……嗚……」

就連發不出聲音的天之弗拉里庫也在哭泣。

割開自己尊敬的他，將其化為永遠無法表達意見的死肉。下手的不是別人，正是自己。簡直就像一場惡夢。艾雷那感到無比的恐懼。

——啊啊。為什麼，人們「會想拿出勇氣呢」？

為什麼他們明知恐懼的存在，卻仍打算面對恐懼呢？他們自己應該最清楚，那個地方有著恐懼呀。

他們執意來到這裡。縱使生命的各種本能都在呼喊著，要他們避開，要他們不要接觸。

「對不起……對不起，弗拉里庫先生！噫、噫……！」

「嗚～～！嗚、啊啊！啊！喔！」

「不要啊……不要啊，不要啊，不要啊……我不要啊啊！啊啊啊啊啊啊啊啊！」

傳到槍柄的觸感不是來自其他的東西，正是弗拉里庫的血肉，是脂肪。脊髓與血管都被他的紅槍絞斷了。

艾雷那有著讓目標留著一口氣不致死亡，盡可能延長折磨時間的殺戮技術。

這是地獄。他想向總是能提出正確意見的羅穆索求助，期盼他再開導自己一次。

「啊啊……啊啊啊……輕而易舉，輕而易舉，輕而易舉，輕而易舉，輕而易舉。」

向那個早就將露梅莉的頭顱打得與身體分離，卻仍持續毆打不肯罷手的羅穆索求助。

在他所知之中曾是最強大詞術士的那位森人，什麼也沒做到就死去了。

涅夫托持續著永無止盡的死亡苦行，也聽不到伊吉克的咒罵了。

恐懼，只剩下了恐懼。

恐懼，恐懼，恐懼，恐懼，恐懼，恐懼，恐懼。

「——對了，我得繼續看書呢。」

「真正的魔王」若無其事地說著。

在這幅徹底的地獄景象中，唯有她看起來像一位普通的少女。

應該有什麼原因才對。

那不是極為高明的心理暗示，不是屬於不為人知的詞術系統，也不是特殊的能力。

他們想要相信一定只是自己力量不夠，「所以」才會輸。這其中一定有什麼費解的手法，她一定出於某種邪惡的動機，故意讓整個世界都陷入恐懼。

必須是如此才行，一定有什麼原因存在。

若非如此，「他們該怎麼辦才好」？

◆

「……賽阿諾瀑。」

過了壯年的年紀卻仍保持著青春的肉體，在那一天就達到極限而變得衰老。

羅穆索、艾雷那、伊吉克。即使帶著還有救的人逃離現場，牠仍然成功活下來了。因為「真正的魔王」根本連擊敗他們的企圖都沒有。

但是牠這一生永遠也逃不了。

「真正的魔王」帶來的恐懼無時無刻啃食著牠的精神。

那是永久地玷汙英雄的心靈與驕傲……讓人不敢說出口的真正恐懼。

「你千萬不能挑戰她。你贏不了她。那東西……」

牠測量了以生術不斷進行復活的細胞壽命。兩年。不對，可能剩不到一年吧。

「……誰、誰也贏不了……」

彼岸涅夫托。牠待在苟卡歇沙海，持續守護著世界上唯一剩下的夥伴。

不是保護牠不受外敵欺負。而是不讓牠挑戰毫無勝算的敵人，避免其遭遇與牠同樣的絕望死亡。

◆

有個矮小的男子徘徊於艾次耶魯貴族領地的外圍區域。

「別開玩笑了……哈哈……！我……我可是魔王伊吉克喔……！嗚咕，怎、怎麼可能因為這點小事就放棄……」

過去曾有一位被稱作世上最凶惡之人的魔王自稱者。

他一邊嘔出被自己的詞術燒爛的內臟，一邊漫無目的地走著。

即使不放棄，他又能辦到什麼事呢？誰也不知道。

「我還活著……殺、殺了她……我會殺了她……哈哈……我要做出最強的魔族……！這次一定……這、這次一定……！嘔咕，咕噁——」

從山路中出現了穿著與他相同的人們。

那是沾滿自己親人的血，塗著血淚與絕望，掛著與如今的伊吉克相同表情的怪物。他們原本都是人類。現在也是人類。

「哈哈哈……別開玩笑喔……？」

他露出抽搐的笑容。

就像被那股恐懼所吸引，魔王軍朝他圍了過去。

「來啊！來啊，吶！就憑你們這些不學無術的垃圾，別開玩笑……嗚、咕，嘎啊啊啊啊啊啊——！」

◆

「啊啊……輕而易舉。沒想到如此輕、輕而易舉……呵呵，呵呵呵呵呵。」

星圖羅穆索失魂落魄地回到了城市。

他聽不進去任何人的話，只是不斷反覆低喃著同樣的話語。

只有他一個人未受任何外傷，從與「真正的魔王」的戰鬥中回到了人類城市。他和彼岸涅夫托被合稱為「最初的隊伍」之中唯二的倖存者。

但是他所遇到的狀況是在不為人知的情況下精神出現了異常。

即使經過了三年，表面上看似取回了理性，實則不然。

「竟然是如此輕而易舉的事。」

從那時候開始，他的思考已失去了人類該有的一致性。

他再也無法相信任何正義或信念，淪為沒有秩序的野獸，捨棄一切過著隱居的生活。

「殺、殺死夥伴，竟是如此……呵呵呵。」

羅穆索的眼中總是看著自己沾滿鮮血的雙手。

◆

「好可怕，好可怕，好可怕，好可怕，好可怕，好可怕，好可怕，好可怕。」

一個人影搖搖晃晃地走在人跡已絕的廢墟之中。

他的嘴滿是汙穢的人肉與人血，說明了此人再也無法回頭的墮落。

他的下場與這塊土地上的所有生物一樣。纏上臟器的紅槍被拖在手中，發出喀啦喀啦的空洞聲響。

「好可怕……好可怕，救救我，誰來……誰來救救我！」

挑戰「真正的魔王」的英雄們，除了兩人以外都不被視為倖存者。那些人全都變成了他這副模樣。

那些是具有真正的勇氣，因此見識了真正恐懼的人們。

「好可怕……好可怕啊！好可怕！魔王正在看著！我聽到了那個聲音！」

——所以，關於他們已經沒什麼好說了。

誰也不知道無明白風艾雷那最後的去向。

◆

此人毫無一切的過去或動機，並不具備力量或特技。

此人沒有詞術或異能，甚至未持有魔具的力量。

此人只是一介普通人類，不存在產生各種現象的原因。

那不過是早已敗北的昔日殘影。她已經死去。

魔王（archenemy）。人類。

萬物之敵・四季。

I S H U R A

AUTHOR: KEISO
ILLUSTRATION: KURETA

第六節

六合御覽 I

十一◆御覽前夜

彷彿連天空的星星都停止眨動的純白冰原。
在延伸至地平線的寂靜中，既無必須戰鬥的敵人，也沒有能對話的朋友。
牠靜靜地閉著眼睛。
（——戰鬥。啊啊，那是多麼美妙的事。）
在這個伊加尼亞冰湖的外頭，人類世界仍然爭戰不止。
在不知道多久以前，有另一隻龍說過。人類的紛爭相當醜陋，愚蠢。同種、同族之間互相傷害，證明了深藏於他們內心的邪惡。
露庫諾卡並不那麼認為。
非人生物無法理解。挑戰自己以外的他者，憑藉自身持有的力量、智慧，貫徹自己的想法。
那是多麼偉大的事。
願望、衝動、惡意、信念。不管是什麼都好。
可以證明其自我內心的領域遠遠大過眼前的事實就行。
只要世界上所有的生命沒有放棄那些想法，紛爭就永存不滅。

即使在這片遙遠孤獨的冰凍世界之外，那種紛爭也沒有結束。
只要鬥爭的螺旋依然持續，總有一天會出現冬之露庫諾卡的挑戰者。
在反覆的永恆之中，總有一天會出現能與牠一戰的對手。
（總有一天。）
今天向牠保證將會為牠帶來鬥爭的哈魯甘特，何時會再出現呢？
那或許是明天，也可能永遠不會再出現。露庫諾卡要等多久，就能等多久。
（總有一天，總有一天。）
就算如此。即使存在著些微的可能性，牠的生命就不會空虛。
想要敵人，想要勝利，想要敗北。
——牠想要如同自己一直以來見識到的那些英雄，竭盡自己的一切戰鬥。

◆

「聽好了，黃都二十九官是人族的最高權力者，是一群負責整個黃都運作的人。絕對不可以失了禮數，要像我教妳的那樣敲門再進去。」
「嗯，包在我身上吧！我練習很多次了！」
在夜晚時分的高級住宅區一間豪宅裡，有對奇異的雙人組正走在被照耀得明亮無比的迴廊上。全身罩著長袍，宛如拖著腳走路的怪異男子；搖晃著栗子色的柔軟頭髮紮成的麻花辮，踩著小碎步不停稀奇地左顧右盼的少女。

這對雙人組是發現第五種詞術系統的庫拉夫尼魯，以及「魔王遺子」魔法的慈。任何知道他們的身分的人，一定會對這種組合感到不可思議。

「你看，庫拉夫尼魯！這個雕刻好帥氣喔！這刻的是什麼？太陽嗎？」

「妳……！妳這傢伙，那是門上的雕刻吧……！妳怎麼可以弄壞！」

「咦？這不能拿下來嗎？呃，這……」

門上的青銅雕刻是透過工術以一體成形的方式製造，不是靠人類的力氣就能扭下來的。

「庫拉夫尼魯你拿著！」

「不要，妳拿著。」

「參賽權會被取消啦！」

「賠錢啊！我才不管！」

兩人交換著這種引來傭人注目的對話，並且抵達了目的地——黃都第七卿，先觸的弗琳絲妲所在的房間。是擁立真理之蓋庫拉夫尼魯為參賽者的人物。

「那個……您好，午安……」

慈戰戰兢兢地走入房間，放在背後的手中明顯藏著某個東西。

庫拉夫尼魯對身旁少女的模樣露出無語的態度，行了一禮。

「……好久不見了，弗琳絲妲。她是……魔法的慈。就如同我先前的聯絡，希望妳能擁立這位慈為勇者候補。」

「呵呵呵呵！小慈妹妹？妳很緊張吧？我是先觸的弗琳絲妲。讓我們好好相處吧。」

先觸的弗琳絲妲是一位衣著奢華又穿金戴銀，身材極度肥胖的女性。她對剛磨好的指甲吹了口氣，帶著微笑望向兩人。

「別怕嘛～放輕鬆，要坐下也行喔。要不要我叫人上茶？小慈妹妹喜歡橙茶還是琥珀茶？」

「呃，我都……都想喝！」

「妳在胡說什麼？」

「沒關係沒關係！那就兩種都上吧。庫拉夫尼魯應該不需要吧？就算你再討厭跟人相處，只能隔著魔族與你對話也讓我好寂寞喔～」

「就是說啊！庫拉夫尼魯好狡猾！」

「什、什麼狡猾……才不是那樣！這是與魔族遠距離同步的技術！我毫無保留地向大眾展示出這種獨一無二的技術，讓人們知道心術多麼有用……」

「那種複雜的話題就不用提了，庫拉夫尼魯。進入正題吧，你們打算談什麼？」

弗琳絲妲保持著微笑，請對方進入下個話題。

「……談御覽比武的事。妳需要擁立一位絕對不會輸給其他候補的無雙強者吧。當然，我並不想服輸……不過——」

「……難道那位小慈妹妹比你更強嗎？」

庫拉夫尼魯身後的慈兩隻手各端著一個送上的茶杯，想要輪流品嚐茶水。不過她一下子就喝完了。

「是的。我沒辦法用我能想到的手段打倒她。」

「任何攻擊都傷不了她，毒與火焰都無效。如果那是真的，那就讓人不敢置信呢。呵呵呵呵呵！和『濫回凌轢』相比，不知道誰比較硬呢？」

「『濫回凌轢』最後還是死了。她或許是完成度很高的魔族……但我認為既然需要駕駛員，就具有存在弱點的餘地。」

「小慈妹妹呢？你能確切肯定她真的一點也沒有意料之外的弱點嗎？」

「……妳可以找找看。我把慈交給妳。」

「咦？」

正在咬著配茶點心的慈吃驚地望向庫拉夫尼魯。

「應該讓她待在妳身邊進行檢測。在比賽開始之前妳有充分的考慮時間。」

「既然庫拉夫尼魯說到這種地步，我想試試也無妨吧。」

「呃……我該做些什麼呢？」

慈幾乎聽不懂她面前的對話。她今天之所以來到這棟豪宅，也只是被庫拉夫尼魯以討論今後的行動為理由拉過來。

「別擔心喔，小慈妹妹。只要來我家，妳每天都能享用點心與茶喔。」
「……那倒是很讓人開心啦。」
慈垂下了眼睛，看著手上的盤子。
「可以見到瑟菲多嗎？」
「……妳說女王陛下？」
「我想見那個孩子。我相信來黃都就能見到她……只要參加比賽，就能見到瑟菲多嗎？」
瑟菲多。那是位於黃都頂點的女王之名，不是「魔王遺子」這種來路不明的存在可以晉見的對象——除非是勇者候補。
「是啊。只要小慈妹妹一直獲勝就可以。」
「……！我會好好努力，弗琳絲妲！」
庫拉夫尼魯望著顯露花朵般笑容的慈，心中思考著：
（……這樣一來，我就不用當候補了。）
庫拉夫尼魯深知弗琳絲妲這個人的天性。比起多年老友庫拉夫尼魯或勇者的權威，她是個更信奉財力的現實主義者，而且也需要一位無敵的候補者。甚至「不惜將其他勢力招為夥伴」。她利用以這種方式得到的金錢進一步擴張自己的勢力，轉化成往後更大權力的基礎。二十九官之中，也是有像她這種只為了自身的政治目的而利用勇者候補的人。
（若只是為了弗琳絲妲的企圖心而被她利用，那也還好。但是這場御覽比武……本身就很危險。一切都是為了進入下一個時代的事前準備。互相奪取性命的真業對決，應該就是用來排除黃都眼中的特異分子——那些超凡存在而設下的計謀。）

為了生存下去，庫拉夫尼魯就不能讓自己被捲入那種計謀之中。

至少他與慈不同，並不是真正無敵的存在。

◆

「……『灰髮小孩』將手伸進了御覽比武。」

黃都中樞議事堂，會議室。在主要支援者齊聚的這個房間裡，絕對的羅斯庫雷伊開口說道。

金髮紅眼。迷倒所有人民的俊美臉龐上，此時沒有露出給人民看的那種笑容。

「而且他不僅是推派勇者候補，還是將整個歐卡夫自由都市都當成『勇者』——這種勇者的解釋方式超出了我們的設想。」

在這個黃都已經無法停止御覽比武準備工作的時期，「灰髮小孩」展開了行動。

他以巧妙的情報操作製造出企圖利用微塵暴作亂的舊王國主義者這個威脅，再透過交涉手段與口才說動歐卡夫自由都市，自行消滅了舊王國主義者。

利其亞新公國、微塵暴。黃都接連面對必須優先處理的事件，導致了無可避免的結果，最後演變成這種局面。打從一開始，「灰髮小孩」的目的就是動用整個國家的力量參加御覽比武。

「羅斯庫雷伊，我們沒必要接受。那些傢伙可是黃都的外敵。」

立刻開口回答的是戴著深色眼鏡的褐膚男子。他是黃都第二十八卿，整列的安特魯。

「若是接受這個要求，對方就會得寸進尺喔。在我們必須將心力放在御覽比武的這個時期，整個黃都就會被『灰髮小孩』蓄意侵入。」

「……『灰髮小孩』與丹妥那傢伙勾結也是一件令人擔心的事。得到歐卡夫這個盟國的女王派，會對我們造成多少妨礙呢？」

這位有著宛如鐵絲的瘦長身材與暴牙的男子是第九將，鑿刀亞尼其茲。

是在黃都與舊王國主義者的戰場上，與丹妥共同擔任防衛任務的將領。

「可是話說回來，亞尼其茲，監視丹妥避免他受到敵方策反不就是你的責任嗎？為什麼讓他這麼輕易就與使者接觸？」

「……我有仔細盯著喔。但是對方看準了丹妥緊急撤退的時機，在路上進行接觸。如此一來我也沒轍了，畢竟當時監視人員也正在撤退。安特魯先生的意思是你就有辦法嗎？」

「別再說了，亞尼其茲。」

羅斯庫雷伊制止了亞尼其茲的挑釁。

「……但以那個狀況來看，他說的沒錯。『灰髮小孩』就是算準在丹妥部隊撤退時接觸。」

他不過是「展示」了連戰鬥都沒參與的歐卡夫軍隊，就迫使舊王國主義者與丹妥的部隊做出反應。可以視為他對黃都內部的派系勢力圖有完整的掌握。

安特魯伸出中指扶了扶深色眼鏡。

「不過，至少我們已經確定了他往後的動向。不該認同他以勇者候補的身分參加大會。歐卡夫已被『漆黑音色』以非正規戰鬥方式消耗相當多國力。必須以對我方有利的條件進行交涉。」

「──那是……」

戴著薄片眼鏡，給人犀利印象的男子回答。第三卿，速墨傑魯奇。

「不可能的事，我們找不到能逼迫對方做出更多讓步的要素。就如安特魯所說，那是可以靠戰鬥打贏的對手──然而我們不能攻下那個國家。我方沒有多餘的財力『統治』攻陷後的歐卡夫。讓哨兵盛男繼續統治歐卡夫是絕對的必要條件，這點沒有商量的餘地。」

「我當然明白！我說的是必須提出替代條件，阻止對方以勇者的身分介入……！如果認可扭曲解釋的行為，難保其他二十九官不會使出什麼手段喔！」

「──哪有什麼替代條件可想。就是因為認可他們以勇者身分參戰，我們才不必對介入托吉耶市戰場的歐卡夫施以財政補貼。讓我再說一次，我方已經沒有多餘的財力了。御覽比武的舉辦費用，伴隨而來的破壞所產生的損失。對利其亞的復興支援，對各個微塵暴受災都市的災害給付。對方看透了我方的應對能力，才會強行提出那種要求。掌管財政的我只能回答你三個字，『不可能』。」

如果只是打仗，以超過對手的兵力正面對決是最好的方法。

因此黃都動用個人英雄對付利其亞新公國與微塵暴，有個比純粹的戰力考量或隱蔽性更重要的理由——英雄「很便宜」。

支付給個人的酬勞金額再高，與動用一整批軍隊的費用總額相比仍是微乎其微。在施行御覽比武這種大規模重點政策，還得排除敵對勢力的情況下，他們必須這麼做。

安特魯扶著下頷，努力思索其他的辦法。

「……那就拖延與歐卡夫的交涉，保留到御覽比武結束後再行討論。如此一來……不行，這就是對方自稱勇者候補的原因……是這樣吧。」

「沒錯。只要未確定的勇者候補存在，就『無法舉辦』御覽比武。即使像新公國的事一樣，直接剷除『灰髮小孩』或哨兵盛男。我方也將被迫承受統治毫無半點資源的歐卡夫自由都市所造成的龐大負擔。安特魯，現在我們需要的意見不是接受與否，而是接受之後的應對方案。」

除此之外，歐卡夫自由都市的狀況與被攻陷的利其亞新公國或托吉耶市不同。歐卡夫自由都市從成立之初就是反應身為「客人」的哨兵盛男思想的都市。那是一座建築於荒蕪的岩山上，除了軍事優勢以外不存在任何資源的傭兵產業都市。占領下來也沒好處，因此他們即使輸掉也不算真正的敗北。

「……讓他們移住到黃都吧。」

羅斯庫雷伊這麼說道。他的額頭靠著交疊的雙手，陷入沉思。

「給予歐卡夫本國的人黃都市民權，補償放棄傭兵產業的損失，讓他們從事勞動工作。既然對方希望以勇者身分參與御覽比武，應該也能接受解散軍隊的條件。歐卡夫依舊交給哨兵盛男統治，讓『灰髮小孩』與丹妥一起行動。」

「那種做法……羅斯庫雷伊，不就是敞開大門邀請敵軍進來嗎？」

「而且也不可能完全禁止傭兵業吧。我們無法阻止他們以個人身分締結契約。」

「……當然，我不認為光靠這樣就能完全抑制威脅。重點是將他們的勢力切割成本國與黃都兩組人馬……並且將『灰髮小孩』這個歐卡夫目前唯一的資金來源於實質上挾為人質。」

傑魯奇皺緊了眉頭，說道：

「……也就是反過來攻擊歐卡夫的財政面。對方可以進入我們國內，相對地就不能籌措用來進行組織性戰爭的資金。『灰髮小孩』的資產與歐卡夫的國庫……既然御覽比武的結束時間還無法確定，這就是一場體力的較勁。」

「就是這樣。我不認為只靠傭兵產業支撐的歐卡夫自由都市會預見這次的狀況而事先累積財源——然而『我方』早已規劃好御覽比武相關的預算。沒錯吧，傑魯奇？」

「是的，就像我剛才說的那樣。」

「……既然我們雙方互相封鎖了戰爭手段，勝負就得取決於御覽比武吧。」

安特魯也只能一臉苦澀地點了點頭。

「雖然需要進行一番琢磨，但或許也只能實行羅斯庫雷伊的計畫了……畢竟在金錢問題上，我們也無能為力。」

「狀況對我們充分有利。」

背負著絕對之名的羅斯庫雷伊做出如此的斷定。

「只要在黃都戰鬥——他們就無法獲得人民的力量。」

超出預測的威脅太多了，而且他們也沒有可以毫無限制使用的力量。即使如此，在和平到來之前，他們也沒有為了秩序竭盡全力以外的選擇。

——黃都。連威脅世界存續的修羅都被其掌握於手中，企圖以人類力量控制世界，最大也是最後的人族國家。

◆

（……歐卡夫的行動出人意料呢。）

在同一間議事堂裡，有另一個人對歐卡夫自由都市的動向抱持不同的意圖。

獨自待在室內，等待通信機傳來聯絡的第四卿，圓桌的凱特正在思考。

（以引開羅斯庫雷伊那群人注意的結果來說，這樣不算壞。讓羅斯庫雷伊與「灰髮小孩」相爭，而由我創造全新的主流派系。從根本上改變整個歷史。）

他已經決定好擁立的候補——窮知之箱美斯特魯艾庫西魯。

即使與其他的英雄相比，甚至是與冬之露庫諾卡或星馳阿魯斯相比，它都是超出規格的存在。

它能無窮無盡地重現「彼端」的技術。那不只是個體戰力方面的優勢，而是他自己的勢力在軍事層面上得到了利其亞新公國的空軍也無法企及的優越地位。

美斯特魯艾庫西魯的存在不曉得推進了這個世界的時鐘幾百年的光陰。

（魔王，可惡的「真正的魔王」。只要有我在，就不會讓你停滯發展。我會讓世界見識到嶄新的技術、嶄新的知識……見識誰也不曾夢想過的真正力量。）

那種改革與自稱改革派的傑魯奇與羅斯庫雷伊所構思的廢除王權統治計畫有著根本上的差異。凱特期盼的是規模更龐大的長期改革，是使這個世界至今仍存在的匱乏與爭端變得毫無意義，具有無法預測之可能性的未來。

（我會消滅世界上的所有恐懼。）

過了一會兒，通信機接收到了訊號。

『凱特，你這個臭小鬼！派個人來接我！我被黃都的士兵包圍啦！』

凱特的思考被強制打斷了。

「唔……」

那位發出聲音的老婦人正是輪軸的齊雅紫娜。色彩的伊吉克如今已死，身為讓美斯特魯艾庫西魯誕生於這個世界上的製造者，她被視為世上最可怕的魔王自稱者。

「妳已經到這麼近的地方了？為什麼不早點聯絡！」

『美斯特魯艾庫西魯說它想早點看到黃都嘛！本來以為黃都那些失智的傢伙八成不會發現我

們，沒想到那些人偏偏在這種時候特別認真！』

「怎麼可能不會發現！聽好了，在我抵達之前千萬別動手！要是殺了人，擁立美斯特魯艾庫西魯的事就泡湯了！」

『麻煩死了！別讓我等太久喔。換你接，美斯特魯艾庫西魯！』

『哈、哈哈哈哈哈！凱特，好久不見啦！』

「隨便啦！在我抵達之前乖乖等著！知道了嗎！」

以性格最暴烈文官出名的第四卿立刻著手準備動身。

必須在他們做出什麼行動之前，前往迎接對方。

「這群人……每個都有夠難搞……！」

◆

早上。住在黃都尖塔中的星馳阿魯斯睜開了眼睛，輕拍翅膀飛到窗邊。牠感覺到有人來訪。底下的白色城市此時還沒甦醒。

「……是誰？」

一個具有敏銳感官能力的人才有辦法聽見，宛如囁嚅的細小聲音回答了牠。

「——賽阿諾瀑，無盡無流賽阿諾瀑。」

阿魯斯微微地偏頭。尖塔正下方的存在，是黏獸。

那是一般來說不會與阿魯斯這種鳥龍對話的種族。因為黏獸害怕鳥龍。

「賽阿諾瀑，誰啊……」

「我們在沙之迷宮見過面吧，我還記得那件事。」

「……喔，沙之迷宮。不是什麼了不起的地方……」

阿魯斯這才終於想起了那個微不足道的記憶。

迷宮這個稱號，不過是根據人類的標準冠上去的。即使位處酷熱的沙漠中央，對於能不受地形或狼鬼集團妨礙直接抵達該地的阿魯斯而言，所謂的沙之迷宮連被稱為迷宮的價值都沒有。

「我是透過你才知道『真正的魔王』的死訊。既然來到了黃都，我認為至少該來向你打一聲招呼。」

「……不用麻煩…………反正黏獸的招呼……我也記不住……」

「你對駭人的托洛亞有什麼看法？」

聽到這個名字，阿魯斯露出了反應。雖然那只是讓牠微微抬起頭的程度。

「應該被你殺死的魔劍怪物據說已經來到了黃都。他有可能打算在御覽比武中『報仇』。我想聽聽你的看法。」

「……是冒牌貨。」

阿魯斯小聲地，但又十分確切地如此斷定。

「……若想報仇，大可立刻來殺我……為什麼他不那麼做……？既然做不到……他就與真正的托洛亞不同，是個弱小的傢伙……」

「他有可能很強喔。」

賽阿諾瀑淡淡地回應。

「他可能認為雙方若是認真廝殺起來，這個城市就無法倖免於難。」

「……如果我和你打起來，也會變成那樣嗎？」

阿魯斯望著底下的小小黏獸。雖然牠對與強者之間的戰鬥沒什麼興趣，但這位賽阿諾瀑一定很強。牠很清楚這點。

賽阿諾瀑以偽足翻開牠攜帶的書本。

「這可就難說了。要不要現在試試看？」

「……」

比起沒有表情變化的阿魯斯，黏獸的情緒更難從外表判斷。即使打開了書本，也無從判斷牠是不是真的把視線放在書上。

「……太麻煩了。」

「哼，真可惜。我沒事了。」

賽阿諾瀑沿著來時路往回走，準備離開這座塔。

「最後我想問一件事。」

賽阿諾瀑邊走邊對阿魯斯問道。

「你知道魔王的死訊吧。為什麼你可以如此斷定？」

「…………」

「難道你……」

——就是勇者本人嗎？

「最初的隊伍」的倖存者沒有問完這個問題。

◆

黃都舊城區。微塵暴那件事結束後，駭人的托洛亞就順其自然地暫住於位於這塊區域的工人區，自發性地幫忙搬運貨物之類的粗重工作。

由於他沒有正式的市民權，無法確定是否能長期待在黃都。而且光是他那種超乎尋常的身材與嚇人的裝備，就一直讓市民感到畏懼。

「啊，這不是駭人的托洛亞嗎！好久不見了！」

「……」

從旁邊傳來的聲音讓托洛亞有些不耐地停下腳步。

大方地與恐怖故事般的存在打招呼的那個人，看起來就像迷了路不小心跑進舊城區的貴族小孩。但他毫無疑問就是黃都二十九官之一。最年輕的第二十二將，鐵貫羽影的米吉亞魯。
「……是米吉亞魯啊，你放著政務不管嗎？」
「武官在這種時期很閒啦，與舊王國和歐卡夫的戰爭全都沒了。所以，我才想來找一找托洛亞。」
「我是什麼稀有植物之類的東西嗎？」
米吉亞魯毫無顧忌地在貨車四周轉來轉去，望著上面的貨物。
「你今天做什麼？搬貨嗎？揹著魔劍搬？」
「只是運送藥品而已。還包含隔壁區域診所的份，等一下會繞點路。」
雖然裝滿藥瓶的馬拉貨車完全不是人族拉得動的，托洛亞卻能拖著車在廣闊的黃都裡到處走，連喘都不喘一下。可見其體能異常優越。
「……所以我事先聲明，我可沒時間陪你聊天喔。」
米吉亞魯初次遇到托洛亞的那天就邀請對方參加御覽比武，並且受到了拒絕。但因為他之後仍然會像這樣隨性地前來拜訪托洛亞，不禁讓托洛亞開始懷疑起這位少年是否真的是黃都的最高官僚。
「咦～稍微休息一下嘛……」
「——你是駭人的托洛亞嗎？」
有個聲音打斷了兩人的對話。

一群凶神惡煞堵死了巷子。這一大批人馬各個手上拿著弩或短劍、槌子之類的武裝，甚至還有兩輛馬車。

米吉亞魯以露骨的厭惡態度詢問對方。

「……你們是什麼東西？」

「我就是駭人的托洛亞。」

在米吉亞魯多說什麼之前，托洛亞就邁步迎上前，站到貨車或米吉亞魯受到危害時能立刻處理的位置。

「你們也找我有事嗎？」

「我們是『日之大樹』。這一帶的人委託我們做民間自衛隊那類的工作。所以我沒也沒辦法推卻善良市民們的委託……你這傢伙整天揹著那種武器到處亂晃，嚇到很多黃都人呢。而且竟然敢冒用駭人的托洛亞的名號。」

「……」

那些指責全都是事實。即使在停留於黃都的期間，托洛亞仍是魔劍片刻不離身。守護這些魔劍，就是托洛亞如今的存在理由。

「而且你好像沒有市民權吧？雖然從那副長相來看也是沒辦法的事。所以我們才會代替黃都議會那群做事慢吞吞的傢伙來趕走危險人物。」

「——除非他有議會的許可。」

米吉亞魯兩手插在口袋裡，瞪著武裝集團。

「即使是非市民的人，也可以獲得滯留三個小月以上的許可喔。第四條第二項『戰時傷病者的緊急避難』。托洛亞有好好工作，也沒有在黃都留下的犯罪記錄。你們沒有強制執行權。」

「小鬼給我閉嘴。聽清楚了！我們是在跟那個混帳講話，不是在討論什麼法律還是許可的問題。現在我們就是應市民的要求來到這裡。既然如此，我們雙方最好就和和氣氣地解決這件事，是不是？」

叼著菸的男子臉上笑容變得更深。「日之大樹」那群人手中的武器明顯不只是對著托洛亞，還包含了他背後的診所。

「……只要我離開，這件事就到此為止吧？」

即使在過去的生活裡，看到他那身模樣而來找麻煩的流氓也不少見。雖然他並不打算放棄追蹤星馳阿魯斯，但也能等御覽比武結束，對方離開黃都之後再說。他已經決定當自己的存在造成必要以上的騷動時就老實地離去。然而——

「你以為能這樣就算了嗎？把魔劍交出來，全部都要。」

「……什麼？」

「這傢伙真是腦袋不靈光啊。我的意思是交出背上的魔劍，你就能安全離開不會吃到苦頭啦……我知道喔。你或許是冒牌貨，但那些真正的魔劍吧？」

（……他們是從哪得到的情報？）

托洛亞心中提高了警戒。如果對方相信他是死而復活的駭人托洛亞，根本不可能挑戰他。反過來說，若斷定他是冒用托洛亞之名的冒牌貨，應該不可能認為假托洛亞會持有真正的魔劍。

「日之大樹」與至今找托洛亞麻煩的那些流氓不同。

「我說啊！這裡有第二十二將在！我就是第二十二將！」

被當成空氣的米吉亞魯大聲地主張自己的身分。

「在我的面前……別惹這種事吧。我感覺自己被小看了耶。」

「就是小看你啦，鐵貫羽影的米吉亞魯。我們的上頭可是有『勇者在』。你們這群二十九官……拜託我們來黃都，我們才特地過來這裡呢。知道嗎？」

（是為了己方的勇者候補搶魔劍啊……他們之所以敢訴諸武力，原來是背後還有夠硬的靠山。）

他早就明白自己被包圍。托洛亞現在最注意的，是防止貨車上的藥瓶被打破，以及避免波及到城市與市民。

（凶劍賽耳費司克，神劍凱特魯格，姆斯海因的風魔劍……沒什麼困難。）

下一秒，箭矢從旁掠過了托洛亞的頭。他以最低限度的動作舉起魔劍的劍柄撞開那支箭——是只有柄的劍。箭矢沒有打中藥瓶，飛到了屋頂上。

「啊哈！不小心射出去啦！抱歉嘍！」

拉弓放箭的粗野集團成員毫無愧疚之色地喊著。叼菸男子則是露出一如預期的笑容。

「喂喂！別動粗喔！……駭人的托洛亞。趕快交出魔劍就沒事啦。這條街要是燒起來，你也會傷腦筋噗——」

下巴被打碎了。咬斷的半截香菸飛舞在半空中。

砝碼般的投擲物體從臉的正下方直接擊中了他。鐵貫羽影的米吉亞魯。第二十二將以野獸般的伏地姿勢滑進了武裝集團之中，攻擊行動已經結束了。

「——就叫你別無視我啦。」

在周遭的人意識到這場突襲之前，下一顆砝碼從米吉亞魯的指尖飛出，再次響起了兩道破空聲。位於他左右兩側之人的肩膀與腰部同時被打碎。

「如果無視我，就會變成這樣喔。」

雖然「日之大樹」防備著托洛亞，卻沒預測到這場突如其來的攻擊。不知道在這個集團中，有多少成員知道黃都第二十二將米吉亞魯是最喜歡殺進戰場的武官呢？

「混帳東西……」

「你搞什麼鬼啊！」

他跳進了武裝集團之中。無數的拳打腳踢往米吉亞魯的身上招呼。流氓們忘了原本的作戰計畫，反射性地將武器指向少年。

「——凶劍賽耳費司克。」

楔形金屬片所形成的暴風雨從側邊襲來，打飛了所有凶器。

……那東西或許看似只有柄的劍。不過這把柄以上的劍身能分裂成無數的楔子，透過磁力進行操控的魔劍之名為「凶劍賽耳費司克」。

「哈哈哈。」

面對初次目睹的魔劍之力，米吉亞魯笑了出來。

隨後，他展現絕佳的彈性站起身，跨坐於下巴被打碎，正在痛苦呻吟的叼菸男子身上，對他使出四次肘擊。一連串的動作如行雲流水，毫無猶豫。

「還想打嗎？」

「噗，咕喔。」

「哈哈哈哈哈。說什麼聽不懂啦～你們呢？」

米吉亞魯用那張沾著對方鮮血的臉掃視了周圍的「日之大樹」成員。他一出手就打碎了叼菸男子的下巴，集團的核心人物就此無法做出進一步的指示。

「……」

「真是一群腦袋不靈光的傢伙呢。我是說你們可以安全離開不會吃到苦頭啦。現在還能當成單純的打架事件處理。你們自行決定吧……想怎麼做？」

米吉亞魯直起上半身，兩根指頭上發出咻咻的破空聲。那是宛如用線連著兩顆砝碼的獨特武器。

「撤、撤退了。喂！」

「混帳……要是首領在，憑你這種臭小鬼……」

流氓們一個又一個逃走，舊城區的巷子恢復了寧靜。

「哈哈哈哈哈！」

米吉亞魯抹了抹別人濺在他身上的血與鼻血，伸展手腳躺在地上。

「哎呀～好久沒有這樣啦！」

「……米吉亞魯。」

托洛亞蹲在他的身邊。多虧了他，托洛亞無須拔出更多魔劍就讓整件事落幕。也沒有對城市造成損害。即使如此……

「你太亂來了。」

「哈哈，為什麼這麼說？」

米吉亞魯以高級上衣的袖子擦掉鼻血，卻又流出了新的鼻血。

「……我很生氣嘛。竟然要你……交出魔劍。那可是恐怖故事的……駭人的托洛亞擁有的魔劍耶。」

「……」

他是黃都二十九官，還打算擁立駭人的托洛亞參加御覽比武。

那麼做，或許代表著讓托洛亞守護至今的魔劍將會為他人所利用。

「米吉亞魯。雖然這時候問不太好……不過你有沒有讓我也能獲得市民權的方法？我想立刻擁有市民權。」

「哈哈。」

米吉亞魯聽懂他的話中意思了。

「不過就是打一場架……沒必要覺得欠我人情喔。」

「或許是吧。」

殺了星馳阿魯斯，奪回席蓮金玄的光魔劍。在那之前，他的人生不是他自己的人生。他必須成為從地獄復活的死神，以這個身分戰鬥。

所以，他不會那麼想。

「……不過，那麼做或許比較輕鬆。」

◆

黃都的市區不是只有地面上的一層。二樓以上的建築物之間也會以木材或鋼鐵材質的踏板相連。舊城區尤以為甚，造成該地出現層層相疊的混沌景象。

（托洛亞沒事了啊……暫時是如此。）

有個人站在伸到半空中的鐵踏板前端。是一位穿著深茶色風衣的小人。

他所俯視的舊城區街景被鋪得到處都是的踏板遮住了一半以上的面積，不過那天藍色的眼睛甚至能將地面沙粒的擾動看得一清二楚——而且是每一顆沙粒。

「……難道你在擔心駭人的托洛亞嗎？」

聽到背後傳來的聲音，他以左眼隔著肩頭望了過去。雖然就算不那麼做，他也可以辨識出接近之人的身形與步伐，甚至是心跳聲。那就是戒心的庫烏洛眼中所見的世界。

走上階梯的是以繃帶纏住雙眼的森人女子。她名為韜晦的蕾娜。

「真有趣，這件事還滿好笑喔。」

從此人是否有在身上藏著武器與接近之前的舉動來看，庫烏洛已明白她沒有敵意。因此只問了個簡單的問題。

「——有何貴幹？」

兩人並非素不相識。庫烏洛與蕾娜過去曾是同屬於世界上最大的諜報公會「黑曜之瞳」的特務。據說在庫烏洛脫離組織後，於魔王時代末期統率公會的黑曜雷哈多死亡，組織也跟著瓦解。

「別那麼冷淡嘛。你有沒有再回來這裡的打算啊？」

「……『黑曜之瞳』嗎？統率已死的謠言難道是假的？」

庫烏洛瞥了蕾娜一眼。指尖的動作、心跳聲的變化、出汗狀況、繃帶底下的瞳孔。

「不是騙人的呢。現在的『黑曜』是誰……大小姐嗎？……那就好多了。」

「……庫烏洛……拜託別那樣。老實說真的很噁心。」

「妳我是老同事。沒必要客氣吧。」

那是有著天眼之名的能力。超視覺、超聽覺、第六感、聯覺。戒心的庫烏洛同時具備各式各樣的特殊感官能力。透過詳細感覺到的生物反應，不必等對方回答就能得到問題的答案。

「……就像你說的。『黑曜之瞳』還活著。大小姐繼承了統率留下的遺志，努力地維持組織。現在我們需要你的力量，需要『黑曜之瞳』最強男人的力量。」

「看來妳們真的在傷腦筋呢。」

庫烏洛露出了苦笑。

「若非如此，就不會問這種答案顯而易見的問題。」

身為「黑曜之瞳」的一員，雙手沾滿鮮血的過去對庫烏洛而言是難以遺忘的記憶。他在發現自己真正的期望不是製造出堆積如山的屍體之前，繞了好大一段路。

「即使是如此，曾經身為我們夥伴的你也有必要盡到一點道義。不是嗎？『黑曜之瞳』接下來……會在黃都展開作戰行動。能夠最先得知我方動向的人，庫烏洛，是你。」

「……妳想問的是我會不會把情報洩漏給其他組織吧。」

小人兩手插著口袋，仰望稍微靠近地面一點的天空。

「別擔心，那種行為對我有什麼好處？不過是能賺一點沒什麼了不起的零用錢罷了。雖然我不打算回到你們那裡，但也不打算跟黃都站在一起。無論跟隨哪一方，你們都只會要我做些無聊的工作。」

「你逃出了托吉耶市，身上應該有著協助黃都以作為報償的義務。」

「在微塵暴那件事後就兩不相欠了。你覺得黃都會把能夠看清楚部隊配置與二十九官所在地的眼睛一直放在身邊嗎？那些傢伙之所以挖角我，是避免舊王國利用我的些微可能性……他們應該打算利用完我之後就儘快把我打發走吧。」

他感覺著側腹上的傷。雖說已經幾乎痊癒了，但那是擊敗微塵暴的同時被箭射穿的傷口。

「不對。可能還有些傢伙打算確實地除掉我呢。」

當時射殺他的不是黃都，是「黑曜之瞳」。在擊敗微塵暴的那一刻，他們為了除掉能觀測之後狀況的「眼睛」而下了殺手。同時還在作戰中安排了一手，縱使萬一未能殺死「黑曜之瞳」最強的男人，也能讓庫烏洛對黃都起疑。

當然，庫烏洛不可能得知如此錯綜複雜的謀略全貌——不過……

「殺我的是黃都的士兵。」

「太好笑了。你好像在觀測微塵暴的任務中受了傷被搬走呢。下手的是黃都那些認為已經用不到天眼的傢伙吧。」

「是啊。從行動方式與身上的裝備來看，只有可能是黃都士兵。沒當場斃命就費我好大一番力氣呢……就算如此，我還是看到了那些傢伙的長相。」

無論狙擊手待在多遠的位置或是躲進死角，他都看得到。反過來說，在被射中前就看不到。知道庫烏洛當時感官狀況的人只有一個，就是他自己。

「我在那天——已經看過『所有進出陣地的士兵長相』。殺我的那些傢伙沒出現在陣地裡。

應該當成其他派系打算趁著觀測作戰除掉我嗎？但如果視我的天眼為威脅，他們怎麼會認為暗殺能成功呢？」

「……實際上那場暗殺就差點成功吧。你也不像以前一樣能把四周看得那麼清楚了。」

「妳想試試看實際如何嗎？那傢伙……瘴癘吉茲瑪也說過。他說『我的天眼衰退了』。那可是與你們同為『黑曜之瞳』的吉茲瑪。我要問嘍，蕾娜。想殺我的人……該不會就是你們吧？」

藍色的眼眸正面望向蕾娜。心跳、反射、呼吸。

——只要提問。無論多麼擅長偽裝自我的技術，即使是「黑曜之瞳」，一切真相都會被挖掘出來。那就是天眼。

「……」

蕾娜那沒有被繃帶遮住的嘴角浮現淺淺的笑意。

「『我不知道喔』。」

庫烏洛也明白那句話的意思。他所見到的蕾娜反應既非肯定也非否定。

「……是啊。大小姐不可能特地把知道作戰內容的傢伙派到我的面前。況且，只要妳是『黑曜之瞳』，就算我推測錯誤……妳也無法保證那件事沒在妳毫不知情的情況下進行。」

「你的本事沒退步呢，戒心的庫烏洛。一點也看不出退出第一線很久了……我個人還是希望你能回來。這幾年來我們少掉太多夥伴了。」

「……就算妳這麼說，我也不可能回去。我已經不會變成從鬼（corpse）。」

庫烏洛伸出食指碰了碰自己的脖子。

「被帶來這裡時已經注射過血清。既然我曾是『黑曜之瞳』的成員，黃都也會非常小心謹慎地確認我不是從鬼。那應該是早就該知道的事吧。」

「那也無妨。即使不是從鬼……『黑曜之瞳』仍需要你……不對，沒有成為從鬼反而更好。大小姐應該會這麼說才對。」

「她果然與雷哈多不同呢。」

他垂下了目光，以多了幾分溫和的表情低語。

庫烏洛還待在組織裡時，大小姐的年紀尚小。如今她變成什麼樣子了呢？庫烏洛有股想見證她的成長的心情。

「……再見了，請好好照顧大小姐。」

「庫烏洛。」

蕾娜喊住那個轉身離去的背影。

「你打算繼續留在黃都嗎？」

「……別擔心，我不會待太久。只不過……」

鐵製與木頭的踏板複雜交錯。沒人知道最強的其中一人就在這個舊城區的角落。不知道那位連六合御覽的勇者候補名單都沒有列入，不屬於任何勢力的修羅正在此地。

「這裡有不錯的劇院。」

◆

不見天日的森林裡，有人在此處宅邸的某個房間聽著戒心的庫烏洛的對話。

那是由裝在蕾娜身上的通信機所發出，只能單方面接收的聲音通訊。如果是雙向通訊，即使不發出聲音，呼吸聲與動作的聲音也會被天眼識破。

（……庫烏洛大人。）

千金小姐將受話器放回桌上，並且垂下那長長的睫毛。她的肌膚在黑暗之中更顯皎白，宛如夜空中的明月，襯托出她的美貌。

她是黑曜莉娜莉絲，是率領世界上最大諜報公會「黑曜之瞳」殘餘勢力的年輕血鬼少女。

她的身邊站著一位年老的小人婦女。

「沒有成功除掉庫烏洛是在下的一大失誤，大小姐。」

負責照顧莉娜莉絲起居的女管家，清醒的芙蕾是公會設立之初就待在這裡的老成員。

她也是提議趁著微塵暴事件暗殺庫烏洛的提案者。在那個現場射殺庫烏洛的人，正是他們「黑曜之瞳」透過納入其控制的黃都二十九官──第十三卿埃努的指揮系統送去的野戰部隊。

庫烏洛的天眼能力已經衰退了，只能專注觀察一個目標。芙蕾正確地推估他的能力狀況，以此為基礎訂立了暗殺計畫。但由於庫烏洛重新取回全盛時期的力量，以及剛好身處該地的駭人的托洛亞，導致她的計畫遭到破壞。

「如果接受血清治療的事是真的，那麼即使以大小姐的力量，恐怕也難以控制他……他應該取回與全盛時期相同的天眼之力了。只要他『有那個意思』，我們的動向就會完全被看透。」

光是靠近就能將受到感染的生物納入支配之下，經由空氣進行傳染的血鬼。只要這個謎底沒被發現，莉娜莉絲的特殊能力就是無敵的。反過來說，可以看穿祕密的戒心的庫烏洛正是那股力量的天敵。

莉娜莉絲握緊擺在大腿上的雙手，低聲說道：

「庫烏洛大人說……他不會干涉我們。」

「那是謊話。他不但遵照黃都的作戰，至今還留在黃都，可以視作黃都握有他的弱點。大小姐，我非常能理解您不希望懷疑過去的朋友……夥伴的心情。然而庫烏洛已經不是『黑曜之瞳』的成員了。」

「……」

對從未離開組織見識外頭的莉娜莉絲而言，庫烏洛至今仍是她的英雄。就像至今依然有人相信「最初的隊伍」是最強之人，或是絕對的羅斯庫雷伊在多數人民心目中是最強之人一樣。

「請不必擔心。我會負起責任確實地殺死庫烏洛。即使有什麼萬一，也絕對不會讓大小姐置身於危險之中。考慮到庫烏洛的性格……他被黃都掌握的弱點很可能不是物品或情報——而是人物。既然如此我一定會找出那個人，將其納入我們的手中。」

「拜託——」

莉娜莉絲突然站起身。她望向芙蕾的眼神中帶有異於責備的神色。

「請不要那麼做……這是為了我們好。」

那是具有某種畏懼情緒，但又十分肯定的眼神。

「庫烏洛大人並不是真心與我們敵對。只要知道這件事……只要知道他相信我們。我就明白……蕾娜的交涉結果是正面的。」

「我們差點殺死他，雙方的關係不會更糟了。」

「……芙蕾大人，您可曾見過庫烏洛大人『動怒』的樣子？」

「他動怒的樣子？」

芙蕾回想著庫烏洛的臉。隨時都是一臉陰沉、不悅的表情。像在瞪視他人的眼神。

不過他是一位總是以平淡的態度完成所有交辦工作的男人。從未見過他顯露在真正意義上的激情，或是極度的悲傷。

「經您這麼一問……雖然我認識他很久，卻一次也沒見過他生氣。」

「我見過。庫烏洛大人的怒火並不是來自於自己的性命受到危害。既然事情已經牽涉到庫烏洛大人……我可以確定。真正有危險的人……空手觸摸刀刃的人……是掌握他弱點的黃都。」

「……」

只要他眼睛的力量衰退，黃都可以隨意操控庫烏洛的機會多的是。但既然他在那天取回了力量……那已經是不可能的事了。

「芙蕾大人，我們知道他已取回了天眼之力。至少黃都並不知道那個事實。他們一定還以為——自己仍抓著他的轠繩。」

「您的意思是黃都遲早會控制不住庫烏洛，自取滅亡。」

「……是的。」

芙蕾沒打算深入探究莉娜莉絲的想法。她只是為對方的內心感到擔憂。

（……應該避免與庫烏洛變成決定性敵對關係的說法確實有幾分道理。但是……大小姐對失去同伴的恐懼仍沒有消失。）

莉娜莉絲的策略對敵人及背叛其信賴之人展現出徹底的無情，卻無法拋棄除此之外的對象，危險將由此而生。

（我們要使世界重新回到戰亂時代。那才是「黑曜之瞳」能生存的時代。所以得帶著全體夥伴走到那一刻……為了投身戰亂而必須生存下去。大小姐一直懷有這種矛盾……因此，我不能讓她背負那種負擔。）

「黑曜之瞳」。在暗影之中牽引陰謀之絲，企圖使時代走回頭路的組織。其中樞核心籠罩在許多層祕密之下。

然而戒心的庫烏洛知道，那個中樞不過是區區的一位少女。

（……如果有必要，我會親手將庫烏洛——）

◆

那個房間非常狹小，連一根蠟燭的光都能隱約地照出輪廓。

看起來簡直就像一間告解室——事實上，這裡在改裝之前確實是如此——正面相對的兩張椅子與擺在中間的圓桌。除此之外，這個房間沒有任何東西。

「……關於那個御覽比武，議會似乎打算以真業對決的形式進行。」

「哦……那還真是不得了。」

坐在庫瑟對面的老神官名為空之湖面的馬丘雷。除了仍與庫瑟這種男人有往來以外，他是一位仁慈有智慧，值得敬愛的前輩。

「怎麼會在這種時代搬出真業對決？那應該是貴族之間的決鬥，或是古時候的王位爭奪……給那類行為使用的落伍野蠻規則吧。」

「……正因如此，他們才更要使用這種規則。對人民而言，勇者的現身是一件不下於真王於緣之時節歸來的大事。既然如此，沿用與當時同樣的形式規則，在人民面前展現力量的想法也就相當合理。」

「黃都議會瘋了……這是從各地招攬英雄，讓他們找到的勇者將那些人全部殺光嗎？」

「雖然不想承認……不過人民應該也很期望看到那種事吧？規模如此浩大，以真業對決形式進行的王城比武大會，數百年來不曾有過，往後數百年也不會有。這是個缺乏力量的時代……人心渴求著力量。期望目睹英雄流血，與期待見到戰勝一切的勇者，兩種想法都是一樣的。」

武器、戰技、詞術。這會是一場每項技術都是真材實料，不得手下留情，比賽的雙方賭上自己的一切進行的戰鬥。包含性命在內。

真業對決的規定就是如此。這個世界確實有過需要那種儀式的時代。然而……

「……先等一下。萬一勇者在那個比賽中死了，那該怎麼辦？辛苦準備的展示表演不就白費了？」

「你覺得他會死嗎？那可是打倒『真正的魔王』的『真正的勇者』。」

「其他人可能會這麼認為，但……我不會。活著的人都會死，任何人都無法免於一死。」

「——那麼，你也可以這麼想。」

即使知道沒有其他人在聽，老人仍壓低了聲音。

「議會根本沒找到什麼勇者。不是勇者一路戰勝對手，而是將贏家當成勇者。」

「怎麼可能？」

儘管庫瑟一笑置之，但那卻不是有憑有據的否定。

在腦袋的運轉速度上，他從未認為自己能快過馬丘雷。

「若是如此，我或許也有勝算呢。」

「……你現在還有機會抽手。『教團』可以撤銷對你的推薦。」

他明白這位老神官是真心擔憂庫瑟的安危。
一旦敗北可能會死。即使萬一真的獲勝，也顯而易見地會被捲入更危險的陰謀。
……但，問題在於庫瑟已經看到這場比賽產生勇者之後的發展。
利其亞新公國、舊王國主義者、歐卡夫自由都市……現在的黃都將可能威脅其既有權威的組織逐一解體。下一個就輪到「教團」了。這就是為何黃都提供的援助顯然逐漸減少，民眾不滿的矛頭慢慢指向「教團」，對詞神只剩下不相信的原因吧。
勇者。代替沒能拯救受到「真正的魔王」威脅之世界的詞神，在真正意義上拯救眾人的現實偶像出現了。
黃都之所以請「教團」挑選比武的參賽者，或許就是要讓勇者在大眾的面前擊敗「教團」的象徵。
「我……是認真的喔。我一點也不覺得自己會輸。老師應該知道吧？我身邊有娜斯緹庫。」
「你最好想清楚。面對絕對的羅斯庫雷伊時，你也能那麼說嗎？如果黃都說的沒錯，『真正勇者』確實存在呢？」
「嘿嘿嘿……那種傢伙或許真的是無敵的英雄吧。我毫無勝算。」
庫瑟露出輕浮的笑容。
如果他不在表面上裝成那副德性，就沒辦法一直當「教團」的殺手。
也沒辦法一直維持無敵。

「不過——那些人在吃飯睡覺時，仍然是無敵的英雄嗎？那些傢伙的朋友和家人，也都是無敵的英雄嗎？睡著的家人呢？朋友呢？」

除了庫瑟以外，沒有其他能看見娜斯緹庫的存在。白色的死亡天使具有可以抹殺任何存在的權利。

而且，恐怕只有庫瑟能使用那種戰鬥方式。

因為他是個對自己身為最強一事毫無自負與自傲的男人。

「再說了……我可能還有個師弟呢。」

他的天使除了他以外誰都不救。即使在巡邏時偶然地獲得救助庫諾蒂的機會，庫瑟還是沒能救回自己的恩師。

阿立末列村的屠殺事件被當成從「最後之地」跑出的怪物所為——但是庫瑟知道那起事件的真相。

筆記中有著造成屠殺事件者的名字，不言的烏哈庫。

那是庫瑟未曾謀面，並且屬於「教團」的屠殺者同類。

「……我感覺能在御覽比武遇到那傢伙。」

「……庫瑟。」

「若『教團』消失，會有多少孩子得流浪街頭？我……不敢想像。如果非得有人來做，那就是我吧。因為我是無敵的。」

老神官低下了頭，收回了原本想說的話。
過了一會兒，他艱難地擠出這段話：
「…………庫瑟，拜託你……拜託你——」
他們的小小救贖，就是希望不要再失去更多東西。
希望嶄新的時代不要到來。
「殺了勇者吧。」
以御覽比武為目標展開行動的勢力數量眾多。然而他們是其中最弱小，力量也逐漸衰退的組織。
即使如此，為了讓他們的同胞能在往後的世界生存下去，除了眼睜睜看著自己被巨大無比的時代洪流沖走以外別無選擇的他們……此刻也必須採取行動了。
「教團」即將使出最後的策略。

◆

建築之間填滿了田野，修剪整齊的行道樹立於道路兩旁。這裡是距離黃都不遠的大都市，幾米那市。
在兩排行道樹之間，有一批由巨人牽引的重型貨車所運送的巨大貨物。

「喂，小心點搬啊！」

如此大喊的是那群巨人中個頭顯得特別大的一位。就算以巨人的標準來看，他與其他人相比，看起來也宛如大人與小孩。

「這是很貴重的東西！轉彎時別撞到建築啦！」

市民當中一定有人注意到了。

這位比塔還高的男子正是賽因水鄉的無敵英雄——地平咆梅雷。

「唔哇，好厲害喔……」

目睹梅雷那種走在路上就十分引人注目的威風模樣，那位少女不禁如此感嘆。

少女是已經滅亡的拿岡迷宮都市倖存者，遠方鉤爪的悠諾。

（……地平咆梅雷。那個梅雷真的要參加御覽比武啊……）

她此時結束了黃都交辦給她的任務，在回程路上暫住這座城市一天稍作休息。

同行的柳之劍宗次朗住在別家旅店，不過她打算趁著出外採買時幫懶散的宗次朗買些紅果當點心。

不過當悠諾親眼目睹如此令人畏懼的英雄，不管她願不願意，都喚起了她內心的自覺。

（我——要殺了宗次朗。）

……在故鄉毀滅的那天劈開迷宮機魔（dungeon golem）的宗次朗，有辦法砍死今天她遇到的梅雷嗎？

悠諾之所以想送宗次朗去參加御覽比武，就是為了將他引入死地，替那股連她自己都無法確定的感情復仇。

（不只梅雷，還有第二將羅斯庫雷伊、星馳阿魯斯。或許……還有我這種程度的人無法摸透，更加恐怖的怪物……）

悠諾無法踏入那種滿是修羅的漩渦之中。

那一定是沒有真正的勇氣就無法挑戰的比賽。

「……啊。」

不曉得她佇足在那裡多久，悠諾突然回過神來察覺眼前的狀況。

被重型貨車撞到的粗壯行道樹從根部斷裂，眼看著就要倒在悠諾身上。

「哇，啊……」

她發出難堪的聲音。

——死定了，要死在這裡了。她晚了一步才體會到這個事實。

「喂，妳沒事吧？」

但，結果並沒有變成那樣。巨大的手抓住了行道樹。

監視著運輸狀況的地平咆梅雷以與那巨大身體不相稱的敏捷動作解決了這場突發事故。

他輕輕地將被撞倒的行道樹放到道路的另一邊。

「別發呆啊！人類很弱的！隨隨便便就會死掉喔，哇哈哈哈哈！」

「謝、謝……謝謝你……」

張大眼睛的悠諾愣愣地向對方道謝，然而傳說的巨人似乎已經沒把心思放在她身上了。

梅雷只是半開玩笑地訓斥著害平民遇到危險的運輸隊巨人。從那種態度來看，今天降臨到悠諾頭上的這場難以置信的危機，對他而言不過是微不足道的小事。

「……這是怎樣啦。」

悠諾茫然地望著運輸隊遠去的身影，卻因為突然從背後向她搭話的少女聲音而停下了腳步。

「姊姊，紅果。」

「咦？」

「從袋子掉下來了。妳還好嗎？」

那是一位穿著綠色服裝的森人小孩。那對清澈的美麗碧眼正仰望著悠諾。

「妳看，都沾上泥巴了。雖然洗一洗還是能吃，但人類不喜歡這樣吧？」

「……抱歉。剛才發生太多事情，我沒注意到。謝謝妳。」

原本裝在袋子裡的三顆紅果全部掉到地上，泡在昨天下雨造成的泥濘中。

「這下子得重買才行了。如果是給我自己吃還好，但這是要拿來送人的……」

「哦……」

少女看似不感興趣地望著悠諾。

接著從她手中的袋子裡掏出三顆紅果遞了過來。

「給妳吧。」

「咦？這樣太不好意思了，妳只是經過而已，我不能收下啦。」

「可是現在再往返市場會很麻煩吧？剛才那個意外的責任也不在姊姊的身上，巨人那種粗線條的傢伙真的很會惹麻煩呢！我討厭巨人！」

「但這是妳花錢買的紅果吧？」

「……妳看起來像這樣嗎？」

不知道為什麼，少女露出了個促狹的笑容。

「這點小事我一點也不會放在心上啦。畢竟我『什麼都辦得到』。」

◆

歐卡夫自由都市位於遠離黃都的山岳地區。雖然居住於城市裡的傭兵人數眾多，卻鮮少有人能直接與身處中央堡壘的哨兵盛男見面。

然而就在這天，骸魔槍兵造訪了那個房間。

「你就是斬音夏魯庫吧。事情我大致都聽說了，先放輕鬆隨便坐吧。」

「說什麼放輕鬆，我早就無命一身輕了——來談談御覽比武的事吧，哨兵盛男。」

夏魯庫沒有接受盛男的邀請入坐，而是靠著門口旁邊的牆壁直接交談。

「我還以為沒有哪個傢伙想擁立我這種魔族，不過看起來還真的有。我拿到了『漆黑音色』

退場後空出的名額。雖說還在契約期間，但很抱歉找得離開歐卡夫了。」

「……可以啊，士兵想找尋自己的戰場是他們的自由。如果順便刺殺我，還能當成一大功勞喔。」

「別開玩笑了。我不打算站在黄都那邊，也不打算站在你們這邊。打從一開始，我想要的就只有勇者的情報……我想知道殺了『真正的魔王』的勇者是什麼人。」

「你的意思是那個人可能就是你嗎？」

「我認為——打倒『真正的魔王』的勇者自己也一定不知道他是什麼人。所以才沒有出面報出名號。聽起來很合理吧？」

「我覺得事情沒那麼簡單。」

盛男點燃了雪茄。即使是他這位從魔王死去到現在，一直隱瞞「真正的魔王」相關真相的當事人，仍對勇者的真實身分毫無頭緒。

既然「真正的魔王」的相關證據有被留下來，這世界的某處也應該存在「真正勇者」的證據才對。無論此人如今是生是死。

活在地表上的所有人都盼望著那一個真相，卻誰也沒找到。

「斬音夏魯庫，你為什麼來歐卡夫？」

「我說過了吧，是為了得到勇者的情報而來。」

「你穿梭於調查『最後之地』的各個勢力之間……除了人族國家黄都。之所以沒有將接受魔族的傭兵都市歐卡夫當成第一選擇，應該有什麼理由吧？」

「……真的要我說嗎？」

盛男露出了苦笑。

「沒什麼，我只是覺得那種未來可能也挺有意思的。」

夏魯庫有可能從一開始就知道歐卡夫不會遵照契約交出「最後之地」的情報。也許會像香月一樣，有著必須與歐卡夫一戰的可能性。

「算了吧，這個話題沒什麼意思。」

「順便問問……你為什麼沒有親自走一趟『最後之地』？」

「……」

「你能殺死香月，就算踏入那個地獄也應該能存活。即使有人想封口，我也不認為他們有辦法勝過你的長槍。」

哨兵盛男是以超凡的「客人」之身建立起一整個國家的魔王自稱者。他比當事者更清楚身為一位戰士會有的心態。

「……你害怕嗎？」

「或許……是吧。」

夏魯庫並沒有以詼諧的口吻回答。

「我可能在害怕。」

很可怕。正因如此，他才必須知道勇者與魔王的真相。

◆

同樣在歐卡夫自由都市的市區裡，有位男子拜訪了一棟充滿商家事務所的建築物。

「哎呀，我曾經好幾次在新聞取材的過程中差點死掉呢。」

那是一位身材矮小圓胖，揹著木箱的男子。此人似乎話很多，一進門就打開了話匣子。

「不過這次可是最恐怖的呢，比戰場還恐怖。雖然最近才開始有實際的感覺，但這個世界不久前竟然有那種東西活著啊。光憑這點就讓我後悔來到這個世界了呢。」

「……辛苦了，四十萬雪晴先生。」

待在木製旋轉椅上的少年坐著道了聲謝。

此人看起來像年僅十三歲的少年，然而那種判斷標準不適用於「客人」。尤其是對以「灰髮小孩」之名出名的他——逆理的廣人。

黃昏潛客雪晴向基其塔．索奇承接的調查「真正的魔王」任務，是逆理的廣人為了獲取與歐卡夫自由都市交涉的材料，因而提出的委託。

「但沒有必要再做更深入的『真正的魔王』或勇者的調查……第一階段的目的已經暫時達成了。」

「啊，這樣真的好嗎？只要廣人先生點頭，我本來打算趁機順便調查『真正勇者』耶。」

雖然對那個世界上所有人都無法解開的謎團，他的聲稱看起來像在說大話，但也代表了他有著一定的自信。黃昏潛客雪晴也是一位被世界放逐的超凡記者（journalist）。

「——根本沒必要特地陪他們玩什麼御覽比武吧。只要弄清楚『真正勇者』身分，把人與證據一起丟過去，就能將御覽比武連同那些傢伙的企圖一起摧毀。或是廣人先生直接擁立那號人物就行了。我覺得這樣比較省事。」

「那種做法對我來說不太好呢。」

廣人露出了苦笑。雖然雪晴長年以來都作為他的眼線在這塊大陸四處奔走，但這並不代表雪晴掌握了廣人計畫的全貌。

「那麼做不就會造成黃都『垮臺』嗎？我們之所以策動歐卡夫、利用御覽比武……是為了進行比那種做法更溫和的滲透喔。」

「您又來了。政治家口中的那種話不就是侵略的另一種說法嗎？」

「雪晴先生，侵略沒什麼好處喔，因為那只會減少支持者。我的目的終究是——」

……在這個世界，有人想要實現那個目標。

實現那個簡直讓人覺得不可能的理想。

「——達成快樂的結局。必須讓所有人在最後都能受益呢。」

令地表一切生命感到恐懼的世界之敵，「真正的魔王」被某人擊敗了。
那位勇者的名號與是否實際存在，至今仍無人知曉。
在恐懼的時代落幕的此刻，必須選出一位那樣的人物。

——目前，擁有修羅之名的存在共有十六名。

柳之劍宗次朗。
星馳阿魯斯。
世界詞祈雅。
靜歌娜斯緹庫。
地平咆・梅雷。
黑曜・莉娜莉絲。
駭人的托洛亞。
窮知之箱美斯特魯艾庫西魯。
戒心的庫烏洛。
絕對的羅斯庫雷伊。
冬之露庫諾卡。
無盡無流賽阿諾瀑。

不言的烏哈庫。
斬音夏魯庫。
魔法的慈。
逆理的廣人。

十二◆序章

於是，時間來到現在。

「——十六名。也請各位在這裡分享候補者的情報。」

黃都第一卿，基圖古拉斯接著說了下去。十六名。聚集於臨時議場的黃都二十九官有半數以上擁立了他們各自認定為最強的勇者候補。

各位受到推薦的候補挑戰賭上生死的真業對決，他們的勝敗也關係到自身的未來。那就是六合御覽。

「既然有十六這麼多，就按照申請順序吧。從我開始可以嗎？」

「那樣的順序簡單明瞭。請開始吧，第二十卿，鍋釘西多勿。」

容許各式各樣令人驚訝的事物與超凡存在的這個世界——假如……

從所有種族、所有戰士之中，有那麼一個人脫穎而出。如果存在著用盡所有手段留到最後的「最強」，那會是什麼樣的存在呢？

「星馳阿魯斯。應該不需要我特別說明吧。無論是迷宮或財寶，將一切都納入手中的鳥龍……先去掉一些前提，如果真的有個人能殺死『真正的魔王』，也就只有這個傢伙了。」

是掠奪無數的神祕寶物，隨心所欲蹂躪一切，具有萬能適應力的冒險者(rouge)嗎？

「……第二位。從這個方向先來吧。第十一卿，暮鐘的諾伏托庫。」

「唉……我這邊是『教團』的推薦人選。擦身之禍庫瑟。身為『教團』的殺手，據說屠戮的敵人不知幾百個。嗯……他應該會滿努力吧。」

是世上所有人都看不見，一擊就能插入致命之刃的刺客(stabber)嗎？

「請說，第二十五將，空雷卡庸。」

「說到底啊，在場各位應該都知道吧？這場比賽的主題是有沒有打倒『真正的魔王』喔。那就當屬地平咆梅雷啦！制止魔王侵略賽因水鄉，擊敗微塵暴的英雄！他達成的功績與別人比就是不一樣！」

是能夠瞄準萬物，從地平線盡頭放出攻擊，帶來無法防禦之破壞的弓箭手(archer)嗎？

「第二十七將……彈火源哈迪。下一位候補。」

「先讓我說句話，拿岡迷宮都市的故事是真的，辦到那件事的人也是真的。誰都不知道勇者是誰，代表此人應該是直到最近還不在這個世界的『客人』。雖然對羅斯庫雷伊不好意思，但我要將賭注壓在柳之劍宗次朗身上。」

是具有不論敵人屬於何種生命型態都能予以斬殺的技術，在劍之魔道的盡頭超脫了法則的劍豪(blade)嗎？

「第四位候補。第十三卿，千里鏡埃努。」

「……奈落巢網的澤魯吉爾嘉，前『黑曜之瞳』成員。如果沒有她的變節，我可以斷言討伐黑曜雷哈多的行動不會成功。她可以只靠手中絲線，不必接觸就束縛、操控、割碎敵人。就我所知——她是最強的戰士。」

是祕密藏身於暗影中，以陰謀與支配之力滲透侵蝕，握有大批耳目的斥候(scout)嗎？

「……第十將，蠟花的庫薇兒。妳的候補是？」

「是、是賽阿諾瀑……無盡無流賽阿諾瀑。呃，那個。你們應該知道『最初的隊伍』的彼岸涅夫托先生吧……牠甚至打敗了那個人。啊，牠沒有拿武器……可是很強喔。比我的全力狀態強得多了。」

是基於鋼鐵般的執著累積知識與鍛鍊，以異形生物的肉體達到終極武術境界的格鬥家嗎？

「那麼……第十七卿，紅紙籤的愛蕾雅。」

「我的候補並不像諸位的人選那般擁有了不起的功績。是公會『日之大樹』的首領，灰境吉夫拉托。所有市民應該都知道他的實力。以湊人數用的候補來說應該是最適合的。」

是身懷天神般的全能之力，能隨意破壞與創造萬象的詞術士（wizard）嗎？

「……哼，這是淘汰賽啊。我們也是需要那種傢伙。第十六將，憂風諾非魯特。你的候補又是什麼樣的人？」

「我的候補不是什麼湊數用的。牠鎮壓阿立末列村的屠殺犯，殺死那個裂震的貝魯卡的事蹟全都是真的。不言的烏哈庫。總之呢……你們應該會看到很有趣的畫面。」

是否定世界根源的詛咒，以某種方法殺死語言之神祕的神官嗎？

「第九位候補是這傢伙嗎，第七卿，先觸的弗琳絲妲？」

「呵呵呵呵！你說的是小慈妹妹吧！魔法的慈！那女孩真的是個好孩子呢！不但很聽話，個性又開朗……哎呀，是在問她強不強吧。那是當然的！畢竟她就住在『最後之地』呢～呵呵呵！那女孩……從來都沒有害怕過『真正的魔王』的殘香吧？……你就知道嘍？」

是使任何惡意都變得毫無意義，只憑天衣無縫的身體素質擊垮對手的狂戰士嗎？

「第二十二將，鐵貫羽影的米吉亞魯。」

「好的～不過大家應該早就知道駭人的托洛亞的名號吧？我覺得沒什麼好介紹的～他會活著出場！就這樣！」

是能以完美形態使用多采多姿的魔劍，身為恐怖傳說繼承者的魔劍士（grim reaper）嗎？

「……好吧。第二十四將，荒野轍跡丹妥。麻煩你說明吧。」

「……第一千零一隻的基其塔・索奇。我們所知道的軍隊都沒能成功打敗『真正的魔王』。既然如此，那就是我們至今尚未掌握到的軍隊擊敗了魔王……這種主張值得思考一下。以我的拙見……基其塔・索奇那種能毫髮無傷大敗舊王國軍的戰術，就曾為擊敗魔王做出了最大貢獻。」

「雖然順序顛倒了，不過第十四將，光暈牢尤加……沒想到你竟然找到了候補人選。」

「哎呀，我自己也嚇一跳呢。善變的歐索涅茲瑪，是混獸啊。我不像其他人那樣會說話……嗯，總之就是個很強的傢伙。」

是不在戰場上卻能撼動大局，以優異的口才將數量轉變成力量的政治家嗎？

「下一位。第四卿，圓桌的凱特。」

「哈！正如同你們所知道的，魔王自稱者，輪軸的齊雅紫娜已經投入我的旗下。她帶來討伐了『真正的魔王』的兵器——窮知之箱美斯特魯艾庫西魯當作見面禮。我親眼見證並認可了它的性能。應該不會有人有異議吧？」

是由卓越的術士所構築而成，理論上永遠無法被打敗的生術士(creator)兼工術士(architect)嗎？

「第十九卿，遊糸的西亞卡。下一個輪到你了。」

「好～斬音夏魯庫！由於前陣子我方與歐卡夫自由都市完成和談，對方以擊殺漆黑音色的香月的事蹟前來洽詢！其功夫無影且至妙！我相信那種不容許對方反擊的長槍絕技，正符合了最強的名號！」

是擁有誰也跟不上的神速，在長槍的攻擊距離內就意味著死亡無可避免的槍兵嗎？

「最後是哈魯甘特吧。第六將，靜寂的哈魯甘特，請說。」

「冬之露庫諾卡。呵、呵哈哈哈哈……沒有人不認識……牠是真正存在的！牠的爪子能打斷所有英雄之劍，牠的吐息……不…………啊～總而言之，那是最強……是最強的候補！」

是穩坐英雄終結者的寶座，連自己都對那無可動搖的最強感到絕望的凍術士(silencer)嗎？

「這樣就是十五人了。接下來是羅斯庫雷伊。」

「好的。」

還是身為連主辦單位都是自己人的計謀策劃者，創造出不敗偶像神話，身上找不到絲毫謬誤的騎士(knight)呢？

「——第二將，絕對的羅斯庫雷伊。當然，我將是最後的贏家。」

六合御覽，正式開始。

十三 黃都

金色的光芒。

充斥河川對岸的燈火之海。當馬車上了橋時，那片景象就排在道路兩側，填滿了祈雅的視野。

那是她在伊他樹海道未曾見過，比星辰更為強烈的地上之光。

「好厲害……！簡直就像白天！」

祈雅將小小的身體整個探出了馬車，看起來幾乎快要摔出去。那對稍微上挑的碧眼宛如鏡子倒映著那片夜景。

真讓人難以置信。在太陽早已下山的黑暗夜晚，竟會出現如此耀眼的光輝。

人們都還醒著，還在工作。他們到底都在做些什麼呢？

「哈哈哈。如何，小姑娘！黃都很厲害吧！」

看到這種一定會被愛蕾雅罵的舉止，年長的車夫卻開心地如此回應。他一定對這片燦爛的黃都感到驕傲吧。

「妳知道那些光是燒什麼得來的嗎？那可不是獸脂或木柴喔！」

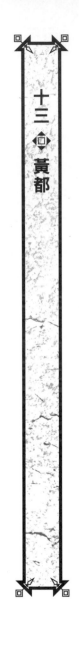

「——是天然氣喔！汽化燈！不靠熱術也能燃燒的空氣！從附近的馬里地孔透過管子……鐵製的管子輸送！就是燒那個！對不對！」

「哦哦，什麼嘛，小姑娘！小小年紀卻比我還博學啊！哈哈哈！我倒是不知道那麼多呢！」

金色的光芒。與至今經過的城鎮裡的油燈竟然差這麼多。

一定是因為那是天然氣的燈光。

「我向愛蕾雅……嗯，壞心老師學過！就是在幾米那市送走我的那個人。」

「哦，就是那位超級大美女嗎！那還真是讓人羨慕啊！如果人生可以重來，我也想給那樣的老師教。」

「一點也不好，幸好她沒有跟來！要是那個人跟著，絕對絕對會在旁邊囉哩囉唆的！」

行駛在路上的馬車衝入了宛如異世界的亮光之中。

底下是與泥土路截然不同，修整得井然有序的筆直磚頭路。

這裡一定是座市場。豔紅、黛綠。被汽化燈照耀的無數色彩、鼎沸人聲從祈雅的兩旁快速流過，令人目不暇給。

「凱迪黑的上等羊肉特價到今天！之後就再也買不到這麼便宜的價格嘍！」

「各位看過嗎！如假包換！這可是『彼端』最新儀器！請來試試『雙筒望遠鏡』！」

「看過來、看過來，今晚有沒有人想在『藍甲蟲亭』度過啊！那裡有來自米那次水源市的真正詩人現場獻唱喔！」

每個人都扯開嗓子高聲大喊，就像在主張著自己的生命。

四周充滿著與她安靜平穩的故鄉正好相反，卻十分美好的喧囂。

「吶，這些……這些全部都是真正的商店嗎？」

「那是當然啦！妳在其他城市沒看過嗎！」

「可是數量這麼多……客、客人不會不夠嗎！就算用一小月也逛不完全部啊！」

「哈哈哈哈！有啦！這裡啊，有很多人呢！別說一小月——就算花上一整年的時間也逛不完整個黃都！」

馬車停了下來。當她再次探出身體時，祈雅看見了往旁邊伸出小旗子的鐵柱。

有著方格花紋的旗子透過鐵柱的擺動機關，發出「鏗」的輕微聲響後降下。縱橫來往於十字路口的馬車就是透過那種東西引導車流。

「我不知道那是什麼……！課堂上也沒學過！」

沒錯。不只祈雅搭的馬車。有許許多多的馬車在道路上行駛。

足以讓四臺馬車交錯而過的大道通往四面八方。

偶爾還能看到沒有馬拉的馬車冒著白煙從旁邊經過，讓祈雅大吃一驚。

「啊啊……！」

馬車駛入了一處林立著建築物都必須仰頭瞻望的住宅區域。

即使這裡不是市場，仍有人走在夜晚的道路上。路面被照得十分明亮。

住在那裡的每個人都有著不同的模樣。不只是因為他們穿著形形色色的服裝。人類、森人、山人、小人、沙人。

在這個黃都裡……在世界最大的都市裡，難道聚集了所有的人族嗎？

這裡不只有課堂上聽過的事物，還存在著許多令人難以相信、完全陌生的東西。

「快看，小姑娘！那就是王宮！是瑟菲多陛下的王宮喔！」

「王宮……！」

馬車穿過一條特別大的道路。道路終點處聳立著一棟建築。

被燈光照得潔白雪亮、巨大無比的美麗城堡。

所有耀眼的光芒都倒映在大型護城河上，就像一整排五顏六色的太陽。看起來十分美麗。

——那是上天賦予人族的絕對王權之象徵。

俯視著這整片宛如大海般人類聚落的榮耀與權力之歷史。

因「真正的魔王」而一度瀕臨滅亡的世界裡，唯一現存的王宮。

啊啊，愛蕾雅真可憐。她沒有在祈雅的身邊一睹這座浮現於夜晚黑暗之中的天堂聖殿所綻放的風采。

「好厲害……」

她只能發出如此嘆息。

祈雅往後的一年將在這座恢宏的城市度過。

會有多少未知的事物，多少開心的事物等著她發掘呢？

離開伊他樹海道的自己，有辦法想像此刻的光景嗎？

「──六合御覽！六合御覽！現在隨時都能幫您安排！觀戰席的預約請來洽詢我們因薩・摩澤歐商會！」

「這位大姊！要不要買一枚勇者紀念硬幣！到曾孫那代都能拿來炫耀喔！」

「看過來、看過來，想不想將一生僅有一次的勇者戰鬥英姿留作紀念啊！購買銀版照片請到梅魯歐拉顯影所。」

王宮前的大道上有著數量不下於市場的商人正在擺攤，洶湧的人潮擠得馬車無法通行。祈雅是第一次聽到他們所有人所關注的那個詞彙。

「吶……吶！六合御覽是什麼呀？」

「哦，小姑娘這麼博學，卻不知道六合御覽嗎？真讓人驚訝！那是王宮舉辦的最大王城比武大會喔！他們要戰鬥！是一場像神話時代那樣的真業對決大型比賽！」

「哦……！會有誰出場呢？」

「哈哈哈！就是打倒『真正的魔王』的勇者！」

車夫的口氣中充滿興奮的熱情。那一定是在黃都也非常特別的活動吧。

祈雅也想觀賞那場比賽。雖然愛蕾雅八成會訓斥她，不准她去看那種野蠻的東西。

（我一定要看。）

待在這麼棒的城市裡，若只是成天讀書，未免太無聊了。

乾脆蹺掉愛蕾雅的課，漫步於這種充滿活力的夜晚，見識那些陌生的事物吧。

見識那些能對亞薇卡和希安說上十年也說不完，許許多多的新鮮事。

「只要獲勝就能拿到驚人的獎金！足以實現任何願望！所以最強的英雄們才會聚集於此！」

「有這麼多喔！……那我也想出賽！」

「喂喂，哈哈哈！原來我載了一位小小英雄啊！不過妳還是十年後再來吧！最強就是真正的最強！絕對的羅斯庫雷伊也會出場呢！」

「——可是，我就是最強的呀！」

蘊含著各種空氣的風吹拂過道路，穿過馬車裡面。

祈雅的金色頭髮在映照於夜晚的亮光與微風中閃爍飄舞。

接著，一陣帶來爆炸似巨響的強風吹起，讓祈雅不禁朝那個方向望去。那是以驚人速度追過馬車，宛如巨大鋼鐵蛇龍的——

「好厲害。」

祈雅第一次看見以蒸汽機驅動的火車。

那樣的機械每天都在不停地運作。巨大車體裡頭坐著許多的人。推動它的燃料是從地表上的各地蒐集而來的。

人群。協助所有文明活動運作的無數人群就住在這個黃都裡。

「黃都……！」

目送著以驚人之勢離去的火車背影，祈雅低聲說著。

這裡一定有著讓人想像不到的東西正等著她。

「這就是黃都！」

十四 藍甲蟲亭

不管去什麼地方，似乎都會遇到同樣的事。

……那一定是錯覺吧。不過夏魯庫在生命中已經反覆遇到兩三次運氣不佳的事件。讓他覺得這種事在他人生之中所占的密度實在太高了。

無論如何，那種事在黃都這裡也發生了。

夏魯庫坐在名為「藍甲蟲亭」的酒館角落，點了一杯他無法喝的酒當成座位的費用，聆聽著管樂器的暢快樂曲與女詩人的歌聲。

或許是因為他自己是骸魔，夏魯庫不喜歡抑鬱的曲子。能在人生路不熟的黃都找到這間店，可以說他在這個時候中了大獎。

「哇～真美！該選哪種好呢！」

讓他察覺到那種想法是個錯誤的第一個徵兆，是某個開朗無比的少女聲音。

那是一位年約十九，給人活潑印象的少女。她靜不下來似的晃動栗子色的麻花辮，觀察著排在吧檯上的酒瓶色彩。

「大叔，我要這個！請給我一杯這個！綠色的那種！」

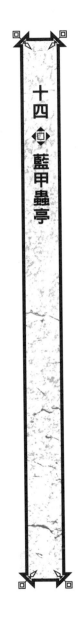

「……」

沉默寡言，看起來與音樂一點也不搭的店主開始默默地準備酒杯。

少女踏著輕快的步伐走入擠滿人的店裡。當她看到夏魯庫桌子對面那唯一的位子，就毫不猶豫地坐了下來。

「喂喂。」

由於原本應該出言制止的店主是那種模樣，夏魯庫也就沒多說什麼。

「……年紀小小就喝桶底酒？如果妳沒喝過，還是換一杯吧。第一口就會讓妳醉倒喔。」

「？沒問題喔！啊，可以坐對面嗎？」

「妳不是已經坐下了嗎？要是我有意見早就說了。」

夏魯庫心想，這女孩真像一隻不懂恐懼為何物的小貓。當她坐下之後依然靜不下來，那條隨著動作晃動的長麻花辮恰恰猶如一根尾巴。

「呵呵，謝謝。我是魔法的慈，你叫什麼名字？」

「『斬音』。人稱斬音夏魯庫。」

——魔法的慈。

夏魯庫想起了擁立者遊糸的西亞卡告知的參賽者名單。那是今天早上的事，夏魯庫也沒有仔細記住。

不過他還記得有位出賽者就有著那個奇異的別名。

「……這裡是酒館，你卻不喝酒嗎？冰塊要融化了喔。」

「幸好我有個沒喝酒也能走得搖搖晃晃的身體呢。」

夏魯庫從那身墨綠色破爛衣物底下露出了他的手指。那是有著被漂白至寶石般的純白色，違反生命原理行動的人類骸骨。

這也是為什麼店裡擠滿了人，但唯有他的面前座位是空著的原因。

斬音夏魯庫是魔族。除了歐卡夫自由都市那種例外，他旅行經過的任何城市……即使是多種族共存的黃都，全都對骸魔敬而遠之。

「妳願意的話，這杯就給妳吧。至少喝了不會醉到不知何時才能醒來。」

「可以嗎？太好了，賺到啦！」

慈兩手捧起酒杯，咕嘟咕嘟地將夏魯庫的酒一飲而盡。

她閉緊了雙眼，將杯子擺回桌上。

「嗚嗚……好苦！不過很好喝！」

「妳真的這麼覺得嗎？」

「嗯！大家都喜歡喝酒吧？庫拉夫尼魯也這麼說過！」

「……」

雖說當事人很開心，但他或許不該隨便地就向對方勸酒。

話雖如此……即使少女看起來不習慣喝酒，卻能像喝水似的喝光整杯酒。她想必有個很強健的喉嚨吧。

（……這傢伙就是六合御覽的敵人？難道她是知道我的身分才擺出這樣的態度嗎？）

然而那副笑嘻嘻地一邊搖晃身體，一邊入神地聆聽詩人歌曲的模樣，怎麼看也不像那回事。

距離比賽開始還有一小月。在這裡主動出手試探對戰對手的實力或許也不是件壞事。夏魯庫將注意力移向靠在牆壁上的白槍。

「啊，對了，夏魯庫！我有個問題想要問你！」

就在新點的酒送來時，慈對面方向的桌子傳來了爭吵聲。

「啊？你這個廢物給我閉嘴！我借了錢又怎麼樣，這件事現在很重要嗎？……不過就是一點小錢嘛，怎樣？少在那邊鑽牛角尖啦！」

「哦哦哦，你想賴帳呀？想幹架就來啊！要不要我現在就劈開你的肚子換幾個酒錢啊？」

夏魯庫無奈地嘆了口氣。

——不管去什麼地方，都會遇到同樣的事。

「夏魯庫？」

「喔。」

夏魯庫隨便地回應慈的疑問，同時將注意放在那場口角上，避免到時候被捲入其中。然而，慈卻是看起來一點也沒有注意那個狀況的模樣。

他注意到正在爭吵的其中一名男子掏出了手槍。難道那個人在喝酒的時候身上就帶著裝上子彈的槍嗎？槍口朝上，抵著另一人的喉嚨。

以夏魯庫的速度，他有辦法制止這個狀況。不只是衝向遠處的座位彈開子彈，甚至還能直接阻止扣下扳機的手指——不過，他認為混混之間的問題應該交由他們自行解決。

他們想怎麼做都隨便他們。就像警戒塔蓮或麻之水滴米留那樣。

「——你先去死啦！」

踢倒椅子的聲音、槍聲、客人的尖叫，流彈飛向了夏魯庫的座位。

夏魯庫不發一語地望著對面的座位……望著同座之人在那個瞬間消失的椅子。他還來不及取槍，就看到飛過來的子彈被擋住的瞬間。

慈用手掌接住了子彈。就夏魯庫所見，子彈連少女的表皮都沒傷到。

「住手！」

接著衝出去的慈同時制服了兩人。兩名壯漢一看就知道生活在暴力的世界，卻分別被少女的一對纖細手臂按倒。

「大家是來享受音樂！不是聽你們吵架！別造成麻煩！」

「嗚，咕。」

慈應該只是把對方當成單純的醉客。所以手下留了情。她將手從兩人的喉頭拿開，揚言道：

「如果還要打，小心我會狠踢你們，教訓你們一頓喔！」

「……慈，那兩個傢伙是——」

就在夏魯庫拿著長槍站起身之際，又出現了一個狀況。

「啪」的一聲，彷彿木材被猛力彈開的聲音響起。某個物體從醉客手中飛出，打碎了後方的油燈。慈被油燈碎裂的聲音吸引了注意。

兩人同時起身逃跑。一人衝向入口，另一人則是衝向那個物體飛去的方向——後門。

後門位於酒館的後方，從夏魯庫的位置來看是對角線的另一側。那個距離非常遙遠……不過夏魯庫就算打著呵欠都能繞到那個人的前方。

「……！」

「——難道你和匕首結婚了嗎？」

夏魯庫倚在後門的陰影處，取出搶在醉客前頭奪走的那個東西……一片匕首的刀刃，拿在他的眼前。那不是普通的匕首，而是具有特殊機關，能以火藥射出刀刃的暗器。

「不好意思問得這麼冒昧。只是看到你寧願選擇這邊也不願被可愛的女孩子壓倒，讓我只能這麼想了……」

「把那個還給我。」

可以想像發生了什麼事。慈的身體在看不見的死角被這種凶惡的兵器刺中了。刀刃沒有貫穿慈的身體，而是滑過表皮彈開。這名男子是打算回收證據再逃跑。

若是一般的人類身體，早就連同內臟一同被炸爛了。她到底是怎麼防禦的？

「……這不是一般人拿得到的武器，是誰指使的？」

「夏魯庫！」

後方傳來慈帶著責備語氣的聲音。

轉頭隔著肩頭望向她的腹部。那處被撕開一大塊的布料與她剛才受到的攻擊位置完全一致。

「……我沒事，放他走吧。」

「如果妳還沒搞清楚狀況，我來說清楚。這傢伙打算殺妳喔。」

「是嗎？反正不是什麼大事啦。但是不能吵架喔。大家都是來聽音樂的。」

「……妳啊。」

他知道醉客已經趁著雙方正在交談時逃走了。

離開店裡後，巷子就分成了兩條路。兩條路再走下去則各是三岔路與四岔路。以夏魯庫的速度，就算每條路都走一遍也應該有充分的餘裕追到對方。他有很多逮住那個傢伙，逼問其背後勢力的時間。

前提是立刻就行動。

不過夏魯庫首先擔心的是慈的狀況。

「真的沒事嗎？先急救一下吧。妳是活人，和我不一樣。」

「就說沒問題！啊，別拉我啦！」

從骨頭指尖傳來的慈的手臂觸感——當然，那是骸魔的虛擬觸覺——與普通的少女無異。肌膚十分光滑，壓下去也能感受到肉的彈性。

「……妳的身體是怎麼回事？」

從結論來說，夏魯庫的擔心一點意義也沒有。

明明受到兩種致死武器的攻擊，她的皮膚上卻找不到任何一塊內出血的地方。魔法的慈連痛都沒有感受到。

她應該也不是像龍鱗那樣以單純的硬度阻擋攻擊。只能當成這身柔軟的肌膚具有刀槍不入的韌性。但是，那種防禦力的極限究竟有多高啊。

「哈哈哈！我不懂那麼複雜的事啦。不過我的身體就是這樣……天生很耐打。沒事的。」

「就算很耐打，也不要隨便就拿身體開玩笑。」

「……嗯，謝謝，夏魯庫。大叔你人真好呢。」

「大叔……」

夏魯庫對意外受到精神衝擊的自己感到困惑。

他沒有自己身分的記憶。

雖然這是理所當然的事，但如果那是其中一種可能性……

「……我看起來像大叔嗎？」

「咦？你不喜歡這個稱呼嗎？我很喜歡大叔耶。」

「不，算了。這不是什麼大不了的問題。會拘泥於這種事的男人太蠢了。先不提那些，我有更重要的話要說。」

若繼續隱瞞身分，從她身上挖出情報，對斬音夏魯庫應該會比較有利。

然而他畢竟是死人，沒有蠢到為了保全自己而捨棄自尊。

「魔法的慈，你是六合御覽的參賽者吧。」

「嗯！」

「妳回答得還真爽快，但這就省事多了。我也是，斬音夏魯庫。妳也知道剛才那些傢伙不是普通的醉客吧？」

「咦，是這樣嗎？」

夏魯庫扶著空心的頭蓋骨。這女孩實在太讓人傻眼了。

她從一開始壓制醉客就是這樣。慈的心態完全就不是個戰士。難道她只靠身體素質這一項長處就想打贏接下來的比賽嗎？

「……那些傢伙在爭吵時，流彈飛向了我們的座位。那是故意的。有人想要觀察這個狀況要怎麼應對。」

「就像夏魯庫繞到對手前面那樣嗎？」

「不對，觀察對象毫無疑問是妳。槍與刀。他們之所以用不同的武器，應該有什麼意圖——像是測試妳的防禦力極限。」

這裡和夏魯庫至今待過的流氓惡棍聚集地不同。

不管去什麼地方，都會遇到同樣的事。然而，如果連在這個黃都都會遇到同樣的事件，那已經不是運氣不佳的程度。這毫無疑問是異常狀況。

「……背後指使者恐怕是某個參賽者吧，抱歉。」

「這樣啊。不過為什麼夏魯庫要道歉呢？事情不是你造成的吧？」

「我看到妳接住子彈的樣子，讓我對同為勇者候補的妳會怎麼做產生了興趣。萬一妳死在我的眼前，可能會讓我有點後悔這麼想。」

他八成不會後悔吧。斬音夏魯庫已看過無以計數的死亡，卻從來沒有真正後悔過。因為他心中沒有包含判斷人的生死在內的堅定信念。

「這樣啊。夏魯庫的腦袋真好呢。我完全想不到那種事。」

慈笑嘻嘻地說道，仍然沒有將夏魯庫的話放在心上。夏魯庫對她那種為了助人而毫不猶豫行動的想法有些羨慕。一個人擁有信念，就代表那個人了解自己。

（不過，竟然已經有人開始測試我們的戰力。參賽者名單的公布不過就是今天早上的事啊。）

即使她一點也不在意，但如果確實是如此，對方的手腳就真的很快。安排人手，制定襲擊計畫，找出魔法的慈擁有的防禦力強項。只以這點來看，那是憑夏魯庫的速度追也追不上的另一種快速行動。

（——幕後有很精明的傢伙在呢。）

而且連坐在眼前的這位少女也有可能成為夏魯庫的敵人。

他有可能在剛才的對話中給了對方不該說出的情報，招來不必要的不利影響。
用那一點點的自尊換來的東西，是否會在日後害了夏魯庫呢？
「夏魯庫果然很溫柔呢。」
「只要能牽到美女的手，對男人來說就很足夠了。」
「呵呵。我的手很軟嗎？」
「……還好啦。」
就在不為人知的角落，六合御覽已經悄悄開始了。

十五　薩米吉紀念公園

「喲，西多勿！你很努力喔！」

「是啊。」

「哎呀，西多勿，要不要來我們這邊吃飯啊？會給你加量喔！」

「有空再說吧。」

「嘿嘿……二十九官可以晉見女王陛下吧。西多勿，瑟菲多陛下長得怎麼樣？應該是個超級大美女吧？」

「差不多啦～」

「喂～西多勿！我很期待六合御覽喔！」

「喔。」

他慵懶地走過人群聲音形成的波浪，穿過白天的廣場。噴水池的水花打溼了西多勿的頭髮。

黃都第二十卿，鍋釘西多勿。那副帽子斜戴，隨便卻又恰到好處的貴族打扮，看起來就像是大戶人家自由奔放的二少爺外出的模樣。他也自認為是這種人。

不過世人就是像這樣，把他視為其中一位人族世界的最高官僚，黃都二十九官。

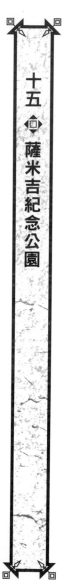

（……真無聊。）

在遠離人群的公園長椅上，他打開手中的包裝紙。吃午餐時，西多勿總是只吃同一間店的麵包。

（明天輕鬆過就好了。管他什麼黃都、六合御覽……還是星馳阿魯斯。真的都是一堆無聊的事情。）

隨著地位不斷提昇，西多勿得開始為許多不必要的事務操心。那些全都是他原本不需思考，分量過大的煩惱。

到底是從哪裡走錯路了呢？他的政治地位已經比繼承家主之位的哥哥還要高了。自己在小時候所想像的人生不該是這樣才對。

擅於交際的他之所以喜歡獨自吃午餐就是因為如此。每天至少需要一點能從身分中獲得解放的時間。

柔軟的白麵包表面被烤得十分均勻，還熱騰騰的。

那間店在黃都不是特別熱門，但店主熱術的火候控制相當高明。夾在麵包之間的鴨肉在這種熱度之下，從鮮豔的紅肉中融出的油脂也為旁邊的配菜增添了一股油亮的光澤。雖然樸素，卻是一道優秀的料理。

——因此，出現在背後另外半側長椅上的動靜讓西多勿非常不開心。

「……有什麼事，我現在是午休時間喔？」

正在用餐的他只是稍微停下了手。二十九官的人身安全受到大量士兵的保護，但對方也有可能是其他陣營派來的刺客。

後方的長椅上傳來了一個疲憊不堪的聲音。

「如果要找你，也沒有多少你身邊沒其他人的場合吧，鍋釘西多勿。」

「……我不想再攬更多問題了，拜託放過我吧。」

是第六將，靜寂的哈魯甘特。西多勿沒有掌握到這個男人是什麼時候回到了黃都。

此人與因為與生俱來的才幹而被拔擢到如此地位的西多勿正好相反。他是一位出生於某個濱海的邊境地區，歷經苦幹實幹後爬升至此的舊時代軍人。其聲勢的傾頹趨勢也與西多勿在二十九官時的經歷過程處於正好相反的位置。

「抱歉……抱歉啊。唯有在這點上，我不能對你有所退讓。我手上有冬之露庫諾卡，你有星馳阿魯斯。雙方都是在整個世界裡被冠上最強兩字的無雙龍族。既然如此──」

「太長了太長了，你的話太長了。所以你想說什麼？要我和大叔交戰嗎？你這個人……到底是怎麼回事？」

西多勿一臉厭煩地咬著麵包。

比起和落魄老將對話，用餐這件事對他而言更加重要。

「總之呢，你去找傑魯奇或羅斯庫雷伊商量，叫他們安排吧。前提是你辦得到啦。我沒有那種權限。不必再談了。」

「拜託了，我、我……！我非得和星馳阿魯斯分出勝負不可！我曾發誓過要掌握比牠更強大的事物！那就是我的生存意義！若、若非如此，像我這樣的男人怎麼會找冬之露庫諾卡來呢！」

——誰管你啊。

無論這個男人心中有何種悲憤，無論他懷抱什麼樣的信念，西多勿一概都沒有興趣。

西多勿也不是特別要否定那些人，他們要在自己看不見的地方亂來也是個人的自由。然而不管是誰，全都擅自把問題丟給西多勿。就是因為這樣，他得負責的工作才會不斷增加。

「我說啊，大叔。關於那個露庫諾卡……我就講清楚了，冬之露庫諾卡原本對人族沒什麼興趣。如果那傢伙真的有摧毀人類城市的打算，你知道狀況會變成什麼樣子嗎？為什麼你還硬要找來那傢伙？我和你不一樣，必須考慮到那方面的問題。然後你還要我接受你的任性要求？你的腦袋裡到底在想什麼啊？」

「……我做錯了什麼嗎？不是……不是要找尋這個世界上最強的人物，找出足以比擬勇者的英雄嗎……？」

「唉……你都年紀一大把了……動點腦子想一想吧。怎麼可能真的找來那種強得一塌糊塗的傢伙？其實該找的……應該是稍微有點名氣，站在人族這邊，羅斯庫雷伊打得贏的對象，這樣就夠啦。結果自作主張的蠢蛋們卻找來一大群妖魔鬼怪。每個傢伙……都是貪求權力，想要由自己拱出勇者。」

他捏爛了麵包的包裝紙。

為什麼要追求那種八成會超出自己能力的權力？攀上沒有任何未來的地位，究竟又能獲得什麼？西多勿完全無法理解。

他只是——想要不必煩惱擔憂，過著自由自在的生活。

只要能像在廣場上向他打招呼的市民們那樣，一無所知地過生活就好了。

「……你們每次都是這樣。」

坐在身後的老將垂眼注視自己的膝蓋，低語。那道聲音裡充滿了日積月累的悔恨與憤怒。

他活在完全背離這個溫暖陽光照耀的白晝城市的凋零世界之中。

「啊？」

「每次都是這樣。你們擁有決定一切的權限，要求我們跟隨用那種手段制定的方向。但是，當我們做出的成果比你們當初定下的目標更優秀時……你們總是會這麼說。」

「拔羽者」哈魯甘特。他是一位無法看清楚時代的趨勢，只是一味狩獵鳥龍，聲稱這就是其功績的男子。

那就是跟不上時代的官僚。往後的時代完全不需要這種人。而且那樣的未來很可能已經注定好了。

「『其實不是那樣的』，『稍微想一下應該就能明白』，『規則改啦』。我們從來沒有獲得任何讚賞，因為決定一切的權限總是在你們這樣的傢伙手上。在『真正的魔王』出現之前，要我們狩獵小鬼或鳥龍。說牠們會襲擊村莊，威脅拓荒工作。說牠們就是邪惡。所以我才相信狩獵鳥龍就能爬升地位。就只是這樣。」

「你發神經了嗎？我沒這麼說。」

「——都是一樣的。不管你們是誰，全都是一個樣……！接下來殺魔王，接下來找勇者。你們總是會很聰明地說『其實不是那樣的』！我可是將改變了邪惡的定義！誰也沒見過的冬之露庫諾卡帶來這裡啊！」

後面傳來哈魯甘特站起身的聲音。西多勿打從心裡認為他是個毫無價值的人。這個愚蠢的男子只是用自己口中的話提昇對自己懷才不遇的憤怒。

西多勿半瞇著眼，眺望眼前那一大片草地。想像著自己無視對方剛才那些話，直接穿過公園離去的模樣。這個毫無力量的將軍什麼也做不到。即使身為二十九官，哈魯甘特也無法參與往後的決議。

「那可是冬、冬之……冬之露庫諾卡喔？毫無疑問是傳說中，地表上最強的生物！為什麼誰也沒有讚揚我？為什麼誰也不驚訝！我要怎麼做你們才會滿意！難道你們要說，連一場與阿魯斯的對戰都不是合理的報酬嗎！」

他的主張實在是牛頭不對馬嘴，那個理論聽起來只是在發洩情緒。

哈魯甘特異常執著於名譽與地位的程度脫離了常軌，雖然雙方能以詞術互相溝通，但他簡直就像是與西多勿價值觀迥異的另一種生物。

（……）

不過，即使無法理解，依然會惱怒。

他丟下手中的包裝紙，也從長椅上站了起來。

「……喂，大叔。你又懂我什麼了？」

對這場六合御覽毫無野心的鍋釘西多勿之所以率先擁立星馳阿魯斯的真正原因，有誰能理解呢？

他是真正為這場王城比武大會的結果感到擔憂的人。即使在心中對其抱持敵意，他仍然比世上任何人更相信星馳阿魯斯的力量。

如果沒有搶先其他人掌握星馳阿魯斯——

就會有其他人擁立阿魯斯，真的讓牠獲勝。

為什麼西多勿總是得被迫承擔他不想當的角色呢？

因為這個世界有哈魯甘特這種男人存在。

不管是他還是別人，這個世界總是充滿了令人絕望的無能之徒。西多勿也想當個無能的人。

「你很會講嘛。冬之露庫諾卡有那麼讓你驕傲嗎？找到傳說的你有那麼偉大嗎？冬之露庫諾卡真的有那麼強嗎？喂——」

他回過身，僅僅睨了對方一眼，哈魯甘特便居了下風。

他的兩隻拳頭都在發抖，一眼就能看出他在虛張聲勢。

他應該有辦法現場逼哭對方吧。西多勿已經氣到腦中浮現那樣的想法了。

「……」

「——好啊，那就來比吧。靜寂的哈魯甘特。」

西多勿無法明白自己為何對那種弱者感到氣憤不已。

他帶著打從心底的憎恨開口說道：

「就讓我殺了牠吧。」

十六 對戰

第八卿，傳文者謝內克藉由其別名所代表的能力，讓他名列黃都二十九官。他通曉教團文字、七個家系的貴族文字，以及兩種「彼端」的文字。

曾於拿岡迷宮都市留學過很長一段時間的他在文字的解讀與記錄方面，具有超越第三卿傑魯奇的出名優秀才能。

當他在上午完成交辦的工作後，便來到了黃都的中樞議事堂執勤室。

那裡有個人還在工作。

「古拉斯卿，議事錄已經整理好了。你那邊如何？」

「稍微等我一下。」

「……哦，正在配對嗎？」

由於他的能力，謝內克也是黃都第一卿，基圖古拉斯實質上的書記。

六合御覽的對戰組合在公開日之前是等同於重大機密的情報，不過這兩人有著可以觀看這份情報的地位。

「我已經大致取得二十九官中擁立者的同意了。現在應該就會做出決定。」

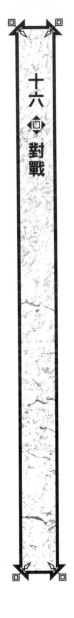

「……不過啊，這個——」

「很古怪嗎？」

「是的。」

古拉斯也同樣感受到一股乍看之下能理解，卻還是會浮上心頭的突兀感。

六合御覽的參加者能獲得的準備時間，應該是各位擁立者根據從其他候補者身上探查到的情報……經過許多調整與爭執而決定的。古拉斯與謝內克並不完全清楚那些陰謀與盤算。可是——

「將冬之露庫諾卡擺在這個位置真的恰當嗎？」

「……若要這麼說，擦身之禍庫瑟也是。看不懂把容易落馬的棋子用在這裡有何用意。」

「第二十七將倒是很行呢。」

他們最關注的焦點當然是第二將羅斯庫雷伊。

說到底，他的力量根基就是持有決定這張對戰表的權力。

既然如此，這份名單的排列方式所代表的事實就是——

「……你來得正好，謝內克。麻煩你用北東文字抄寫。雖然我也不是做不來，只是年紀大了，文法全都忘光。會很花時間。」

「那是古拉斯卿的重要工作吧？又不是我的工作，我可不會免費幫你喔。」

「哼，真是厚臉皮的傢伙。我下次會在『霞之鳳亭』請你一頓啦。」

「那就沒辦法了，好吧。」

他微微一笑，斜坐在對面的位子上。

古拉斯稍微伸了個懶腰，按照順序從上讀下來。

他的每一句話都化為決定全體候補者命運的對戰組合。

決定唯一一位勇者的戰鬥——六合御覽。

這八場比賽全都是千載一遇，終極無上的王城比武。

「第一戰。無盡無流賽阿諾瀑以及駭人的托洛亞。」

黏獸，對，山人。

無手且無限，全劍暨全技。

「第二戰。星馳阿魯斯以及冬之露庫諾卡。」

鳥龍，對，龍。

誅殺傳奇的英雄，誅殺英雄的傳奇。

「第三戰。善變的歐索涅茲瑪以及柳之劍宗次朗。」

混獸，對，人類。

隱藏的「客人」之手，祕藏的「客人」之劍。
「第四戰。絕對的羅斯庫雷伊以及灰境吉夫拉托。」
人類，對，人類。
偽裝成最強的最弱，偽裝成最弱的最強。
「第五戰。擦身之禍庫瑟以及魔法的慈。」
人類，對，不明。
無可認知的絕殺之矛，不可侵犯的絕止之盾。
「第六戰。窮知之箱美斯特魯艾庫西魯以及奈落巢網的澤魯吉爾嘉。」
機魔，對，沙人。
完美無缺的鋼鐵機關，摧毀完美的暗影機構。
「第七戰。斬音夏魯庫以及地平咆梅雷。」
骸魔，對，巨人。
無可迴避的速度，無可迴避的射程。

「第八戰。第一千零一隻的基其塔・索奇以及不言的烏哈庫。」

小鬼，對，大鬼。

支配常理的戰術，破壞常理的法則。

「……」

將所有人的名單都抄下來後，謝內克稍微思考了一下。

「……羅斯庫雷伊果然選擇第四戰呢。」

「不愧是他，選得很好。不是挑第四戰就是第八戰。如此一來就可以在自己的比賽還沒有進行的階段，先檢視前三戰所屬組別其他對手的戰鬥，暗中動手腳。另外還能在下一組四場比賽的期間進行第二輪比賽的準備。」

「選擇吉夫拉托當第一輪比賽的對手也很恰當。問題是……下一場。」

謝內克的手指滑過分組表，停在第三戰的獲勝者欄位上。

善變的歐索涅茲瑪，柳之劍宗次朗——兩者其一。

問題不在於候補者，而是擁立者。第二十七將具有調動黃都最大兵力的權限，是軍事部門的統帥。

「彈火源哈迪啊。」

「哈迪將軍應該是羅斯庫雷伊陣營最大的競爭對手。二十九官中能與羅斯庫雷伊分庭抗禮的人也只有他。他會使出全力擊垮羅斯庫雷伊喔。」

「……會是哈迪那傢伙巧妙地制住羅斯庫雷伊，還是羅斯庫雷伊利用這個機會剷除所有敵對派系呢？」

「難道他認為應該在前期就處理掉不安要素嗎？」

「這可難說。」

古拉斯與謝內克在這次的六合御覽中屬於完全中立的陣營。

雖然這代表他們做出了不利於政爭的選擇，但是對只盼望享受這整場事件的古拉斯而言，能俯瞰全局的位置最適合他。也因此他才能像這樣擔任主辦單位的核心人物。

「有沒有可能——善變的歐索涅茲瑪那方動什麼手腳？」

哈迪擁立的柳之劍宗次朗的對手就是善變的歐索涅茲瑪。

牠的擁立者為第十四將，光暈牢尤加。

「尤加是個性格老實的男人。在策劃計謀的能力方面，哈迪比他高明。那傢伙的工作做得確實很好，不過他會把野心帶到這種鬥爭之中嗎？」

「他今天似乎負責傑魯奇卿的警備工作。不是他對六合御覽沒有付出太多心力，就是歐索涅茲瑪還沒到黃都。」

「……如此一來，歐索涅茲瑪就越來越難獲勝了呢。」

雖然歐索涅茲瑪是真面目與實力都不明的存在，但這場戰鬥沒有簡單到能讓缺乏合適靠山的人獲勝。

這是一場真業之戰。如果沒有徹底發揮戰鬥力以外的所有力量，很容易遭到設計。即使實力高過對手也會輸了比賽。

「接著是第三輪比賽。」

他將手指滑到第二戰的組合上。

召集到的十六名候補中被視為最強的兩位。星馳阿魯斯與冬之露庫諾卡

「……獲勝者會是這兩位之一。」

「我也是這麼認為。這也……不太妙呢。」

「——他不可能戰勝龍。」

絕對的羅斯庫雷伊是一位屠龍英雄。他在世人眼中被塑造成這種形象。

然而，即使用盡世人所不知道的真正手段，他真的有辦法打贏阿魯斯或露庫諾卡嗎？

在第二輪比賽對上牠們的賽阿諾瀑或托洛亞，怎麼看也不像能阻止這些龍族獲得勝利。

更別說托洛亞甚至還一度敗給阿魯斯，持有的光之魔劍也被奪走。像羅斯庫雷伊這麼聰明的男人，沒道理無法做出同樣的預測。

「我本來以為你能一路晉級呢，羅斯庫雷伊。」

——因此，這張名單所顯示的事實已十分明確。
在這個決定性的時間點，就確定他將無法發揮自身的優勢。
不知道到時候會發生什麼不測的意外。
絕對的羅斯庫雷伊將會失敗。輸掉政治戰，被迫面對打不贏的戰鬥。
「你要在這裡完蛋了嗎？」

第一輪比賽。

無盡無流賽阿諾瀑，對，駭人的托洛亞。
星馳阿魯斯，對，冬之露庫諾卡。
善變的歐索涅茲瑪，對，柳之劍宗次朗。
絕對的羅斯庫雷伊，對，灰境吉夫拉托。
擦身之禍庫瑟，對，魔法的慈。
窮知之箱美斯特魯艾庫西魯，對，奈落巢網的澤魯吉爾嘉。
斬音夏魯庫，對，地平咆梅雷。
第一千零一隻的基其塔・索奇，對，不言的烏哈庫。

十七◆第一戰

為什麼鐵貫羽影的米吉亞魯能名列黃都第二十二將？有辦法說明箇中原因的人可能連一個也找不到。

其年紀僅有十六歲。他在戰場上行事勇猛果敢，在會議上經常能毫無顧忌地陳述意見。但是他並不像西多勿那樣，剛加入二十九官時就是個有才能的人。他只是先有地位，再因為那個地位而習得匹配其身分的能力。

當黃都二十九官這種戰時制度誕生的時候──他只是坐上了那個席位。某個家族的家主在二十九官成立的前一刻過世，於是三王國之間進行了某種政治折衝，讓年幼的米吉亞魯成為該家族名義上的代表坐上其位。

當時還有個無稽之談，謠傳他可能是因為瘋狂的革命而第一個毀滅的正統北方王國的王族私生子。但無論如何，米吉亞魯在那個時候背後確實有著強大的靠山。

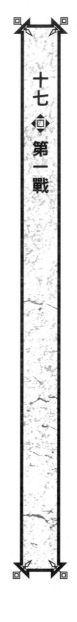

然而在對抗「真正的魔王」的漫長戰亂之中，支援他的勢力一個接著一個消失。不知不覺間，他完全失去了所有後盾。

最後只剩下米吉亞魯自己。他成了一位在黃都二十九官中，與鍋釘西多勿、紅紙籤的愛蕾雅相比也格外年輕、年紀最小的官僚。

「不好意思這麼晚還來打擾！我是米洛弗農具商會的代表。」

「好好好～！請稍等一下～！」

在寬廣的自家房間裡，整個身體都埋進柔軟椅子之中的米吉亞魯對屋外訪客如此回答。他不打算挪動身體，反正很快就有傭人前去應門。

房裡另一位坐在壁爐邊的男子對這段對話有些意見。

「你該不會有田地吧？」

「沒有啊～？怎麼了？」

「農具商人在深夜來訪。這不是一般會找人來的時間吧？」

那位山人全身上下看起來就像一座武器倉庫，那身可怕的裝扮會令看到的人嚇得顫抖不已。即使身處擁立者的宅邸之中，他似乎仍不想讓任何一把劍離開自己的身邊。

他以活生生的傳奇人物——駭人的托洛亞之名自稱。

「啊，托洛亞啊～你種過田嗎？」

「是日常工作。我每天都早起種田，剛開始時是照顧菜園。」

「哦～真讓人意外。你都吃些什麼？該不會真的是捉走壞小孩，扯下他們的頭顱一口吞進肚子裡吧？」

托洛亞不禁露出苦笑。身材那麼嬌小的父親要如何吞下人類的頭顱？

他的父親所留下的傳說成為確實的恐懼，深植於人類的生活圈之中。但在那些傳說裡還有著如此荒唐無稽的謠言，或是聽了就會想笑的小故事。

黃都的市民們就是用這類故事嚇唬不聽話的小孩子，或是以捏造的駭人的托洛亞冒險故事為題材的詩歌娛人。

距離日常生活甚遠的外地故事，與魔劍這種幻想之物有關的怪物。不論是何者，都是和過著平凡日子的市民的生活毫無關連的事物。

到頭來，駭人的托洛亞並沒有辦法成為如同「真正的魔王」那樣純粹的恐懼。

不過托洛亞意外地不討厭那些故事。他覺得證明父親曾活在這個世上的事蹟——即使那是一條充滿後悔與殺戮的道路——卻仍能被素昧平生的他人用那種方式記住。

「雖然沒辦法與黃都的食物相比，但我吃得比米吉亞魯想像的還好喔。我很喜歡……山豬肉濃湯，是與月菜一起燉煮的那種。在可以採收薯類的季節，把它磨碎後拌入山羊奶起司，再用它的葉子包起來。我也很喜歡那種料理呢……」

「哦～感覺真無趣。」

托洛亞有點不知所措地看著米吉亞魯。

他又躺回沙發，一臉無精打采地望向天花板。

即使面對駭人的托洛亞這種恐怖傳說的象徵，米吉亞魯也從未展現出謙遜的態度。

「既然身為駭人的托洛亞，就不該吃那麼普通的東西啦。」

「不管該不該，實際上就是如此啊。我也沒辦法。」

「——有什麼關係嘛。反正沒人知道事實是怎麼樣。像是潛入海裡咬死啃食深獸啦～或是帶著每天都會長出淌血果實的血肉魔劍～」

「……像是每天都拿根獸煮出的毒水當酒喝嗎？」

「對對，就是那樣～好帥喔～！」

黃都第二十二將開心地嘻嘻笑著。

「要那樣才行啦，畢竟你是駭人的托洛亞……駭人的托洛亞是從地獄復活的吧？」

「…………是啊。」

托洛亞開始想像。懷特山裡某地有著可怕的怪物。牠每天都潛入海中拿深獸當食物。還會用裂至耳朵的大嘴咕嘟咕嘟地喝乾用根獸煮成的毒酒。

那種駭人的怪物每天夜裡都會四處徘徊，捉走壞小孩，然後——即使死去也會復活，殺害魔劍士。

「地獄是什麼樣的地方呢？」

「地獄……地獄呢……我想想。那裡非常寒冷，腳下全部都是劍刃。那是活著的時候……以劍犯下太多罪過之人將會跌落的地獄。」

然後，還有另一個唯有他才能想像出的景象。

他那位身材嬌小的父親，在袤廣無垠的遙遠世界挑戰試煉的模樣。

就像……他有如在世時那樣，手中拿著一把魔劍。

「那裡有著強大邪惡的龍，或是足以留名於歷史……可怕的魔王自稱者們。所以為了從這個世界復活，就得將那些傢伙一個個全部殺光。」

「嘿嘿嘿……！托洛亞啊～你打得贏那些傢伙嗎？」

「打得贏。」

駭人的托洛亞連續斬殺身材比自己高大的敵人。

魔劍如疾風般揮舞，小小的身體從劍刃形成的地面上跳起，頭上腳下地飛躍，獨自一人不斷打倒地獄的惡鬼們。

無論在什麼情況下，他都比任何人更肯定那一個答案。

「因為駭人的托洛亞是最強的。」

他們內心深處的想法是一樣的，都喜歡駭人的托洛亞的故事。

駭人的托洛亞知道了米吉亞魯之所以擁戴他的原因。

◆

深夜。在這個人們都在熟睡的時間，一輛單人馬車駛出了米吉亞魯的宅邸。

一切按照米吉亞魯的要求，馬車上運載了那個貨物。

——當他剛坐上二十九官之位時，周圍的所有人都認為他這個位子有名無實。

不只是能力的問題。年幼的他根本不可能承受政治的重責大任。

然而，事實並非如此。第二十二將從許多意義來說是個平庸的孩子，但唯有在某一點上，他具有比任何人都更優秀的才能。很明顯就是那份才能幫助他在權謀算計中穩定內心，在戰場上建立超越自身本事的戰功。

「……好了，應該沒有人吧？」

他下車的地方是空無一人的舊城區廣場。

此地就是駭人的托洛亞與無盡無流賽阿諾瀑都同意的對決場地。

這是一場雙方都能發揮全力的近距離戰比賽。黃都一開始就將這個廣場定為六合御覽的候補場地之一，承辦會場管理的商店則借用了周圍的住宅當成觀眾席。

米吉亞魯以鞋底確認沙子的狀態，並且將貨臺上的布袋拉出來。

能用來準備的時間很少，他必須在今晚就把事情處理完畢。

「哼哼哼哼～哼哼哼～」

雖說如此，他也不過就只是把袋子裡的白色粉末灑在戰場的地面上。他的個性不適合進行大費周章的計謀，把執行的責任丟給別人也是件麻煩的事。這是米吉亞魯所想出，僅靠他個人的力量就能完成的干擾行動。

——米吉亞魯明知這是不能給人看到的行為，卻還是一邊哼著歌一邊動手。從許多意義來說，他是個平庸的孩子，但唯有在某一點上，他具有比任何人都更優秀的才能。
那就是毫不畏懼的才能。
出席二十九官的會議時。身處那股逼迫他順從的無言壓力中，他卻從來都沒有表現出退縮或害怕動輒得咎的模樣。
他能不怕自己能力不足或做白工，只憑著一股興趣就學得必要的能力。
即使在對抗魔王自稱者的戰場上，身為將領的他也曾像煞車失靈似的單槍匹馬殺入敵陣中心，擊斃敵將。
以這項才能得到鐵貫羽影之名的米吉亞魯，就成了二十九官中年紀最小，在某種意義上也最特殊的將領。
「……啊。」
那不是米吉亞魯發出的聲音。而是來自巷子的陰影處，宛如昆蟲細語的微小聲音。
米吉亞魯停下了手，定睛望著那個方向。
「嗯～？有誰在嗎？喂～」
即使被人目擊他正在進行干擾行動的現場，他也絲毫沒有半點緊張感。連與他自己切身相關的危機感都被不會畏懼的才能稀釋到極為稀薄的程度。
反倒是從陰影中現身的對手感到害怕。
「那個，你是米吉亞魯吧？」

宛如微弱的鳥鳴，又像是末期病患的細小聲音如此說著。

「你、你在做什麼呢……在這種地方……而、而且又這麼晚了……」

「啊～啊～啊～這不是庫薇兒妹妹嗎？這下不妙啦。」

蓋住半張臉的長髮，髮絲間露出大大的眼睛。此人之名為黃都第十將，蠟花的庫薇兒。她是一位總是帶著怯生生的模樣，看起來十分膽小，與米吉亞魯形成強烈對比的女性。還是駭人的托洛亞明天的對戰對手——無盡無流賽阿諾瀑的擁立者。

「……那個。那袋子裝的是什麼？」

「石灰。」

米吉亞魯毫無愧疚地回答。反正只要有人追查米洛弗農具商會就會知道了。他打算混入戰場沙子裡的東西，是用來改良土壤的生石灰。

「我從以前就很在意。黏獸這種生物碰到石灰會變成什麼樣？該不會活生生被吸乾吧？還是會燙傷呢？庫薇兒妹妹，妳不會感到好奇嗎？」

「咦……？呃，但那邊不是賽阿諾瀑先生戰鬥的地點嗎……？咦？這、這是作弊吧……？還、還是我弄錯了……」

米吉亞魯同意以這個舊城區的廣場當比賽場地，而不是挑選劇場庭園的原因在於土壤質地。這裡有混入生石灰粉末也不會太顯眼的細沙。

即使敵人是不具備人體構造，超出常理的格鬥家。牠發招的時候理應必須站在地面上。吸收水分後發熱的生石灰所擁有的兩種效果應該都對黏獸相當致命。

「又不會傷害到市民，有什麼關係嘛～庫薇兒妹妹也要一起來嗎？一定會很好玩喔。」

他的話中沒有虛假。米吉亞魯並不是懷疑駭人的托洛亞能否獲勝。

那是出於純粹的好奇心，想看看無敵的黏獸變成那種德性的模樣。只是為了這個理由。

米吉亞魯的情感培養期是與年紀有段距離的長輩度過。如今十六歲的他仍比實際年齡還孩子氣，已經改不掉那種幼稚的言行舉止了。

「那個～呃，我覺得不要那樣做比較好喔……」

「為什麼？話說回來……庫薇兒妹妹，妳為什麼在這裡？」

兩人身處的立場應該是犯規者與目擊者，態度卻截然相反。至少米吉亞魯不認為被她目擊自己的所作所為是什麼大不了的事。

庫薇兒的性格一看就能知道，她不是執著於權力欲的人物，應該不會拘泥於賽阿諾瀑的勝利才對。

「咦……？奇怪？不、不是有說過陷阱或偷襲都是允許的嗎？有什麼，那個……好奇怪的呢……？」

「……」

他知道自己算錯了一點。

一道「哐」的沉重聲音響起。

米吉亞魯這才注意到庫薇兒帶著武器。也就是說她打從一開始就考慮到這種可能性，才會來到這裡。

足以將重裝騎兵連同馬匹一起砍成兩半的厚重斧刃在石地板上閃爍著光芒。那是一支憑普通女性的力氣，再怎麼樣也不可能運用的巨大銀色長柄戰斧。

「呃，那、那就是說。我動手也沒關係的意思吧……」

「……庫薇兒妹妹～算了吧～」

米吉亞魯似笑非笑地拿出看起來像以絲線綁住砝碼的武器。

他以兩根指頭捻著武器，開始以極短的半徑迴轉起來。

「二十九官之間……不可以打架啦。」

他有著不會畏懼的才能。這是他充分理解雙方戰力差距所做出的發言。

雖然米吉亞魯在二十九官之中處於例外的位置，但庫薇兒在另一種意義上也是個例外。

夜風吹起，庫薇兒那長長的瀏海隨風飄揚，有一瞬間露出她的半邊眼睛。

又大又圓的虹膜綻放銀色的光芒。

……她和其他二十九官同樣是人類。至少在外表與戶籍上是如此。

「啊……米、米吉亞魯。那個……難道說……你以為我們都是二十九官，所以不會被殺嗎？

真讓人傷腦筋呢……」

「啊？妳……妳在說什麼？」

庫薇兒此刻的語氣依然軟弱無力。但是微弱的話音中，她兩手握住戰斧勾勒出一條犀利的軌道，瞬間擺出武器朝上的姿態。

米吉亞魯退了一步。既然已經與她為敵，干擾行動的成功機率就等同於零。

前額被瀏海蓋住的她露出靦腆的笑容。

「……嘿嘿……騙你的。開個小玩笑。」

第十將，蠟花的庫薇兒。

在除了絕對的羅斯庫雷伊之外的黃都二十九官中，她被視為擁有最強的個人戰力。

「我不會殺死你啦。」

◆

宣告六合御覽的第一場戰鬥，將在正午時分進行。

工匠與商人在那天都提早結束工作。被當成比賽場地的舊城區已經擠滿為了想在比賽前先吃午餐的觀戰客人而擺設的小吃攤。所有在此擺攤的店家在扣除付給黃都的龐大擺攤費後，賺到的錢還綽綽有餘。

街頭藝人灑出了五顏六色的紙屑，王宮的管樂隊則是為市民的耳朵提供了娛樂。

這場活動比黃都過去所辦過的任何慶典都還盛大喧鬧。不過隨著時間的接近，一點一滴……

漸漸地，某種近似於緊張的寂靜撫平了現場氣氛。

——第一戰。駭人的托洛亞，對，無盡無流賽阿諾瀑。

那是駭人的托洛亞。許多人從小就聽過那個恐怖故事，還有遠方城市的人宣稱看過他殺戮的痕跡。如果發生與某把劍有關的淒慘殺人事件，該劍甚至就會被懷疑是魔劍。

他真的存在嗎？那是本尊嗎？他長什麼樣子呢？

宛如顫抖般，動與靜兼具的沉默。摻雜著恐懼的好奇。

這場活動打算從首日就將民眾的關注齊聚於一心。從駭人的托洛亞被安排於第一場比賽的那時開始，黃都在戰略層面就做了縝密的計畫。

……如此緊繃的氣氛中，不知道是誰脫口而出了那句話。

「是黏獸……」

——就在駭人的托洛亞即將登場之地的對面入場處。

那個在黃都衛兵護衛之下行走於群眾間的存在，具有形狀不定的原生質——毫無疑問就是黏獸。

所有人都懷疑自己的眼睛。難道這就是駭人的托洛亞的對手，無盡無流賽阿諾瀑嗎？

「……妳昨天在哪裡戰鬥過吧？」

前往戰場的黏獸對走在背後的庫薇兒問道。

「呃，那、那個。」

黃都第十將不知所措地回答。她一直垂著被厚重的瀏海蓋住的眼睛，盡量不讓視線與周圍的群眾對上。

「那個，你為什麼知道呢……」

「若沒辦法從舉動判別一個人不久前有沒有進行過戰鬥，那才奇怪。戰鬥是動用全身，出盡全力的運動，不只是傷勢或疲勞才叫做痕跡。」

「真、真傷腦筋呢……沒有錯。昨天晚上……我和米吉亞魯稍微打了一架……」

賽阿諾瀑不可能不知道庫薇兒在這三天裡，每個晚上都會不見蹤影的事實。對方是托洛亞陣營的第二十二將米吉亞魯，那就可以當做是在準備工作方面的某種交鋒吧。

在這一小月裡，賽阿諾瀑被所屬不明的士兵襲擊了兩次。其他的參賽者恐怕也遇到了相同的狀況——除非他們就是下手的那方。

「那麼，妳動了什麼手腳，庫薇兒？」

「……我什麼也沒做。」

「真的嗎？」

「六、六合御覽……不是以耍手段的高明程度決定勝負的比賽。」

庫薇兒以拔高的聲音回答。

不過，那種語氣與平時她有點不同，字裡行間充滿了激情。

「雖然我沒想過做出那種行為……但、但可以阻止對方。所以，才會一直在監視。」

「會使用策略也是一種強項。有時候也是有不戰而勝的狀況。」

「……但是！真正的強大並不是那種東西吧！」

賽阿諾瀑停了下來，望著背後的庫薇兒。

她雙手抱著在無數場戰鬥中使用過的長柄戰斧，渾身正在顫抖。

「所以即、即使是動對自己有利的手腳……賽阿諾瀑先生也不會接受吧？如果真的想要以顛峰的力量為傲……那、那種行為，嘿嘿嘿……就太沒意思了。因為那樣就不夠純粹了……」

「……」

「……我什麼也沒做，請相信我。」

賽阿諾瀑與她的相遇不是偶然，而是牠相信一定有那樣的人物存在。

長期的戰亂之中一定會出現不看光輝榮耀的過去，或是種族與身分的外表……只信奉純粹力量的人。賽阿諾瀑對自己的力量有自信，那樣的人物一定會選上牠。

「無所謂。」

敵人是活生生的傳說，應該很強吧。應該誰也不會懷疑他的強大。

對挑戰成為這個時代的真正傳說「勇者」之位的賽阿諾瀑而言，那是一個試金石。

「我會獲勝，這就是我的推斷。」

◆

稍微往回倒退一點時間。

「啊～啊……真是難堪呢～大失敗啊。」

早上回到宅邸的第二十二將米吉亞魯兩隻手與右腳的腳趾都被殘暴地打爛，連馬車也駕駛不了，玄關的門一開就倒在地上。

托洛亞得知那個擊敗黏獸計畫的全貌時感到相當傻眼，但同時又很佩服像他那樣的小孩子能想出如此妙計。

「抱歉喔，托洛亞。事情順利的話你就很輕鬆了～只不過再怎麼說，我也打不贏庫薇兒妹妹呢～」

「我不需要你的道歉，反正那原本就不關我的事。」

「不是那個意思啦。」

米吉亞魯折斷的兩隻手被完全固定住，沒辦法自行從床上起身。他的語氣和昨天晚上沒什麼差別，但那是因為他天生神經就很大條吧。

「托洛亞啊，你不是想和星馳阿魯斯戰鬥才來到這裡的嗎？沒有和賽阿諾瀑交戰的閒功夫吧？」

「……是啊。那就是我的生存意義。在取回席蓮金玄的光魔劍之前，我不會死。」

「其實我原本想讓你在第一輪比賽就跟牠打，只是被西多勿插手干擾了。從以前開始……我就不擅長那種政治運作呢。」

「…………是這樣啊。」

他之前就覺得這個對戰表對自己實在太有利了。只要打敗無盡無流賽阿諾瀑，就能在接下來的第二輪比賽中遇到宿命的對手。

原來都是米吉亞魯在暗中運作的結果，而且還僅是為了駭人的托洛亞的那唯一目的。他露出了苦笑。就算如此，如果他以為這樣就能跳過第一戰，那未免太幼稚了。

「賽阿諾瀑……牠似乎一直待在苟卡歐沙海裡，獨自進行鍛鍊喔。」

「……那沒什麼了不起吧。」

「有的。因為我也是一樣。」

儘管他曾實際與父親以劍對決過幾次，但從未拿魔劍交手。只要揮動魔劍，敵人就會死。無論是父親或他自己都不希望斬殺家人。

他的心中還記著沒有戰鬥對象，只是獨自揮動魔劍練習的日子。

稍微右傾的樹木。太陽升起，又落入懷特山脈的山脊。

渾身沾滿汗水，回想著那天的成果，和父親一同走在夕陽照耀的回家路上。

……在那裡的是求道者的孤獨。

即使真正身分是一隻黏獸，托洛亞也不可能看輕那樣的格鬥家。

「你有辦法看比賽嗎？」

「嗯……很難說。身體已經傷成這樣，就算觀戰時給人抱著，樣子也有點難堪呢。」

「但那可是駭人的托洛亞的戰鬥。」

「……是啊，那我就去看看吧。」

托洛亞握住了劍。所有他握住的劍都是一揮就能殺敵的魔劍。

他有辦法用那些劍斬殺無冤無仇的對手嗎？

（——我做得到。）

他已經在那場微塵暴中確認自己能做到這點。

（我是駭人的托洛亞。）

◆

群眾安靜下來，注視著面對彼此的雙方。雖然兩邊都保持沉默，但這個景象令人目不轉睛。

他們對一方投以畏懼的眼神，對另一方投以奇異的眼光。

一道嘹亮的嗓音打破了這陣寂靜。

「——雙方彼此同意，以真業形式進行對決！」

站在兩方之間的是一位給人方正印象的嚴肅女子。

她就是這場比賽的見證人，黃都第二十六卿，低語的米卡。

「一方倒地無法起身，一方親口承認敗北。根據其中任一情況決定勝負。除這兩者以外的狀況，則由在下低語的米卡以黃都二十九官的身分做公正嚴明的判斷。兩位，沒有問題吧！」

「可以。」

「沒有異議。」

在近距離面對彼此的雙方異口同聲如此回答。

駭人的托洛亞沒有拔劍。

米卡以瞪視的眼神交互看了看雙方，接著從預先準備的石階走下舞臺。

不過這是真業對決的比賽……更別說雙方還是托洛亞與賽阿諾瀑這兩位擅長肉搏戰的人物，根本就用不著她那樣的裁判。在那種戰鬥裡，任何人都能清楚地看出誰勝誰負。

「以樂隊的火砲為開始信號。」

所有人都吞著口水注視著現場狀況。

所有人都在內心數著數字。二，三——然後——

「退了半步。」

「……」

賽阿諾瀑低聲說了句奇怪的話。

駭人的托洛亞還沒有拔劍——

砲聲響起。

雙方衝向彼此，揚起宛如旋風的沙塵。

托洛亞揮出了魔劍，但劍身看起來只是從賽阿諾瀑的前方遠處揮過。賽阿諾瀑卻在劍碰不到它的距離縮身閃躲，彷彿看見了從劍刃伸出的無形劍氣。牠順著那股運動速度，壓低身體衝了出去。

肝臟遭到強烈的打擊，托洛亞的巨大身軀飛出去撞毀兩棟房子。他在半空中調整姿勢，落地時於地上拖出一條長長的線。

「……你看懂——」

即使知道這麼做會對自己帶來不利影響，他仍驚訝地脫口而出這句話。那把魔劍沒有被托洛亞以外的人族使用的紀錄，對方應該沒機會聽說其能力才對。

「我剛才的動作嗎？」

「你的準備姿勢退了半步。因此那把劍的攻擊距離，在半步之外。」

——其名為神劍凱特魯格。

那是一把能從劍刃伸出無形劍氣，在近距離戰鬥中擾亂敵人對攻擊範圍判斷的魔劍。在不知其能力的狀況下是不可能看出這個祕密的。

賽阿諾瀑卻閃開了。

「『正拳』。」

牠唸出以凌駕魔劍速度使出的最快之技名稱，就像在攻擊後維持那股餘韻。
格鬥家率先擊中了對手。

◆

駭人的托洛亞從來不認為自己很強。
——他相信自己很弱。
在山裡專心揮劍的那段時間，他一次也沒有感受到自己超越過父親。他心目中的對手總是一位想像中的魔劍士。不夠成熟的他一直輸給自己的理想。
他是被魔劍使用的劍士。那樣的自我意識，或許與和他對決的無盡無流賽阿諾瀑那種在孤獨中相信自己是最強而累積的歲月正好相反。
最強的不是自己，而是自己手中揮動的魔劍，是過去揮動那些劍的魔劍士。
……因此他不能戰敗。不能因為戰敗而玷汙那些人與物的最強之名。於是他如今成了一位捨棄弱小自我的男人。
（……那傢伙使出的應該也不是最佳攻擊。）
承受「正拳」後落地的瞬間。在來得及喘口氣之前，托洛亞已經有了這股直覺。
（那是用來穿過神劍凱特魯格的攻擊以打中我的高速刺拳……如果我受到的是重擊，比賽就結束了。)

那招打擊看起來只是輕輕的牽制攻擊。但托洛亞知道常人若是挨了那招，身體就會四分五裂。他順著那股威力，讓自己被打飛出去。

未向前猛衝的托洛亞也因此沒有在第一次與對手錯身時喪命。

神劍凱特魯格可以在實體劍刃之外製造出看不見的劍氣。當然，揮出不具實體的劍氣時不需踏步上前施加力道，只要在劍身碰不到對方的距離輕輕掃過去就行了。就算持劍者是小孩子，也能砍斷穿著全身鎧甲的騎士裡頭的身體。

「……難道你想為擁立者的舞弊行為贖罪嗎？」

賽阿諾瀑又低聲說出讓人猜不透意圖的話。

駭人的托洛亞沒有猶豫，雙方距離五步。

若從這個位置拉開距離，那就是因雷特的安息之鐮的攻擊距離。向前踏入中距離，可以用一擊必殺的聶爾．崔烏的炎魔劍，或是巴及基魯的毒霜魔劍解決牠。

「如果打算用對話製造破綻，那是沒用的。一旦想拉近攻擊範圍，我就會砍了你。」

「攻擊範圍？呵。」

(他還沒接近。)

賽阿諾瀑想抓的是揮出魔劍時的那一瞬間破綻。下次托洛亞將會後發制人。

(再等等……)

以鎖鏈掛在腰間的短劍自動彈起。

「打從一開始。」

黏獸那記硬塞進來的打擊揮向準備拔劍迎擊的右手臂，砸中了右邊鎖骨。賽阿諾瀑鑽過腋下，以半透明的偽足纏住托洛亞，鎖住他的雙肩。

動彈不得。

「你就在我的攻擊範圍內。」

「…………！」

看不見。

托洛亞應該能注意到任何行動的徵兆。

就連駭人的托洛亞，在受到攻擊之前都無法察覺到被攻擊的事實。

明明賽阿諾瀑早已展開了行動。

——在「彼端」，有人稱之為「縮地術」或「無足之法」。

不靠蹬地，而是透過移動重心的方式加速。那是一種步法，將以接觸地面的位置為軸心往地上倒的速度運用於逼近對方的起步動作。是讓人無法判別動作發生時機的移動技術。

在這個世上，有誰能看出來外型無時不刻都在變化的黏獸何時移動了肉體的重心呢？

「唔……」

「為什麼你不一開始就拔劍，那是為了彌補舞弊行為嗎？」

托洛亞手中握著聶爾．崔烏的炎魔劍。他維持著向前揮劍的姿勢，但脖子與雙肩都完全被固定住了。

如果這個世界上存在黏獸格鬥家——在那無限的攻擊選擇之中，最可怕的招式不是打擊。所有生物都具有生理結構。但唯有賽阿諾瀑能單方面地無視生理結構，破壞敵人的肉體。

「『肩固』。這招就叫這個名稱。」

托洛亞動彈不得。肩膀壓住了自己的頸動脈。那招是以沙之迷宮的書籍裡記載的招式為基礎演變而來。但如今已完全成為具有奪命意義的另一種招式。

托洛亞挪動稍微能活動的左肘進行掙扎。握不住的炎魔劍則是掉在地上。

賽阿諾瀑的距離如此接近，他卻無法攻擊對方。連左手臂都被巧妙地扭向砍不到賽阿諾瀑的方向，連一點抵抗的餘地都沒有。

「……！」

觀眾的吵雜聲逐漸遠去。這下子戰鬥將結束了。

（——不是的。）

托洛亞之所以不拔劍，並非因為米吉亞魯的作弊行為。而是因為那就是托洛亞使出全力時的模樣。

賽阿諾瀑不明白他所累積的是什麼樣的鍛鍊。他是一座具有生命的武器庫。繩索，鎖鏈，鉸鍊機關。無論是綁在身上任何位置的魔劍，托洛亞都能在一個動作之中拔出來。

擁有多少魔劍，在戰鬥時就存在多少分歧選項。這需要使用者具備形同無限的判斷力。不過接下來該拔出哪把劍，魔劍的聲音都會告訴他——

「！」

賽阿諾瀑瞬間抽回偽足。魔劍的銀色閃光剛好劃過那個位置。

「……『換……羽』！」

托洛亞砍中了自己的肩膀。

賽阿諾瀑不會放過動作結束時的破綻。

黏獸運用全身的質量欺身施展打擊。然而——

「——啊啊！」

托洛亞放聲大吼，以光束般的多道突刺迎擊。那無數的突刺攻擊全都是同一時間出現的。

「那是——」

刺出的劍上傳來觸感。他刺穿了賽阿諾瀑——

被刺中的賽阿諾瀑往後飛去，同時低聲說著：

「幻影魔劍嗎？」

牠沒有被刺穿。魔劍的確刺中了，但劍上傳來的卻是宛如集中於一點的應力被卸走的怪異手感。

賽阿諾瀑只是遭到突刺的力道撞飛，毫髮無傷。

以犧牲自己一條手臂製造的奇襲而言，這個成果可說是太過貧乏了。

然而，另一方面——

「……哈，呼。」

脫離拘束的托洛亞右肩卻連一滴血都沒流。砍中那個部位的魔劍已在剛才切換成反擊的一個動作中收了回去。

可以讓砍中的物體恢復成完好如初的狀態。若要找一個能將那種奧義用於實戰中的狀況，那就是需要脫離拘束的場合。裝著機械零件，形狀怪異的魔劍——基達伊梅魯的分針。唯有這招名為「換羽」的奧義，能將基達伊梅魯的分針具有的延遲因果，否定因果的作用化為現實。

「……在這種距離——」

還不到片刻的時間，賽阿諾瀑就展開了行動。托洛亞拔出下一把魔劍。他揮出的劍刃仍然沒辦法碰到對手，但那不是能發出劍氣的神劍凱特魯格。

「你躲得過嗎，『無盡無流』！」

無法閃避的暴風襲向了賽阿諾瀑。姆斯海因的風魔劍。賽阿諾瀑穩不住身體。托洛亞同時踢出腳上的炎魔劍，發動奧義。

「『叢……雲』！」

灌入強大氣流的熱量製造出驚人的火焰奔流。舊城區的建築物被爆破的衝擊力震垮。觀眾們發出了驚呼與騷動。

（不見了，賽阿諾瀑在哪？）

托洛亞持風魔劍橫向一砍。

如針刺的腳踢從那個方向襲來，撞上劍柄的一點。

連接風魔劍與背部的鋼絲被截斷了。

「——你因自己的攻擊而心生動搖了呢。」

賽阿諾瀑利用一開始的暴風跳起身，蹬著建築物的牆壁從空中發動猛烈襲擊。將自己的身體變成子彈的形狀，突破空氣阻力。

「『你』心中想著不該波及到城市。」

「閉嘴……！」

音鳴絕。他拔出具有水晶劍身的魔劍。劍身以振動發出宛如音波的隱形衝擊，然而賽阿諾瀑以最小程度的動作揮開攻擊，拉近距離。胸口遭受沉重的打擊，他整個身體一邊旋轉一邊飛了出去。衝破原本應該是商店的建築物大門，撞上堆疊的舊桌子。

「咕噗！」

當打擊命中的瞬間，賽阿諾瀑受到音鳴絕的震波干擾。讓托洛亞在斃命前一刻活了下來。

賽阿諾瀑說道：

「再一次使出幻影突刺。」

托洛亞起身瞬間施展的無數突刺是瞬雨之針造出的幻影。賽阿諾瀑已經不會再被幻影欺騙，欺身上前閃過攻擊。

動作。破風聲。視線。牠總是能做出比看穿子彈彈道更困難的正確預測。

貼近。以多條偽足揮出手刀。迎擊。

（毒霜……）

如字面意義變成刀刃的偽足畫出不成形狀的軌道，完美地配合對方的呼吸避開托洛亞揮出的毒霜魔劍。瞬雨之針架住逼近頭部的斬擊，被轟飛。牆壁。緊接而上的沉重打擊，彷彿要打碎瞬雨之針的劍身。撞碎木牆後再次滾出屋外。

即使處於攻擊行動中，賽阿諾瀑還是能躲開。只要有黏獸的那種肉體，甚至能閃過配合牠攻擊而發動的交叉反擊。更重要的是……牠露骨地避開了毒霜魔劍。

就像應對音鳴絕時那樣，牠看穿了根本沒見過的魔劍所具有的性質。

「魔劍的作用只有兩種。」

賽阿諾瀑從被炸碎的建築牆壁裡爬出，如此說道。

「──方便砍中對手的機能，砍中就能殺害對手的機能。劍的機能不過就是如此而已。」

這就是沒有人知道的「最初的隊伍」成員。

牠不但用盡一切可能強化自身肉體，還學會如何以言語的誘導動搖對手。那是托洛亞沒有的技術。

「……是不是直到最後……都能閃過我的攻擊──」

右手毒霜魔劍，左手瞬雨之針。

「你就親身試試看吧。」

「別小看人。我剛才已經看過那把刺劍的幻影能力。你打算以突刺的幻象干擾視覺判斷，以另一隻手的魔劍使出必殺攻擊。」

左右各是兩排高聳的建築，這裡是一直線的巷子。賽阿諾瀑一邊如此說著，一邊拉近距離。

「你的重心放在斜後方吧。只要拿出可以遠程攻擊的魔劍，就能在這種距離打中我。但如果被我猜中軌道鑽入懷中，那把劍就沒辦法拿來防守嘍。」

無情的逼近。這就是人族不屑一顧的黏獸釋放的壓力。

「可以兼顧防守與進攻的魔劍，是發出振動波的魔劍與幻影魔劍兩種。然而我剛才對幻影刺劍施加了兩次打擊。無論擋得多巧妙，再一擊它就會被打碎。」

賽阿諾瀑說的沒錯。身為魔劍使用者的托洛亞對這點再清楚不過。

他不能再用瞬雨之針抵擋攻擊了。但是音鳴絕的劍刃是以水晶構成，挨了賽阿諾瀑的攻擊後一樣會被破壞。

「而我距離你的攻擊範圍還有兩步。這個推斷正確嗎？」

話還沒說完，賽阿諾瀑就快速衝上前。托洛亞刺出幻影刺劍。賽阿諾瀑則是在迴避的同時，稍微碰到擺在巷子邊的手推車。

「——『烏合』！」

「沒用的！」

牠以行雲流水的動作鑽進對手的攻擊範圍內側。托洛亞舉起毒霜魔劍朝牠頭上砍下，卻被飛過來的手推車擋住。托洛亞以怪力將手推車轟得四分五裂。

致命之刃終究還是沒有碰到目標。

難道牠是先計算好擋住魔劍的軌道，再將沉重的手推車拋向空中嗎？賽阿諾瀑只不過是在迴避過程中稍微碰了一下車而已，卻讓人感覺所有力量的流動都在牠的支配之下。

「如果你打算消耗我的體力——」

賽阿諾瀑維持著優勢距離，繼續說道。

打擊。即使想避開，對方也會纏向關節。若躲過同時對兩個部位的打擊，後面還會接續第四擊第六擊。賽阿諾瀑的動作難以捉摸，牠以驚人的機動能力持續掌握著先機。

一邊以劍的距離優勢抵擋攻勢，一邊後退。

「那就是因為你急了吧，駭人的托洛亞。」

「……這隻黏獸還真多話……！」

托洛亞剛才瞬間逃出了賽阿諾瀑施展的「肩固」。

不過那招在賽阿諾瀑手中也是一擊必殺的招式。如果當時保持著那種狀態，哪怕是短暫的片刻也好，托洛亞的雙肩就會被徹底毀掉，甚至是頭部血流被截斷而死。

即使他瞬間脫離，也不代表修補了那一瞬間造成的破綻。

他天生與體力耗盡或疲勞等字眼無緣。

然而無盡無流賽阿諾瀑的打擊威力與精確度都凌駕於兵器之上。這不是什麼比喻，事實就是如此。

從地獄復活的怪物所擁有的生命力遲早會達到極限。

一擊就能奪命。他為了撐過這一擊而不斷被逼退。

「再次取出炎魔劍。以劍柄阻擋。」

（又被搶得先機了。）

炎魔劍揮出。只要命中就會斃命的魔劍被閃了過去。打擊撞上托洛亞。力道雖然比剛才還輕——他卻被轟向天空。

（在空中沒辦法調整姿勢——）

黏獸出現在眼前。「縮地術」。緊接而來令人眼花撩亂的刺拳。吐血。斷掉的肋骨刺進肉裡。更多的打擊。

「我的推斷沒錯吧，駭人的托洛亞？」

（至少，至少得抵消攻擊的威力。）

以魔劍的劍柄阻擋攻擊，守住手臂與中線。

賽阿諾瀑的話都說中了，牠完全預測到托洛亞的行動。每當托洛亞動手，賽阿諾瀑都能搶先一步出現在他的前面。如果沒用魔劍招式對抗，如果沒有托洛亞的強韌肉體，那每一擊的威力都能打得他四分五裂。

（太……強了！）

他聽到了賽阿諾瀑的那句話。

「——牆壁。」

那句話是用來動搖他的意志，卻是事實。托洛亞已經無法躲過打擊造成的衝擊了。

無法躲過眼前的黏獸。

死亡逼近。

「還沒……完呢！」

托洛亞巨大的身體沒有前置動作就垂直地飛了起來。插進建築物屋頂的鐵楔以看不見的磁力將握著劍柄的他拉了上去。

剛才的打擊被魔劍的劍柄擋住。那把劍或許看起來只有劍柄——但劍柄以上的劍身能分裂成無數的鐵楔，以磁力進行操作。魔劍之名為凶劍賽耳賚司克。

賽阿諾瀑能在沒有初始動作的情況下，瞬間朝四面八方移動。但只要牠是格鬥家，就一定存在著死角——

（我的行動。）

存在於恐怖故事中的魔劍士從空中俯視著城市。

（我的行動都被看透了。可是並非所有奧義都被看透。）

否定因果的「換羽」，本體是不可見磁力的凶劍賽耳賚司克。即使賽阿諾瀑對任何行動都能先發制人，仍然有牠無法看透的奧義。

他只猶豫了一瞬間。

既然如此，那就將能超越賽阿諾瀑的魔劍——

（將魔劍——一起拿出來使用吧！）

拔出魔劍。

「音鳴絕。」

拔出魔劍。

「凶劍賽耳費司克。」

拔出魔劍。

「神劍凱特魯格，聶爾・崔烏的炎魔劍。」

拔出魔劍。

每隻手臂上各裝著兩把劍。他必須用盡所有殘存的體力，擊斃對手。朝著底下的無盡無流賽阿諾瀑……同時揮出四把劍。

「——四連！『群羽歌唱』！」

水晶的劍身開始振動，音鳴絕發出了衝擊震波。縱然從這個距離無法產生有效的傷害，只能造成些微的干擾，但其速度比賽阿諾瀑踏出下一步還快。在牠的迴避動作受到抑制的瞬間，凶劍賽耳費司克射出的楔刃如大雨般傾盆落下。賽阿諾瀑揮開右手方向的鐵楔，緊接著——

混在鐵楔雨之中的是托洛亞擲出的聶爾．崔烏的炎魔劍。沒有正中目標。但魔劍落地時炸出了釋放龐大熱量的爆破。此奧義名為「叢雲」，具有致命的威力。

更甚者，還有從天空朝地面發動的遠距離突刺。神劍凱特魯格的那招奧義名為——

「『啄』！」

衝擊，封鎖，爆炸。以及——

當一切……招式都出盡，托洛亞躍向空中。就在他著地之前的剎那。

賽阿諾瀑也在同一時間做出那個判斷。

賽阿諾瀑「接近」對手。牠以誇張的瞬間爆發力朝牆壁一蹬，躍向半空中的托洛亞。目標朝意外方向的移動使刺突落空，地面的爆炸與包圍對方的劍刃也碰不到牠。那是唯一安全的判斷。

全劍與空手，雙方一上一下面對著彼此。

「遠距離突刺的……奧義……」

而那是剎那間的事。是剎那間的判斷。

因此賽阿諾瀑也在那時知道了。托洛亞手中握的不是神劍凱特魯格。

「……是虛晃一招！」

舉著魔劍喊出奧義之名，不代表就是使用那個招式。法依瑪的護槍。托洛亞這次活用了此劍。

唰唰唰唰，揮砍聲響起。

宛如振動的斬擊。雙方錯身而過時，那把劍剁爛了賽阿諾瀑的肉體。

「『羽搏』。」

著地，睜開眼睛。

駭人的托洛亞的呼吸既深又長。

「咕……嗚。」

賽阿諾瀑柔軟的身體破裂，滲出的液體弄溼了廣場的沙子。

——那是什麼樣的奧義呢？

法依瑪的護槍會對高速接近的物體產生反應。

利用那種自動追蹤對象物體的力量，以手腕左右來回甩動，魔劍就會像速度驚人的鐘擺，以超高速的擺動砍碎敵人。這就是如此的奧義。

「還有……」

受傷的賽阿諾瀑低聲說著。

能預判任何攻擊不斷閃避的高超格鬥家，終於受到魔劍造成的傷害。

「……還有三把。」

真是可怕的敵人。

托洛亞當然明白那宛如死神預告般低語的意義。敵人在計算剩餘的魔劍數量。

巴及基魯的毒霜魔劍、天劫糾殺、因雷特的安息之鐮。在這場比賽中還沒拿出的魔劍有三

把。就連微塵暴，就連窮知之箱美斯特魯艾庫西魯都沒讓他拿出這麼多的魔劍。

「……好強。」

（不對，是我太弱。）

已經沒辦法更強了。他的招式都是模仿過去的魔劍士。只有同時發動所有招式的手法，才是來自駭人的托洛亞累積到極限的自身鍛鍊。

然而即使如此，即使灌注了自己擁有的最強力量。

（仍不足以換取牠的性命嗎？）

同時發動多達五把魔劍的奧義，卻沒辦法斬殺區區一隻黏獸。

「自己」已經沒辦法更強了。

「……你要放棄嗎？」

這句話不是對賽阿諾瀑說的，只是他的自言自語。

出盡全力戰鬥，最後卻功敗垂成。以一名戰士來說，獲得那樣的結果或許也不錯。但他背負的是駭人的托洛亞之名。

他不能放棄。

「還沒完呢……我還……留著自己。還沒完……」

太強大了。對方恐怕比父親更強。是孤立於想像領域之外的強者。

非得將一切委身於魔劍才能戰勝嗎？交出多於以往的一切。

「不要留下自我。我……我就是駭人的托洛亞……！」
駭人的托洛亞從來不認為自己很強。
——他相信自己很弱。
最強的不是自己，而是自己手中揮動的魔劍，是過去揮動那些劍的魔劍士。
……因此他不能戰敗。不能因為戰敗而玷汙那些人與物的最強之名。於是他如今成了一位捨棄弱小自我的男人。
「無念無想啊……」
賽阿諾瀑的聲音彷彿從遠處傳來。駭人的托洛亞的呼吸既深又長。
魔劍的歷史就是殺戮的歷史。有人製造魔劍，使用魔劍，以魔劍斬殺他人。就像不只是疲勞與傷痕才能證明戰鬥，他們的歷史也確實地刻劃於魔劍之中。人們口說耳傳那些歷史，並且聯想到了駭人的托洛亞的恐怖故事。
怪物。他成了一頭魔劍怪物。
如果這個世界真的存在那樣的怪物，那種怪物將不會輸給任何人。
賽阿諾瀑行動了。大腦的意識比那個身影映在眼中的速度還要快。「啄」。神劍凱特魯格的超遠程突刺。沒有擊中賽阿諾瀑。不過如果是在劍氣伸長至極遠處的情況下，「揮動」神劍凱特魯格——
「……！」

賽阿諾瀑背後民房的二樓被劈開。托洛亞手握放出劍氣的魔劍，主動衝上前，對賽阿諾瀑使出致命的打擊。托洛亞將炎魔劍往地上一插，以火焰風暴將敵人連同自己一起炸飛。

「你以為什麼都不想——」

被炸飛出去的賽阿諾瀑朝後方飛去，那個方向上有著被劈落的民房殘骸。

「就不會被我看穿嗎？」

足足有一整層樓的巨大質量在接觸到賽阿諾瀑時，瞬間改變方向朝側邊而去，將廣場挖出一條坑道。殘骸翻起整片石磚地板，撞上噴水池後整塊碎裂。觀眾群發出尖叫。

賽阿諾瀑的打擊就是有著如此的威力。

「吼嚕……」

托洛亞的喉嚨深處發出了野獸般的低聲咆哮。

他再壓低了前傾的戰鬥姿勢，腳上纏著插入地面的聶爾·崔烏的炎魔劍與凶劍賽耳費司克的劍柄，就像四足步行的動物。

◆

——他殺過人。

即使那是湧上來企圖搶奪父親魔劍的強盜，是托洛亞沒必要殺害的對象，他仍然殘忍地殺了那些人。

歷史上，許多魔劍士都曾製造過大屠殺。在戰場上，做出那種事的人被當作英雄。在和平的村莊裡，做出那種事的人被當成可怕的殺人魔。

托洛亞明白那些人的想法。各式各樣的魔劍都是為了砍人而存在，手握魔劍的人也只是運用那種用途。只要魔劍以劍的形式存在——就絕對不可能用來拯救敵人的性命。

他將雙手握住的魔劍如蟲子的腳般操縱，在地面與牆壁之間來回跳躍。

右腳自動對賽阿諾瀑發動的迎擊做出反應，以綁在腳上的魔劍橫掃對方。

確實命中的斬擊就像是力道被卸走似的滑過賽阿諾瀑的表面。反擊來了。托洛亞對著空氣砸出炎魔劍。

再次引發牽連自己的爆炸。

他以四腳落地的姿勢仰起頭，望向敵人。敵人。敵人——是群眾。有這麼多的人看到了魔劍。看到了駭人的托洛亞。托洛亞一直以來都會這樣做吧。

「吼嚕嚕嚕嚕……」

殺光所有人——魔劍的聲音如此喊著。

那正是他的才能。能毫無保留地接收魔劍的意念。身上一點也感覺不到痛。身體比他保留自我與敵人交戰的時候更加輕盈。

「……我在這裡。」

不知道為什麼，身為敵人的賽阿諾瀑向他透漏了自己的所在處。

被群眾的咆哮引走的魔劍殺氣再次集中於一點。

扭轉身軀，擲出音鳴絕。魔劍以超過槍械子彈的速度飛出。

「……！」

音波的衝擊被彈開。不需要思考，托洛亞再次縱身撲了過去。

那種感覺就像是他自己的肉體與魔劍化為一體。聶爾・崔烏的炎魔劍，瞬雨之針，巴及基魯的毒霜魔劍，瞬雨之針——

怪物。他成了一頭魔劍怪物。

同時揮出的多道斬擊打穿三座建築。

發生了三次驚人的爆炸。

瓦礫與碎片四散飛舞。在這片連敵人的身影都看不見的破壞之中，駭人的托洛亞冷笑著。

——我要連只是目擊到自己的人也殺。哪怕是無辜的人民。

他有如站在第三者的視角旁觀自己的失控舉動，同時思索著：他的父親一開始就是自願做出這種行為嗎？

該不會父親也是一樣吧。

他是不是不希望讓一開始拿起魔劍時造成的犧牲變得毫無意義？

若是如此……只要他是駭人的托洛亞，就會重蹈父親的覆轍。

◆

（不對。）

托洛亞有所自覺，他被自己的魔劍招式燒傷了。

平時的他不會變成這樣。手臂自動拔出下一把劍。賽阿諾瀑拉近距離，企圖先發制人。楔狀的劍刃如一大群蟲子從側邊襲來。

凶劍賽耳費司克的劍刃在剛才的攻擊中散開。此刻則形成風暴，捲起磁力的漩渦。

破壞摧殘了一整片城區。砍倒行道樹。在攻擊半徑畫成的圓形內側，所有物體全都被砍得破破爛爛。

（這就是魔劍的戰鬥方式嗎？）

「太虛了，那招太虛了！那不過就是——」

賽阿諾瀑不耐地喃喃自語，一一打落襲向它的劍刃。托洛亞自己也明白牠話語中的含意。這只是破壞。並不是能打倒真正敵人的力量。炎魔劍驅動了托洛亞，將爆出熱能的招式「叢雲」以最強烈的程度——朝賽阿諾瀑發動。

甚至不惜將觀看比賽的觀眾也捲進去。

（不行。那不過就是——）

在招式發動的前一刻，托洛亞以左手打向自己的右手，撞飛了炎魔劍。在半空中爆出的火焰變成朝向運河，貫穿鐵柵欄，將運河蒸發到看得見河底的程度。

「……駭人的托洛亞，你……」

「…………那不過就是借來的招式。」

「呵。」

「你想這麼說吧，賽阿諾瀑？」

就算對賽阿諾瀑發動剛才那種奧義，也一定還是無法戰勝牠。那只是毫無意義地擴大受害範圍的破壞力。

這麼一來，他就和在懷特山斬殺強盜時一樣了。

「你真強。沒想到在『最初的隊伍』以外還有這麼厲害的高手。」

「我會超越你。」

不管是托洛亞自身的極限絕技，還是將一切委身於魔劍的失控攻擊，都無法超越賽阿諾瀑。

他一定不能執著於維持自我。但同時又不能將身體控制權交給自己以外的東西。

（姆斯海因的風魔劍，聶爾．崔烏的炎魔劍。失去了兩把魔劍。也沒時間讓散開的凶劍賽耳費司克的鐵楔重新聚合。既然如此，我持有的決勝手段——就只有一個。）

就在托洛亞調整好呼吸的下一個瞬間，賽阿諾瀑逼近了。即使受到「羽搏」重創，牠仍對近距離戰鬥沒有絲毫猶豫。應該是因為牠很強吧。

（毒霜魔劍。）

鎖鏈被握住，法依瑪的護槍的自動迎擊被阻止了。「羽搏」是在那個瞬間完全靠著攻其不備才能擊中的招式。賽阿諾瀑的偽足抓著鎖鏈往回一拉，扯倒托洛亞……魔劍士卻早就看穿了那個企圖，鎖鏈已經從連接部被砍斷。

（賽阿諾瀑，你很強。不只是因為進攻手段猛烈。預判能力在你之上的人……一定還不存在於現在這個世界中。）

賽阿諾瀑毫不留情地連續猛攻，托洛亞則是不斷移步躲開。

（如果我是星馳阿魯斯……）

他突然浮現這樣的想法。身處如此壯烈的戰鬥中，不知為何他還有閒情逸致想著這種事。

如果自己是飛在空中的星馳阿魯斯，就能一直避免被鑽入格鬥的距離——真的嗎？

牠不但看穿所有無法預測的魔劍招式，甚至還躍向沒有立足處的半空中。如果要對付星馳阿魯斯，即使是托洛亞也一定會那麼做。

劍招被看穿。遭到打飛的托洛亞撞穿了住宅的牆壁。

一方被拉開距離，一方被貼近身。雙方都以驚險萬分的反應避開瞬間死亡的命運。

……即使如此，狀況與比賽剛開始時有一點明確的差異。

（同時打擊四點。從旁邊撞開劍身，對準肝臟攻擊。）

那就是托洛亞的思考。

「不衝向前方，而是向右虛踩一步。」

駭人的托洛亞的呼吸仍然又深又長。

繞到右側的賽阿諾瀑打算直取他的肘關節。他知道對方會這麼做。

「將接觸地面的面積縮到最小，踢出——」

「你打算……」

躲過了打擊。雖然沒辦法配合攻擊出劍反擊，卻仍避開了致命傷。還是看不見賽阿諾瀑的動作。他的推斷還不夠完美。

「你打算反過來預測我的行動嗎！」

不管是劍招還是魔劍，全都是繼承自父親。

駭人的托洛亞自身的真正強處到底在哪裡呢？

（不對，父親已經說過。其實我早就知道了。）

他說自己因為性格太溫柔而受到魔劍意念的影響，反而干擾自己的招式。

賽阿諾瀑鑽進托洛亞的懷中，不給對方有反應的機會。然而托洛亞已經慢慢開始跟上對手。

這種感覺和微塵暴那時一樣。當他與美斯特魯艾庫西魯無窮無盡地拿出的未知兵器戰鬥時，托洛亞彷彿知道對方的槍口接下來會瞄準什麼位置。

（因為我知道。）

他知道可怕的機魔是一個為母親著想的孩子。

也知道無情的黏獸對自己的強大感到自傲。

他應該沒有天眼那種超乎尋常的感知能力。那不是累積於魔劍裡的龐大戰鬥經驗，也不是來自他經歷的戰鬥的記憶。然而他還是能與眼前的敵人對峙，持續地戰鬥。

駭人的托洛亞可以「讀取意念」。

讀取對手的意念與期望。

（……沒錯。我不需要自己的意念。但我認為那一定還不夠完整。「我」的存在是有意義的。從無限的魔劍意念集合體之中……挑出正確選項的人——是我。）

賽阿諾瀑的拳頭逼近心臟。從側邊揮出劍柄阻止，以毒霜魔劍回擊。偽足變形，在緊貼彼此的距離抓裂托洛亞的手背。他憑著一股直覺，揮動劍刃追向以怪異變形進行閃避的賽阿諾瀑。牆壁碎裂，賽阿諾瀑拉開距離。托洛亞追了上去。神劍凱特魯格銀光一閃。伸長的劍氣縱向劈開了大型倉庫。賽阿諾瀑再次欺身上前。然而「烏合」再次發動。移步，躲過。在劍尖碰到牠之前就抽離了身體。

時而看見天空，時而穿過建築。破壞了幾個障礙物後，不知不覺間鑽出了戶外。

遠方有輛馬車，他知道有人在裡面觀看比賽。

米吉亞魯正在看著駭人的托洛亞的戰鬥。就像他自己以前觀看托洛亞的戰鬥那樣，此刻換成他看著自己。

（跟——）

右斜前方。猛蹬牆壁直線衝入攻擊範圍內。敵人的行動一如他的預測。

（——上了。）

他看見的意念……終於完全符合了那位最為特異的格鬥家所做出的行動。

已經無法再更強了。

不管是他自己。

還是魔劍。

既然如此，那就再加上賽阿諾瀑的意念。

（——有本事就來看穿啊！這是世上所有的劍，史上所有的招。這不是來自我一個人，而是來自存在於過去的所有魔劍士！有本事就來看穿吧！）

托洛亞刺出了瞬雨之針。那是他多次施展的幻影突刺奧義，「烏合」。魔劍撞上了賽阿諾瀑的迎擊，劍體被折斷打碎。他早就知道會這樣。

劍身製造的幻影突然散亂成一團，遍布了賽阿諾瀑的整個視野。

「！」

即使魔劍遭到破壞，也不代表其能力會消失。那是從一開始就以「被折斷」為目的的招式。因事前反覆施展同一招而達到出其不意之效，僅能使用一次的招式——「烏沒」。

接著……

接著駭人的托洛就能透過繩索，鎖鏈，鉸鍊機關。

透過各式各樣的機關，拿出裝在全身上下的魔劍。

「『落……巢』！」

從一開始就帶著犧牲瞬雨之針意圖的刺擊在中途透過一個動作換上了具有雙股劍刃的魔劍。巴及基魯的毒霜魔劍。

當然，那把劍仍然碰不到可以預判各種攻擊做出迴避動作的賽阿諾瀑。

但，劍刃上的手背血液則不然。

一滴托洛亞的血擦過刺出的劍身，沾上賽阿諾瀑。

如果沒有「鳥沒」撬開賽阿諾瀑的意識破綻，連這招都不可能命中。他知道賽阿諾瀑的功力就是如此高超。

可就是因為知道這點，才能超越對手。

「這是……！嗚……！」

原生質驟然鼓脹。

賽阿諾瀑的肉體逐漸突變成有如透明細針的微小結晶體。

那是感染接觸其劍身的生物體，造成無限侵蝕的結晶侵蝕魔劍。連一滴血液都能當成媒介。

「你以為──」

面對史上任何一位魔劍士都未曾遭遇過的英雄──駭人的托洛亞他……

「直到最後……都能閃過我的攻擊嗎，『無盡無流』？」
「還沒……完呢！」
在能做出行動的最後一段時間裡，賽阿諾瀑衝上前，將敵人拉入自己的攻擊距離。
托洛亞也已經知道對方的選擇。他最後的魔劍將是因雷特的安息之鐮。
「『啼聲』！」
「『角……手』……！」
劍光一閃。無盡無流賽阿諾瀑被縱劈成兩半。
父親的得意技「啼聲」是握住長柄鐮刀的刀刃基部，專門用來應對近距離攻擊的招式。這招的技術太過單純，或許稱不上是奧義。
然而——反覆多次以瞬雨之針施展的「烏合」在賽阿諾瀑的意識中留下強烈的印象。當對手被賦予了既定觀念，認定看得見的幻影不可信。不會產生破空聲的因雷特的安息之鐮對那樣的對手就成為不可能察覺到的真實威脅。
「咕……嗚！」
托洛亞雙膝一彎。他知道當自己與捨身突擊的賽阿諾瀑身擦身而過時，兩邊膝蓋都被猛烈的貫手擊中。「角手」。直到最後的最後，牠的速度仍是快得可怕。
動用所有的魔劍，終於打贏這場戰鬥。
至於雙腳……

「——已經站不起來了。」

背後的聲音對他這麼說。托洛亞勉強撐住幾乎要跪下去的膝蓋。為什麼？

警告他處於嚴重危機的汗水從背後大量湧出。

「你可以轉動手腕瞬間切換武器。既然需要配合手臂的動作，你所使用的魔劍招式……重點就不在於雙臂，移動身體重心的起步動作才是其精髓。我的推斷正確嗎？」

托洛亞轉頭望去。在視野的左側，賽阿諾瀑被切下的左半邊身體融化了。

那是被毒霜魔劍侵蝕的半邊身體。

（……就在那個瞬間。）

對方是黏獸。即使如此，牠有辦法在那個瞬間做出如此犀利的判斷嗎？

難道牠精準地移動身體使中心的細胞核避開企圖將牠劈成兩半的利劍軌道，只讓中了致死之毒的半邊身體被切除嗎？

無盡無流賽阿諾瀑竟能做到這種事？

不，不可能。托洛亞不可能預測到這種發展。

無論是構造多麼單純的黏獸，也不可能在失去一半的體積之後還能活下去。

「『賽阿諾瀑的鼓動聽令（po po pe ro pa）。停止的波紋（par pe py）。維繫連結吧（pecp porppe）。盈滿的大月（por pupeon）。循環吧（perpipeor）。』」

只要是一般的黏獸，都不可能活下去。

托洛亞可以模仿與之交手的賽阿諾瀑擁有的思考方式。

「賽阿……諾瀑……！」

「你有辦法從地獄復活……駭人的托洛亞。」

然而，不只有托洛亞能繼承他人的意志——

「而這是彼岸涅夫托的詞術。」

沒有任何人知道賽阿諾瀑這位戰士所能使用的所有手段。

「我是……我是駭人的托洛亞。」

「……忘了說，比賽開始時我打中了你的肝臟。你應該沒有感覺到痛吧。不過你是處於比自己想像更為嚴重的呼吸窘迫狀態與我戰鬥。就像你用幻影誤導我那樣，我將打擊集中於上半身，讓你在那個決定性的瞬間沒有防守下半身。」

「還沒有……結束！托洛亞還沒……！」

「你將會嘗試攻擊。轉身，踏步，然後就結束了。」

那招以上半身瞬間擊發的招式只要踏出半步就能完成。即使在這個距離也能命中。

將無形的劍氣集中於一點刺穿遠程目標，此技之名為——

「……『啄』！」

「我的推斷——」

就在踏出步伐時，他滑倒了。

接著整個人倒在地上。短短半步之中，駭人的托洛亞的視野跌向了地面。

原本應該發出必殺之技的神劍凱特魯格從手中滑落。

他有如雙腿被砍斷，再也站不起來。

「是絕對的。」

◆

「……你贏了呢。」

這裡是被人群擋住的小巷子之中，看起來一點也不像勝利者該待的地方。蠟花的庫薇兒如同平時那樣垂著眼睛，迎接自己的勇者候補。

對賽阿諾瀑而言，讓自己不被民眾與其他參賽者看到對牠也比較好。

「我說過了，那就是我的推斷。」

「嘿嘿……說、說得也是呢……可是，那個……最後的那個生術……」

「妳以為我是誰？我就是學過『最初的隊伍』成員彼岸涅夫托的詞術之後才站在這裡。就算半個身體被劈開，我仍是不死之身。」

事實上——既然牠是以極為單純的原生質所構成的黏獸，就沒有比牠更適合再生細胞之生術的生命體。雖然牠在生術上的造詣沒有彼岸涅夫托那麼高，不過單獨以相對的再生效果來看，牠仍擁有與涅夫托幾乎相同的不死能力。

駭人的托洛亞沒有預測到這點。在無盡無流賽阿諾瀑出現之前，並不存在將那種將功夫修煉到顛峰的黏獸。

「……你果然能贏……！你、你連那個駭人的托洛亞都打贏了……！賽阿諾瀑先生一定是最強的……！」

「聽說這會用掉五年。」

「……咦？」

「我這次事先對這副身體使用了再生的生術。我打算在所有剩下的比賽裡都這麼做。一次的完全再生將消耗我五年的細胞壽命。」

牠相信這是具有如此價值的戰鬥。

就像與彼岸涅夫托的戰鬥，甚至或許還在那之上。

「那個，可、可是，黏獸的壽命……」

「呵。」

賽阿諾瀑笑了。

牠在沙之迷宮花費了二十一年的歲月。距離決戰還有四場比賽，另外牠還在與涅夫托的戰鬥中用過一次完全再生。

據說黏獸的壽命最多也只有五十年。

「……那傢伙真的很強。如果最後那是一擊必殺之劍，我就死定了。雖然真業對決的規定只是你們黃都為了自己的方便而設……」

最後那把因雷特的安息之鐮的特色是方便砍中對手。

正因為那個攻擊是接在具有命中就能殺死對手功能的毒霜魔劍之後，牠預測其餘兩把劍不是同類型的一擊必殺武器——牠也只能如此期盼。不管怎麼說，在那種狀況下牠都只能選擇突破生死之線發動猛攻。

駭人的托洛亞具有迫使牠陷入那種狀況的力量。

那或許是勝利者的驕傲。

然而，期望獲得一場戰士之間全力對戰的牠仍打從心底如此認為：

「沒有殺掉他真是太好了。」

第一戰。勝利者，無盡無流賽阿諾瀑。

十八 ◆ 中央診療所

第一戰結束的那個晚上。

駭人的托洛亞被運送至城市中央的診療所進行治療。托洛亞是來自黃都外面的訪客，沒有與他熟識的生術醫師。無法確定遭到嚴重破壞的雙膝是否能完全治好。

「唉～真讓人失望。」

在某方面來說，病床旁邊的少年看起來是狀況比托洛亞更嚴重的重傷病患。

他就是擁立托洛亞為勇者候補，並且和托洛亞一同被擊敗的鐵貫羽影的米吉亞魯。

「你根本不是最強的嘛，托洛亞。」

雖然嘴上這麼說，米吉亞魯卻笑了。

「……真抱歉啊，沒有成為最強，也沒為你帶來勝利。」

「我覺得有趣就夠啦，好痛！」

米吉亞魯大大地伸了個懶腰，卻導致傷口裂開了。他是個做事瞻前不顧後的孩子。不過托洛亞倒是很感謝他那種不會將事情看得太嚴肅的灑脫性格。

「但是……從此以後你不要再接近我可能比較好。」

「為什麼？」
「黃都所有人都知道我輸了。之前遇到像『日之大樹』的那種傢伙今後就會來搶奪魔劍。」
或許這也是駭人的托洛亞的比賽被安排於六合御覽首戰的原因。倘若托洛亞在首戰落敗，就能讓意圖搶奪魔劍的人獲得巨大的優勢。
因為他已經「不再是」禁止與之戰鬥的「勇者候補」了。
「……就憑那種程度的傢伙，托洛亞手腳全部斷掉都能打贏啦。」
「會來搶劍的人不只他們，還包含知道我有多強而原本不敢出手的傢伙。真正危險的是那群人。」
還有句話他沒在米吉亞魯面前說出口，那就是托洛亞很可能會被殺。
就算只限於他所知道的強者，若是阿魯斯或美斯特魯艾庫西魯這類高手此刻發動襲擊，目前的托洛亞也無力對抗。
而且在這場戰鬥的檯面底下，也一定有著某些人物正在進行托洛亞不可能觸及的深遠陰謀。
突然間，他想起了在托吉耶市遇到的「灰髮小孩」。想起那個派出強盜艾里基特，同時也很可能就是將托洛亞送到微塵暴事件中心的幕後黑手的臉。
（若是那傢伙……應該也知道這種檯面下的陰謀吧。）
「灰髮小孩」曾發下豪語，表示他能補足托洛亞欠缺的力量。以目前的狀況來看，托洛亞能求助的對象很可能只剩下那位少年。

（如果他就是預測到這種狀況而與我接觸，那還真是個不得了的人物。）

待在病床旁邊的米吉亞魯難得保持沉默，不過他最後還是抬起了頭。

「那麼，我將你運出黃都吧。這是能以二十九官的權限辦到的事。那樣一來……」

「手續要花幾天？況且對手如果是認真的，就算我離開黃都也會追上來。不需要替我操那麼多的心。你已經不是我的擁立者了吧？」

托洛亞並不是放棄了。不如說就是為了戰鬥到最後一刻，才必須離開米吉亞魯的身邊。也許這個病房現在隨時都會出現襲擊者。

「我才不管，我想來就來。」

「……聽我說。我的意思是你已經沒有那種義務了。」

「我們是朋友吧？」

「……」

托洛亞一直與父親住在一起，從未與其他人建立深入的關係。

當他年紀大到能獨立生活時，父親曾勸他下山住進城鎮。但他無法留父親一個人待在山上。

米吉亞魯是他第一個來往這麼久，聊過這麼多話的對象。

這或許可以稱為朋友吧。

「……你擔心——」

突然間，病房裡響起了另一個聲音。

「魔劍遭奪嗎，奪取魔劍的怪物？」

「……！」

儘管托洛亞做好戰鬥的覺悟，只是當他看到站在門口的男子時便放下了劍。

那個人的身高比小孩還矮，穿著深茶色的風衣。鴨舌帽底下的陰影中露出了暗藍色的眼眸。

米吉亞魯愣愣地低喃：

「戒心的庫烏洛。」

「古馬那交易站的那場作戰後就沒見過面了，鐵貫羽影的米吉亞魯。但我要找的人是——」

「吶，好久不見了，托洛亞。我們又見面啦。」

不等庫烏洛說完話，一個宛如藍色小鳥的生物就來到托洛亞身邊飛來飛去。

以大小與翅膀來看就像是小鳥，不過除此之外就是一位以人類的尺寸來說異常嬌小的少女。

她叫流浪的丘涅，也是托洛亞認識的人。

「……旁邊那位駭人的托洛亞。」

「找我……有什麼事？難道是來探望魔劍怪物嗎？」

雖然看見對方的臉時不小心就放下了心，但托洛亞告訴自己不該對現況樂觀。

庫烏洛是在微塵暴防衛行動時擔任黃都作戰計畫的觀測手。他有可能受黃都之命前來奪取托洛亞的魔劍。若真是如此，那就不得不應戰了。

「我還沒還你人情呢。就是那天你救我一命而對你欠下的人情。雖然以我個人來說，我很想立刻離開黃都啦……」

「那、那個。我也是，我也是喔！我很感謝托洛亞。」

戒心的庫烏洛。即使他不是六合御覽的參賽者，卻持有能看穿各種企圖，絕對不會遭到偷襲的終極感知特殊能力——天眼。

「在托洛亞的腿完全痊癒之前，就由我來護衛你。有意見嗎？」

「怎麼可能有意見！」

米吉亞魯替托洛亞做出了回答。

「托洛亞你果然好厲害！竟然能獲得那位天眼的幫助，實在太厲害啦！哈哈哈哈哈！你明明有很多朋友嘛～！」

「不……不對，別擅自幫我決定……」

「不管是不是擅自決定，我都得讓你活下去。」

庫烏洛望著開心地四處飛舞的丘涅。

「你還打算與星馳阿魯斯戰鬥吧？」

「……是的。六合御覽對我來說不過是一種手段。當比賽全部結束，那傢伙還活著的話，我當然要打倒牠。如果光魔劍轉到其他人手上，就找那個人。這大概不是恨意……或執著……而是為了自己的人生，我非得如此做不可。」

可以切斷所有物質的最強魔劍。席蓮金玄的光魔劍。

對托洛亞而言，那也是代表敬愛的父親之死的象徵。

在親手握住光魔劍之前，他或許會一直無法接受父親的死。

——即使戰敗，他仍然是「駭人的托洛亞」。

「阿魯斯可能會輸。」

庫烏洛依然冷靜地說著。

「牠的初戰對手是冬之露庫諾卡。如果要在這場比賽召集的十六名參賽者之中挑出真正最強的傢伙，那就是冬之露庫諾卡吧。那傢伙……好死不死第一場也抽到最難纏的對手。」

「……你真的那麼認為嗎？」

他一直認為駭人的托洛亞是最強的。不只技術超越世上任何一位魔劍士，還讓劍刃沾滿了鮮血，使自己的存在超越了傳說成為一個恐怖故事。

「最強，傳說，英雄，無敵。如果這個世界上有哪個傢伙完全符合這些詞彙……你也應該知道那會是誰吧，庫烏洛？」

若是如此，與殺害那位最強之人的仇人——星馳阿魯斯的戰鬥。托洛亞打算在那場戰鬥中尋求什麼呢？

是勝利，還是敗北？

連托洛亞自己也不知道。

「星馳阿魯斯連那種傢伙都能打贏。」

十九 第二戰

那裡只能生長帶有枯黃葉子的病懨懨植物。

在巨型天然氣田馬里地孔的附近區域——馬里荒野可以找到的自然生物就只有那麼一種。

那是一處充滿閃電形狀的深邃裂谷，被乾燥岩石覆蓋的荒蕪大地。充滿生命活力的黃都之光，是靠這片死亡的世界所支撐。

而在這場六合御覽開賽時，如果有尺寸遠遠超越人類的怪物參與的對戰，二十九官認為除了馬里荒野以外就沒有其他適合的比賽場地。

天然氣的挖掘設備位於非常遙遠的位置，放眼望去看不到人族的生活圈。即使有某些喜好特殊的傢伙希望觀賞這形同一場災害的戰鬥——當然，他們支付的觀戰費會成為議會的稅收——只要比賽在這個毫無任何障礙物的地區舉行，那些人依然可以從相對安全的遠處眺望戰況。

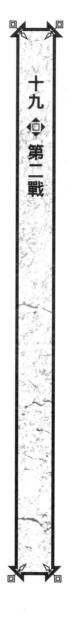

主辦單位特別在第一戰與第二戰之間設了兩天的緩衝時間。因為滿載觀眾的篷車來到這個馬里荒野需要將近一天的時間。

和第一戰不同，觀眾只能以篷車的配給食物解決前一天的晚餐與當天的午餐。之後眾人就恢復宛如即將見證神話的嚴肅與畏懼的寂靜氣氛。

接著，如果市民以雙筒望遠鏡或單筒望遠鏡望向那兩塊面對面的桌狀臺地……應該就能在其中一塊上目擊冰冷金屬般反射著陽光的白色身影。

那個身影與駭人的托洛亞一樣，雖然是他們之中誰也沒見過的存在，卻仍釋放出強烈的存在感，迫使人不得不認同牠真的存在於這個世上。

那是這場六合御覽之中最強的存在。龍。真正的傳說。其名為冬之露庫諾卡。

牠的身邊有位不足為道的男子，但誰也沒注意到他。

「……我一直在猶豫。」

黃都第六將，靜寂的哈魯甘特全身裹著厚重的毛毯，俯視充滿陰暗裂谷的大地。

冬之露庫諾卡是隻可怕的龍，卻也是活在世界常規中的一條生命。牠本身並沒有持續散發寒氣。只不過那種刺寒徹骨的記憶所產生的錯覺，以及對即將到來的凜凍景象的預感，讓他的身體不斷打顫。

「如果我對妳透漏情報，妳和阿魯斯……雙方的條件可能就不對等了。用那種方式獲勝，我懷疑……是否有意義。不過，或許也能這樣想。阿魯斯知道冬之露庫諾卡的傳說，一直待在伊加尼亞冰湖的妳卻不知道阿魯斯的傳說……」

「哈魯甘特。」

巨龍以不符那種龐大身軀的清澈嗓音和緩地打斷了他。

「你的話太長了。」

「嗚……！才、才不……才不長！為什麼每次都是我被這樣說，而不是古拉斯或埃努……！我的話有那麼難抓到重點嗎！我、我的意思是，這樣下去妳會處於不利狀況！」

露庫諾卡摺起長長的半側翅膀，掩住了嘴角。

那個動作看起來就像是人類忍笑的樣子。

即使是黃都的領地之內，也沒有地方能供牠停留。因此露庫諾卡是在前幾天從伊加尼亞來到黃都。

白龍顯得很開心，就像是新找到一個玩樂地點的少女。

「呵呵呵！不利！我無所謂喔。」

「……牠有一種名為死者的巨盾的魔具。」

哈魯甘特苦澀地低語。

他已經親眼見識過星馳阿魯斯的部分戰鬥手段。對於其思考方式與性格的理解，在這個世界上恐怕沒有其他人比他更懂。

「儘管使用條件不明，但那傢伙能以其躲避龍息。維凱翁的黑煙吐氣就是被那個魔具擋住。所以，妳的必滅吐息對那傢伙沒效。若不先思考怎麼應對就開戰，將會受到魔具反擊而戰敗。」

「會有效的。」

「妳、妳說什麼……」

「我的吐息是擋不住的。」
「……可是……」
——冬之露庫諾卡的龍息（dragon breathe）。
看到牠那種充滿自信毫不動搖的態度，哈魯甘特的內心卻反而浮現一股不安。
那是能凍結萬物，抹除整個地貌，很可能是具有全世界最強破壞力的詞術。然而牠與哈魯甘特一樣，對星馳阿魯斯的武器全貌沒有絲毫的理解。
雖然露庫諾卡的吐息與一般熱術的作用剛好相反，會帶來奪去熱量的結果。然而那畢竟只是熱術的一種。面對能夠單方面屠殺燻灼維凱翁那種強大存在的星馳阿魯斯，那種鬆懈態度真的行得通嗎？
（……萬一輸掉，我就完蛋了。不管是野心或榮耀，都會在那時候走到盡頭。所以我才會找來絕不會落敗的存在，找來冬之露庫諾卡。那麼做……應該沒有錯吧。但是……但是……）
擺在大腿上緊緊相握的雙手正在發抖。那是預測寒氣即將到來的顫抖，但也有著其他的原因。
這場戰鬥會決定一項勝負，哈魯甘特人生的勝負。
（阿魯斯很強，牠是最強的。）
他比世界上任何人都相信這點。正因為如此，哈魯甘特才會決定與牠戰鬥。
他望著屹立於兩塊大地正中央的高聳土柱。隨著太陽的升起，落在地面的影子也逐漸縮短。

那就是開始的信號。在規模如此浩大的戰鬥裡，不可能在現場安排見證人。

當影子完全消失的那一刻。地表上兩名終極龍種之間的戰鬥將就此展開——

◆

黃都第二十卿，鍋釘西多勿純粹只是為了黃都而參與這場戰鬥。

那不是因為他的人格有多善良，也不是出於對女王瑟菲多或黃都議會的忠誠。應該說，西多勿在至今的人生中從來都沒有真正為他人著想過，他甚至認為自己是個壞人。

單純只是他沒有野心，才會抱著姑且找些事來做的心態處理黃都的問題罷了。

這樣的他卻與野心勝過任何人的鳥龍——星馳阿魯斯聯手組隊，這或許也是命運的諷刺吧。

「喂，阿魯斯。」

腳下就是無底深淵。身處桌狀臺地上的他找了個相對於露庫諾卡位置的邊緣處坐了下來。

阿魯斯的回答速度總是很慢。他們對話時，一開始都是西多勿像這樣單方面地說話。

「這不過是一場表演。」

「…………」

「你應該早就知道了。這不過是一場愚蠢的人族觀賞你們戰鬥，藉此取樂的慶典。什麼勇者都不是重點。你可不可以也跟著裝蠢啊？」

「…………為什麼？」

細瘦的影子從比西多勿更外側的聳立山尖上俯視著他。

——這只是個單純的疑問，阿魯斯沒有感到不愉快。他用了很多時間觀察這隻鳥龍，如今只憑語氣就能聽出對方的心情。

他望向另一個方向。群聚的市民。在荒野的景色之中，那些人就像是堆積成一團的垃圾。

他們帶著遊山玩水的心態，前來觀賞足以毀滅自身上百次的災厄。那些人的行動與整個人生，在西多勿眼中看來都愚蠢低劣得令他唾棄。

「那些傢伙不敢拚上自己的性命，也無法自行解決自己的問題……不僅如此，他們甚至根本不知道自己真正的問題在哪裡。你想要那種愚蠢的國家嗎？我……如果是我才不要呢。」

「……都一樣啦。」

鳥龍平淡地回答，語氣中沒有絲毫的情緒起伏。

「無論是人族……還是鳥龍……全都是一樣的。」

「你我也和那些傢伙一樣嗎？」

「……我只會區分我中意的對象，還有我不中意的對象……至於那樣的人是愚笨或聰明，對我來說……太複雜了，我不懂……」

「至少人類不是什麼好貨色喔。」

「……為什麼？」

「聽不懂就算了……先別說這些，如果你想離開，這是你最後的機會。雖然規定中姑且設有罰則，不過黃都的軍隊根本捉不到會飛的你。如果你覺得這是場無聊的比賽……不用顧慮我，儘管走吧。」

西多勿很清楚這個提議沒什麼用。

阿魯斯只做牠想做的事，即使那件事無法以利益得失衡量。

若非如此，牠就不可能成為橫行整片大地的傳說。

「一點也不無聊。」

「……這樣啊。」

「…………這是與哈魯甘特的對決啊……」

那是與平時無異，彷彿帶著憂鬱的低語。然而其中卻蘊藏喜悅的感情。

與自己認定的最佳勁敵，也是得不到任何人的認同，無能的第六將之間的戰鬥。

牠眼中所見的是冬之露庫諾卡，卻又不是冬之露庫諾卡。

「——我真的搞不懂。」

西多勿仰望著天空。太陽已經接近天頂了。那個時刻即將到來。

只因為這麼一點理由，神話的戰鬥將就此展開。

西多勿以外的世界就是憑著這點理由而運轉。

「我完全……搞不懂你們所有人。」

土柱的影子已經完全消失，翅膀在頭頂上拍出強風。龍飛上了天。

六合御覽的第二戰宣告開始。現場十分地寧靜。

在那場所有比賽中戰鬥規模最浩大的比賽裡，除了同為最強的兩方之一將會成為贏家以外，沒有任何事物能顛覆觀看者的預測。

也就是那場戰鬥在日落之前，就會永遠地摧毀這塊土地。

最強兩字的可怕，將會成為人盡皆知的結果。

星馳阿魯斯，對，冬之露庫諾卡。

◆

從前方飛來的鳥龍身影散發出驚人的氣勢，看起來像爆炸時噴濺的火星。

其飛行速度之快，讓能在不到一天的時間往來伊加尼亞冰湖與黃都之間的露庫諾卡都有著如此的感受。

「了不起。」

那不是對速度的驚嘆，而是向牠毫不畏懼衝向自己的鬥志表達感激。

強大過頭而與世隔絕的露庫諾卡已經無法判別對手的強弱程度。過去在牠眼中看來很弱的對象很弱，牠以為很強的對象也全部都很弱。

因此牠在不知不覺之間……變得只相信站在自己面前的對手身上，最能確定的一樣事物。那就是挑戰絕對強者的勇氣與魯莽。

若是那股意志堅定美麗，冬之露庫諾卡就相信對方很強。

「……來吧，阿魯斯。你會展現出什麼樣的招式呢？」

鳥龍直線逼向迎面而來的露庫諾卡，隨後卻突然改變軌道，朝上方畫了個弧，朝南方急轉彎。

越是集中精神注視著牠的人，眼睛就越容易隨著其位置移動。

於是就撞見了白晝的太陽。視線被牠引導過去。露庫諾卡摺起翅膀，迅速失速。

在因為逆光而追丟阿魯斯身影的瞬間，牠看不見那道閃光。鳥槍從極限射程擊發的子彈飛了過來，打中露庫諾卡的臉頰。

「呵呵呵呵呵！」

感受到子彈撞擊的觸感，露庫諾卡笑了。

牠看到從太陽中飛出，再潛入地面裂谷之中的身影軌跡。被迫直視太陽而睜大的瞳眸，又因為注視黑暗而閉合。

露庫諾卡在被槍擊中的臉頰感受到一股某種物體攀爬於其上的觸感。那是從子彈長出來，扎入並逐步侵蝕肉體的植物根系。

那是拷樹的種子。透過鳥槍火藥產生的熱量而發芽的那顆子彈，是對生命有著致命效果的樹魔彈。

……露庫諾卡以爪子輕撫根系逐漸擴張的臉頰。

「——真是有趣的箭矢。」

致命的魔彈就這樣連同龍鱗一起被剝了下來，沒有造成任何影響。

龍鱗之所以被視為無敵的原因，不只是它的高硬度。還有其遮斷能力。

阿魯斯剛才的射擊毫無疑問是瞄準露庫諾卡的眼球，瞄準沒有被龍鱗覆蓋的眼睛。

但是冬之露庫諾卡知道每一位挑戰龍的英雄都會瞄準那個位置。對牠而言，剛才利用突然失速製造的迴避動作根本無須經過思考，而是必定發生的應對過程。

子彈再次從深淵飛來。牠舉起爪子，彈開子彈。

冬之露庫諾卡並不知道槍械這種兵器的存在。但不管怎麼說，只要牠擁有遠遠凌駕於子彈的反射神經與身體素質，那或許只是沒有意義的知識。

這顆子彈毫無疑問也是一種命中就會造成死亡的魔彈，然而龍爪的表層高度結晶化，即使沾上病毒，也不可能深入體內。

「呵呵呵呵呵呵呵！」

牠俯視著阿魯斯藏身的地面裂谷深淵。如果牠現在噴出吐息，這場戰鬥應該就結束了。

但那樣一點也不有趣。

這位又小速度又快的英雄，接下來會使用什麼戰鬥方式呢？

面對最強之龍，牠想了什麼樣的策略呢？

這位地表最強的星馳阿魯斯，打算怎麼對付牠呢？

（……啊啊，不對。）

閃閃發亮，充滿好奇與興奮的眼睛稍微瞇了起來。

如果藏身於地面的裂谷裡，就沒有逃離吐息的手段。星馳阿魯斯應該比誰都清楚這點。既然如此——那就不是那麼一回事了。

「得手了……」

聽到這個聲音時，已是鞭子從露庫諾卡的背後朝牠甩去之後的事。那東西在空中畫出不像鞭子該有的銳角折線，綁住古龍右翼的基部。

「——奇歐之手。」

被綁住的部位呈現怪異的扭曲，發出喀嘰喀嘰的摩擦聲。

能自由自在隨意鑽動的魔鞭奇歐之手還有另一個功能，那就是無論被纏上的對象有多強韌，魔鞭都可以將其扭下截斷。

在這個世界裡，只要使用超乎尋常的魔具，就不是完全沒有能無視強度突破龍鱗的手段。

「呵呵呵呵！呵呵呵呵呵呵呵呵！啊啊……好開心！你的速度好快喔，阿魯斯！是我年紀大了嗎，眼睛完全追不上呢！」

「……是的……妳很弱。」

就連奇歐之手都只是下一步行動的前置動作。阿魯斯以三隻手臂中的其中一隻拽著鞭子，再用一隻手取出另一把武器，最強的魔劍。

清澈的聲音在此時響起。

「『寇烏托之風聽令（cochwelne）』——」

只要是理解詞術的人，都知道那是沒有意義的掙扎。

要將熱術用於破壞，就必須指定方向，無法對著會牽連到自己的方向發動攻擊。阿魯斯身處露庫諾卡的後方，還綁住其右翼讓牠無法將頭轉向自己。

就像「客人」以前在迷宮都市時所做的那樣。面對位於施術者背後的敵人，連熱浪餘波都碰不到對方。

就算如此，龍息的攻擊準備仍只需短暫的片刻就能完成。

「『凋零於盡頭之光吧（cyulcascarz）——』」

露庫諾卡的眼前是平緩的山谷，是水岸。

還有赤紅荒野的地平線。與之形成對照的藍天中，漂浮著稀疏的雲朵。

那是馬里荒野幾百年來不變的景色。

全部消失了。

彷彿所有生物的五感全都驟然停止。

無聲。

漆黑。

連遠在另一端的觀眾都能立刻感受到世界的劇變。

露庫諾卡無聲的吐息凍住了前方的景色。所有事物全都化成眩目的白色。

——不對。景色沒有被凍住。那道熱術不帶風壓，沒有衝擊力，充滿裂谷的地形仍在狂暴的寂靜中確實地流動。

那種空氣分子凍結導致世界染白的變化僅是一瞬之間發生的事。彷彿世界的熱度被完全抽光，實際的氣溫還更低。岩石大地變黑扭曲，宛如大海上的波紋逐漸擴散。被冷凍至極限的岩石或許已經不是固體了。

以驚人之勢收縮的大地構造，形同發生在一個分子上的變化。

「——啊啊，哈魯甘特。你說過我的吐息不會有效吧。」

這片真正的寂靜世界之主自言自語著。

「在你的世界裡，那種說法或許正確。不過呢——」

現場悄然無聲。

然而，那甚至不是「結果」。

變化在兩拍之後出現。

雷霆般撼天動地的爆破。

無盡的巨響摧毀了寂靜的世界。

星馳阿魯斯受到強烈氣流的吹打，被颳向露庫諾卡正前方的世界。牠只能靠著魔鞭穩住自己的位置，卻還是不敵那股洶湧的怒濤。

一切的物體全都「落向」了露庫諾卡的前方。

錯身而過的瞬間，無法維持姿勢的鳥龍與等在面前的龍互相看了彼此一眼。

「……！」

「我的吐息是有效的。」

巨大的龍爪揮下，阿魯斯直直地落向死亡大地。

輕盈的鳥龍帶著被打落的速度撞碎了岩質的大地。

誅殺英雄的傳奇如拍除垃圾般拍掉纏在右翼上已經斷掉的魔鞭。

毫髮無傷。

挑戰巨龍的英雄們全都嘗試對抗過那個。
露庫諾卡那道將世界封入冬天的吐息，連不是戰士的小孩都從童謠中聽過。
有人圍上阻絕低溫的防禦。有人攜帶可以抵擋任何破壞的魔具。也有人像阿魯斯那樣利用機動力與戰術，企圖逃離攻擊範圍。
在歷史上，所有人都死了。
——絕對極限的凍術之息。存在於射程範圍之內的空氣分子全都會化為固體。
這招的破壞還不是到此為止。緊接而來的是為了填補世界的空洞，湧向中心處的爆發性劇烈暴風。即使星馳阿魯斯是這個時代的例外，也無法抵抗如此的現實。
……但是……
「呵呵呵呵呵！呵呵呵呵呵！」
但是露庫諾卡笑了。那只代表一個意義。
「啊啊，真有趣……！」
牠什麼都還沒看到。
牠究竟還留有什麼戰鬥手段呢？
牠還留有什麼用來與最強之龍戰鬥的策略呢？
這位地表最強的星馳阿魯斯，打算怎麼對付牠呢？
「……妳啊……夠了喔……」

那是和往常一樣，陰沉又細小的聲音。
但只要是熟知牠的人，應該能從那個聲音中聽出蘊含些微怒氣的……一種強烈感情。
那是名為「煩悶」的感情。
「死者的巨盾。」
那個擋住燻灼維凱翁吐息的盾牌是一種只要支付代價，連地表最強龍爪一擊都能擋住的終極防禦手段。
「……雖然妳即將……被我殺死。還是讓我炫耀一下吧。」
星馳阿魯斯拿著下一件武器。朝地面一蹬，向天上飛——
——飛不起來。
世界已徹底凍結，空氣十分沉重。之前還是岩石表面的大地，如今卻覆滿了因物理作用而扭曲成奇異花紋的某種黑色結晶物體。
「呵呵呵呵！不可以站在那種地方喔。」
露庫諾卡從遙遠的上方俯視著地面，一如阿魯斯至今面對的各種傳奇對手。
阿魯斯再次嘗試起飛，卻咳出了鮮血。牠的肺部細胞從內部受到侵蝕，體溫急遽下降。在龍之吐息掃過後的景色中，無論是空氣、大地，還是任何東西，都遠比冰塊……比牠所知道的任何物體都更為寒冷。
「……你的後腳有可能會被黏住呢。」

地上最強的物種。在那群物種之中最強的存在。

沒有任何人能逃過冬之露庫諾卡的吐息。

「『寇烏托之風聽令。凋零於盡頭之光吧——』」(co chwelne cyulcascarz)

◆

「開什麼……玩笑……！」

在遠方的臺地上，西多勿大驚失色地喘著氣。

他目睹了冬之露庫諾卡吐出的龍息。那是超越了所有想像，末日本身的具體呈現。

那明明是遠在另一端的景象，卻絕對離他不算遠。如果那個影響範圍往西偏，如果阿魯斯與露庫諾卡爆發衝突的那個地點與這裡的距離只有一半——

好冷。比他去過的任何雪原更加冰冷的刺骨寒風讓西多勿驚懼不已。被冰之吐息掃過的地點明明距離那麼遠。這裡應該還是原本的馬里荒野。但氣候已經不再是原本那樣了。

恐怕……往後的未來將一直都是如此。

（那傢伙——哈魯甘特知道這件事嗎？」

他不可能知道。如果他在伊加尼亞冰湖目擊過這一擊，就不可能活著回到黃都。就算他是拔羽者哈魯甘特，西多勿也不想認為他是個明知這種狀況還敢讓冬之露庫諾出場的愚蠢男人。

他立刻揹起最基本的行李，朝後方的士兵大喊：

「開車！」

「啊……？」

「你沒聽到嗎？現在有蒸汽吧，快點開車。到篷車那邊。」

西多勿望向位於另一個方向的篷車處。那裡有著宛如蟲子般聚集的市民。

那些人想必會因為目睹令人吃驚的景象，見識到生活於這個時代的人初次見識的強大存在而陷入狂熱吧。真是一群無能的傢伙。

「可是，您要往篷車的方向去嗎？」

「還有什麼地方可去。如果『冬』的吐息往這邊過來，我們就會全部死光啊！不管是我還是那些人的生死，全都看那傢伙心情而定！那不就得帶所有人一起逃跑嗎！快點行動啊！」

「但若是離開現場，比賽結果的證人就會只剩下第六將耶。那樣一來西多勿大人——」

「——快點，行動。」

西多勿揪住士兵的胸口，惡狠狠地威脅他。

不但腦袋轉得慢，還缺乏危機感。每個人都是這副德性。實在讓人難以忍受。

第二十卿咬著牙，望向背後的戰場。

（為什麼我得擔心這些事啊！）

西多勿不是哈魯甘特那種男人。他能思考自己的選擇所帶來的結果與利益。即使是出於一時的衝動……他也絕對不是只憑著單純的意氣用事或恨意而答應與露庫諾卡的戰鬥。

誅殺傳奇的英雄，阿魯斯。誅殺英雄的傳奇，露庫諾卡。在這場六合御覽的參加者之中，有那麼一點機會打倒牠們的人，就只有牠們彼此。

雙方都是人類的力量無法企及，沒有勝算的存在。人類若想討伐這兩隻邪龍，就必須先使兩方互相殘殺，再趁著生存下來的那方疲憊不堪時動手。

因此西多勿在第一戰時完全保留了對阿魯斯的干擾手段，直接讓牠出場。現在的「星馳」可以使用所有的裝備。既沒有挑選限制飛行的比賽場地，也沒有事前對牠下毒。

為了讓牠與最強之龍進行對決，牠必須能使出全力。

那並非西多勿意氣用事，不過是合理的判斷罷了。

（……應該只有牠能贏吧。）

冬之露庫諾卡的力量已經超越了人族所能想像的範疇。

（你要贏喔，阿魯斯。）

他鑽進蒸汽車的座位，對車內配備的通信機說話。

一位女性聯絡員回應了他。他要找一位知曉他們作戰的人。

「我是鍋釘西多勿，轉給羅斯庫雷伊！」

『您找羅斯庫雷伊大人嗎？得請您稍等一段時間——』

「那就算了，幫我傳話。妳告訴他：『露庫諾卡比預測的更強。如果露庫諾卡獲勝，「那個流程」就不能用了』。聽清楚了嗎？這可能是我最後的通訊機會喔。」

『咦……那麼西多勿大人呢？那個……』

「別廢話，妳聽懂我要妳傳的話嗎？要說清楚喔。羅斯庫雷伊會明白的。」

地平線上，白色巨龍的身影正在晃動。

那個景色出現了折射現象，宛如望向水槽的底部。

——是溫度差造成的，西多勿知道箇中原因。由於突如其來的寒氣造成氣溫驟降，連光的速度都受到改變。

那是異世界吧。是人類無法活著進入，位於生者世界另一端的陰間。就像從故事裡剪出一幅寒冷地獄的畫面，再讓那個畫面出現於該地。

「……怎麼能死啊……！」

他不是對誰這麼說，而是說給自己聽。

協助全體觀眾安全避難，思考往後對這個災厄的應對方案，順利結束六合御覽。工作仍然堆積如山。西多勿不想被埋在那些無聊的工作裡，就這麼死去。

「……我還不能死啊……！」

伴隨著陣陣蒸汽，蒸汽車離去了。

◆

第六將，靜寂的哈魯甘特抱著膝蓋裹在毛毯中，看著同樣的景象。
原本晴空萬里的白晝荒野，如今已被封入冬天之中。
那是據說存在於「彼端」，世界死滅的時節。而在這個沒有四季的世界裡，也不會有春天的到來。一旦「冬天」造訪，世界就永遠處於死亡狀態。
傳播到這個地點的寒意中，帶著無法抵抗的末日氣息。
是他在那個伊加尼亞冰湖感受到的令人絕望與心死的溫度。
……即使如此，哈魯甘特仍眨也不眨地注視著遠方。
縮在毛毯中他的眼睛充滿血絲，散發出精光。只有他一個人相信那件事。
「還沒完。」
冬之露庫諾卡是如假包換的最強傳說。
牠強得失去了與敵戰鬥的機會，強得即使十分大意與鬆懈，卻仍然游刃有餘。
「……牠還沒有被幹掉……！還沒完……！還沒完！」
他冷得牙齒直打顫，嘴中不斷低喃無人聆聽的低語。
他的腦中甚至沒有浮現逃跑的念頭。

那不是因為出於勇氣。他從一開始就沒有那種選擇。

星馳阿魯斯賭上了全力進行戰鬥。哈魯甘特則是押上手中僅存的些許自尊與未來。這是雙方僅此一次的對決。

牠與羅斯庫雷伊那種冒牌貨不同，是這片大地唯一一隻真正的屠龍英雄。如果阿魯斯在第一戰之中被打敗，那就再也沒有人能戰勝冬之露庫諾卡了。

「阿魯斯。」

白龍再次對地面呼出了無情的吐息。

那道對下方發動的攻擊，並沒有像前一擊那樣造成廣範圍的毀滅。

只是——讓大地在數十公尺為半徑的範圍內如泥巴般塌陷，製造出一個深邃的陷坑罷了。

冬之露庫諾卡的龍息沒有任何物理性的衝擊力。

只能造成冷卻到極限的現象。

但若是從地表到遙遠數公里之深的地底之間，所有物體的分子空隙都在瞬間的冷卻中消失，那就會產生出宛如隕石撞擊坑的地形變動吧。

根據「彼端」的知識，物體處於終極的低溫時不會有體積，而是會壓縮，粉碎，任何溝造都會為之變形。在實際情況中，當那種現象發生於巨觀世界時會出現什麼樣的現象——就連住在「彼端」的人也從來沒有看過。

「……阿魯斯！」
阿魯斯應該身處那團毀滅之中。
哈魯甘特渾身發抖，嘴唇咬出了血。
那種舉止是來自什麼樣的感情呢？或許連他自己也無法理解。
他只是不斷重複那句話。
「還、還沒完……還沒完……！」

◆

——牠看到身後的世界崩潰的景象。
阿魯斯不可能清楚理解發生了什麼樣的現象，只知道那是遠遠超越死者的巨盾能防禦的範疇。
「……希翠德·伊利斯的火筒毀了……」
就連看到那樣的破壞，星馳阿魯斯……仍然惋惜著失去的魔具，而不是關心被凍掉的一根右腳爪。
當阿魯斯殺燻灼維凱翁時，用長槍刺穿了牠的腹部。不過，打穿巨龍肉體的魔具又是哪一件呢？這點連靜寂的哈魯甘特都不知道。

希翠德・伊利斯的火筒是不需要裝填任何火藥的普通鐵筒，但只要碰觸砲身，就能擊發威力非比尋常的攻擊。是一支只要對準龍鱗脫落處發動攻擊，就連龍都能殺死的魔砲。

阿魯斯剛剛陷入了非得將這件魔具用於緊急逃脫，而非攻擊的險境。貼在超低溫地面的阿魯斯以右腳爪為代價將自己射出了死滅攻擊的範圍之外。

「…………」

牠點燃小壺之中的魔具火焰——地走，排除冷得凍結肺部的空氣。

在露庫諾卡還沒找到阿魯斯的這段期間，牠檢查了自己愛槍的狀態。那是牠在多年來的冒險生活中，從不斷替換的量產品裡頭找到，具有奇蹟般精密度的鳥槍。槍枝的核心構造仍維持原樣，握把則改成鳥龍專用。是牠比傳說魔具更加信賴的武器。

「……火藥不能用了。」

雷管的火藥已經被凍壞。即使扣下扳機應該也無法開火。樹魔彈，毒魔彈，雷轟魔彈。至少在這場戰鬥之中，那些子彈都不可能使用了。

扭下維凱翁手臂的奇歐之手被切斷，打穿其腹部的希翠德・伊利斯的火筒弄掉了。終結世界的冬天，連不具生命的物品都能殺死。

牠猶豫著是否該丟掉槍減輕重量，最後還是放回了行李袋裡。

「……冬之露庫諾卡……她有著……什麼樣的寶物呢……」

失去了三種武器，反倒明確地指出牠應該使用的手段。

那就是能一擊貫穿龍鱗的防禦，直取性命的唯一攻擊手段。
除了使用席蓮金玄的光魔劍之外，別無他法。
以受傷的腳朝地面一蹬，鳥龍再次飛上了天。
沒有被露庫諾卡吐息凍結的天空依然能自由飛行。只要飛在空中，跛著的右腳就不算對牠不利。
有件事實清楚而明白，若不靠近對方就輸定了。
那道最強吐息能橫掃牠眼前的整個世界。距離越遠，就越無法躲開。
就算死者的巨盾可以阻擋那道吐息的威力，生命體也無法在之後留下的超低溫世界中活動。
即使會像剛才那樣被捲入真空遭受致命打擊，也只能盡全力鑽進對方的死角。
冬之露庫諾卡望著前方。
就像回應著對手的接近，牠擺出展翅飛翔的姿勢。以清澈的聲音說道：
「應該還沒有結束吧？」
直線逼近對手的阿魯斯速度快如流星。
白龍沒有轉頭，但已經察覺到從東南方逼近的戰鬥對手。
「吶，星馳阿魯斯？——啊啊，我好開心。非常、非常、非常開心。你的一切都讓我喜悅不已……！」

凍術吐息要來了。阿魯斯在半空中拍擊翅膀。鳥龍在被擊中的前一刻轉了個銳角閃開。

牠必須燃燒生命飛出最快的速度，必須比露庫諾卡的眼睛還快。

然而……

「『寇烏托之風聽令（cochwelne）——』」

——然而，露庫諾卡已經正對著牠了。

經過剛才的對戰，阿魯斯將露庫諾卡評價為牠至今交戰過的各種傳奇對手之中，實力最高強的等級。理由不只是吐息的破壞規模。即使單純比較身體素質……牠仍然壓倒性地優於其他人，中間的差距大到可笑的地步。

為什麼牠置身於自己的吐息製造的極寒地獄之中，卻還能活動呢？

為什麼牠正面迎向灌入真空的暴風漩渦，卻還能保持不動呢？

因為牠的身體可以承受那些狀況。

能夠從自身吐出的龍息餘波中生存下來的生命體，就只有龍而已。

除了一位例外的森人少女——詞神絕對不會賦予超過施術者能力的詞術。

憑藉地表上最強的身體素質，牠有辦法以眼睛追蹤高速飛過的身影。

「『凋零於盡頭之光吧（cyulcascarz）——』」

末日狂洩而出。

景色被破壞成一片白。

雖然那口吐息將會結束戰鬥，露庫諾卡還是會那麼做。
只要能有那麼一次機會，讓牠不需考慮任何事物放手全力戰鬥，那就值得了。
無論對方是多麼脆弱的鳥龍——在牠不需任何留情，盡情戰鬥的那一刻，星馳阿魯斯對牠來說就是無可取代的存在。
大地再次迸裂，連雲朵都被打散。
牠的詞術只能作用於風，那股冷卻大氣的餘波卻使地殼極深處都變成了永恆的凍土。這一切只透過了極為短暫的詠唱，所需時間比人類製造火花的熱術還短。
沒入寒氣之中的鳥龍身影就像其他各式各樣的英雄那樣，轉眼間就消失了。
「呵呵呵呵呵……！呵呵呵呵呵！啊啊……已經有一百年沒遇過這種戰鬥了。還是更久呢——總之有『一段時間』沒有如此開心了。」
未來遲早會再出現讓牠不需要手下留情的英雄。
露庫諾卡將期待著那樣的相遇，再次守在那座冰湖孤獨地等待吧。
吐息的餘波所產生的真空如海嘯般吸入周圍的大氣。
這全都是在一瞬之間發生的事。
——接著，如果是知道那種狀況的人。
「…………」
如果是曾經親身經歷而知道之後會發生什麼狀況的人，就能配合急流的加速做出反應。

從側面的死角。

有一種魔具名為腐土太陽。

那是以土塊構成的球體，可以射出以無限湧出的泥巴變成的刀刃或子彈。那種泥巴也能變成其他物體，例如……收起翅膀在半空中滑行的鳥龍。

在速度推升到極限的高速移動中，牠透過飛行中的慣性將替身拋向後方，讓以視線追蹤著自己身影的最強之龍停下牠的眼睛，對那個替身噴出吐息。

無論擁有再強的動態視力，無論擁有再強的反應速度，在以視線追蹤星馳阿魯斯的極限速度時，再怎麼厲害的傳奇都不可能於剎那間判斷那個小小影子的真偽。

「席蓮金玄的——」

輕聲，細語，牠低聲說著。這一定會成為牠自傲的成就。

那是能以剎那的一擊結束戰鬥，連龍鱗的防禦都失去意義的唯一攻擊手段。

將吸入真空的速度，乘上牠自身飛行速度的阿魯斯——

「光魔——」

撞上了某個巨大物體。

發出肉體被壓爛的聲音，阿魯斯的世界融化了。

「……啊啊！」

冬之露庫諾卡晚了一步才注意到。

然而牠卻絕望地大喊：

「怎麼這樣……！你竟然還活著！啊啊，我做了什麼……！」

光劍之刃深深劈進了露庫諾卡那又粗又長的尾巴，將尾巴前端連骨帶肉一起砍斷。

但剛才那是阿魯斯被巨大的質量拍落的聲音。

「……我真的沒有注意到！實在太失敗了……！難得你活了下來！早知如此，我就能多享受一點了！」

——那不是攻擊。

只不過是最強之龍在空中變換方向罷了。

只是牠改變姿勢時揮動的尾巴，不幸地與阿魯斯的突擊軌道一致罷了。

超越歷史上所有英雄所用招式的必殺突擊，只因運氣不好就被徹底擊潰。

最強的牠強過了頭。只是動一動身體，不但能殺害生命，還綽綽有餘。

不僅感受不到樂趣，也無法享受過程。

「對不起，星馳阿魯斯！對不起……！我們多玩一下嘛！好不好，星馳阿魯斯……！」

牠連戰鬥都辦不到，那是一種荒涼的景象。

◆

——牠有段鮮明的記憶。那是多久以前的事呢？

從昨晚就開始下的雨逐漸減小，現在只是零星地滴著雨。

在被遺棄於海岸山壁上的破爛小屋裡，牠隔著牆壁木板的縫隙，一整天都在眺望海浪打向岸邊的模樣。

「喂。」

腐爛的木牆被掀了起來，露出那張臉。

名字。這麼一說，人類都有名字。在鳥龍之中，唯有強悍聰明，實力在集團中屬於前段班的鳥龍才有名字。

他叫什麼名字呢？

「哈魯甘特。」

「別在其他地方提到這個名字喔。」

少年急忙回頭查看背後。比起自己這隻鳥龍，少年似乎更擔心有沒有其他村裡的人接近這間小屋。

「要是別人知道我窩藏鳥龍，我可是被打死也沒辦法怪人。」

「……這樣啊……我會……小心的。」

「你真的懂什麼叫小心嗎？這可是你的責任喔。為什麼要弄斷翅膀啦？」

哈魯甘特看著用木頭固定的左翼。

鳥龍屬於龍族，基礎生命力很強。骨折的痊癒速度應該也比人族快，只不過牠的傷勢看起來還需要一段時間才能完全癒合。

「……？就只是撞傷了……」

「我要問的是你為什麼會撞傷啦。普通的鳥龍都不會那樣吧。」

「因為我……不普通……？」

少年搔了搔頭。當時的牠沒辦法回答得很好，但仍隱約記得哈魯甘特第一次遇到牠時是怎麼說明的。

牠與其他的鳥龍不同，身上多了多餘的器官。軀幹左邊有一隻，右邊有兩隻。那隻鳥龍與過去見過的個體都不同，擁有三隻手臂。

那些手臂干擾了飛行的穩定性，牠之所以會撞上正常來說不會撞上的山崖，弄斷了翅膀，恐怕就是這個原因。

「如果飛不好，痊癒之後還是會發生同樣的事吧。」

「…………或許吧……」

「這不是或許不或許的問題啦。你到底在想什麼？實在讓人搞不懂耶。」

哈魯甘特總是一副不開心的樣子，然而當時的牠無法理解那種情緒。看見鳥龍的人類大致上來說不是憤怒，就是散發出殺氣。

「你應該稍微有點……這樣下去不行的想法，多一點危機感啦。要思考原因，做出對策。」

「可是……做不到……不就是做不到嗎……？我也沒辦法啊。」

「那就想辦法做到！難道你是從卵孵出的那天就會飛嗎？詞術也是一開始就像現在這樣流暢嗎？」

牠猜不透哈魯甘特的用意。

那些話到底是不是為了身為鳥龍的牠著想而說的呢？無法理解人類做這種事的意義。從哈魯甘特一開始把自己藏進這間小屋時，牠就一直搞不懂。

哈魯甘特坐了下來，咬著自己帶來的點心。那是乾燥的樹木果實之類的東西，與鳥龍的食物差不多寒酸。他的衣服到處都是破洞，一隻鞋子的鞋底還快要掉了。

「無論是誰，總會有一天能辦到原本做不到的事。那就是成長。沒錯，成長。喂，你也要成長喔。」

「……然後……又能如何呢？」

「咦？」

「辦到原本做不到的事……接下來……又能如何呢……？」

「那當然是，喂……你要是能飛，不就可以拿到很多東西嗎？既可以獲得美味的食物，雌鳥龍也應該比較喜歡飛行技術好的伴侶，大概吧……還可以在同類之中變得了不起喔……！」

「哦……哈魯甘特……很想要那些東西呢……」

「那、那是當然啦！」

哈魯甘特的表情變得更加不悅，朝旁邊的木板牆壁踢了一腳。

雖然牠被那個巨大的聲響嚇到，不過牠天生不擅長表達激烈的感情。或許哈魯甘特沒有注意到自己的驚嚇反應。

「被當作廢物，受人鄙視，難道你都不會感到不甘心嗎？那些貴族把我們僕人當成沒用的小馬踢來踢去！爸爸媽媽……也只會露出噁心的笑容，對那些人點頭哈腰！我不一樣。我絕對會變得很了不起……當我成長之後，我會給那些自以為是的傢伙好看……！」

「那不是……」

牠疑惑地歪著頭，人類的邏輯真的很奇怪。

「那不是哈魯甘特的事嗎……跟我又沒關係……」

「一樣的！全部都是一樣的……！你不是活在這個世界上嗎！那麼你應該也貪心一點！飛起來給其他人看看！」

當時的牠，究竟能不能理解哈魯甘特其實是將自己的不如意投射在被同類視為失敗者的鳥龍身上呢？

就算無法理解這點，牠對那種與自己正好相反，第一次見識到的強烈感情抱有純粹的興趣也是事實。

——他有著自己沒有的熱情。

「…………明白了，我會試試看……該怎麼做，才能成長呢？」

「……只能先從你可以做的事開始吧……你有用手抓過東西嗎？讓手指一根根活動。就算你現在翅膀受傷，還是能做到這件事吧。一點一點增加能做到的事。」

「……那哈魯甘特呢？如果你想變得了不起……又該怎麼做……」

「我嗎？」

這個問題讓哈魯甘特第一次露出笑容。

「我呢，嘿嘿……！我在同年紀的人之中，是第一個擊落鳥龍的……！所以我有用弓箭的才能喔。但以後我不只擊落鳥龍，還會打敗更多強大的獵物。這樣一來我就能當上王國的將軍。不但一生都不愁吃穿，大家也會稱讚我。」

雖然這些話頂多是只能對受傷的鳥龍吐露的心聲，終究不是能在其他村民前說出的野心。因為那是不曉得有多麼困難，距離他多麼遙遠的未來？

在人類社會裡，那是一種羞恥。弱者不該大談自己高攀不上的夢想。

少年拿著一支小弓。與大人的弓相比，威力遜色太多了。

就算如此——即使那是與他的技術毫無關係的幸運所帶來的成果，那仍然是幫助他擊落第一隻鳥龍，讓他感到自豪的弓。

「當上將軍後，我還想成為英雄！要把我的名字刻在歷史上……！即使是對付龍——也會用這把屠龍弩砲（dragon slayer）把牠打下來！」

「哦……真厲害……」

牠的回應聽起來很隨便，但牠確實是打從心底這麼想的。

所以在那個時候，牠決定試著模仿少年的做法。

那一定就是所謂的活著。

（……哈魯甘特……真是厲害……）

◆

嘰哩嘰哩的聲音不停地響著。

雖然牠沒想過會失敗，但或許內心隱約已經有預感結果會變成這樣。

牠比任何人挑戰了更多強敵。不知是幸或不幸，牠親身體會了與遠遠超過自身實力的強者對峙時，會發生的無數種可能性。

若非如此，奇庫羅拉庫的永久機械也不會啟動。

金屬的摩擦聲嘰哩嘰哩地響著。那是從阿魯斯的體內傳出來，帶給牠不舒服的感覺。

阿魯斯以模糊的視野先望向了右腳爪。被凍掉的那個部位已經變成齒輪與曲柄的組合物，被置換成奇異的金屬機械。

奇庫羅拉庫的永久機械。那不過是個比人類的小指頭還小，組成材質不明的小齒輪，卻是那個燻灼維凱翁所留下的最有價值的財寶。

體內有齒輪在轉動。那種感覺在被撞碎的脊椎裡也存在。左大腿，肋骨。以及左翼。那些東西在體內增殖，模仿生物器官，強行驅動肉體。

——為什麼要弄斷翅膀啦？

「我也沒辦法啊……」

牠意識不清地對混雜於記憶中的昔日殘影如此回答。

雖說是偶然的結果，牠仍承受了過於沉重的反擊。

沒時間使用死者的巨盾防禦。那是對敵人的攻擊發動的盾牌，使用時會侵蝕肉體，帶來劇痛。因此無法在防禦的同時控制飛行的姿勢。

身處真空區域的爆發性吸入氣流之中也是一大問題。

若是平時的阿魯斯，或許連那一記猛速逼近的龍尾都能在最後一刻閃開。但是當牠自己處於吸入氣流之中時，就無法自行改變飛行軌道。

牠讓敵人的攻擊變成逆轉勝負的一擊。那正是失敗的原因。

「…………思考原因，做出對策。思考原因，做出對策……思考原因，做出對策——」

星馳阿魯斯至今仍能做到這點。

牠並非一開始就什麼都能做到。一直都是慢慢增加自己能做到的事。

首先成為自身所處的鳥龍群之中最強的鳥龍。

消滅森林中出現的可怕大鬼，消滅位於沙漠生態系頂點的蛇龍，消滅討伐隊的強大戰士，接著消滅英雄，消滅傳奇，最後消滅龍。

雖然阿魯斯被露庫諾卡的一擊打落，但席蓮金玄的光魔劍並沒有因此脫手。在死亡關頭仍然不願對寶物放手的強大欲望，為牠留下了最後的手段。

（……哈魯甘特。我會戰勝哈魯甘特喔……）

牠會用盡所有的手段。無論得扔掉多少寶物，牠都要贏給對方看。

因為那是牠與唯一朋友之間的約定。

「……啊啊，啊啊……星馳阿魯斯……你還活著吧？畢竟你可以承受我的爪子攻擊。應該不會因為這點程度就壞掉吧？所以，再來吧……」

冬之露庫諾卡的態度與剛才不同，牠哀嘆著。

「我真的還想戰鬥啊……」

了不起的英雄，星馳阿魯斯死了。只因為一件無聊透頂的小事就死去。許許多多的英雄都讓牠失望了。

所以事實才會令牠大感意外。

「……！」

長笛般的聲音。

劃破空氣發出高亢聲響的劍刃在露庫諾卡的四周亂飛。那是名為戰慄鳥的一把魔劍。不過那當然不是攻擊手段。

「『阿魯斯號令於席蓮金玄之劍。降雹於天地——』」

就在注意力被魔劍之聲引開的瞬間，有個身影從牠的正下方直線逼近。牠不知道腐土太陽的能力，理所當然地將眼角餘光中的那東西當成星馳阿魯斯。

巨龍下意識地瞬間以爪子擊落那個物體，甚至沒有意識到自己做出了攻擊。

牠發出高興的聲音。

「啊啊！」

——原來你還活著。牠正想這麼說。

但隨後注意到自己又擊墜了對方，急忙望向化為地面汙漬的那東西。不過還有另一個物體從那個方向飛過來。

腐土太陽射出的子彈不只是擬態成阿魯斯的那一發。阿魯斯藏在後面，再射出一小塊泥巴。

大放的光芒照得露庫諾卡看不見東西。

出現在泥塊之中的物體——是席蓮金玄的光魔劍。

打落誘餌泥塊的爪子擋住射擊線，然而光之刃卻輕鬆地貫穿了爪子。

沒有任何手段能防禦的最強魔劍。

白龍偏著脖子躲過直撲而來的斬擊。第二次、第三次的詭計沒有意義。冬之露庫諾卡具有受到攻擊時能避開的反應速度。

不過……

「『軸為右眼（kaameksa koikak）。變動之輪（syaskakko kemno）。轉動吧（kairokraio）』——戰慄鳥，腐土太陽，席蓮金玄的光魔劍。」

光魔劍在空中展開追蹤。

受到阿魯斯力術影響的光魔劍從露庫諾卡的脖子左側繞到後頸，燒灼著無敵的龍鱗。

「好厲害……啊啊！阿魯斯！」

如果牠迴避的幅度稍微小了一點，頸部或許就會受到致命傷吧。那是牠在漫長的歷史之中一次也沒受過的最嚴重傷勢。

——這還不是結束。

只要切斷尾巴，奪去爪子。再從正下方發動攻擊，阿魯斯甚至不會被吐息擊中。因為牠自己的巨大身軀也在攻擊半徑之內。

「我竟然正在戰鬥……」

露庫諾卡說出那句話時，鳥龍英雄已鑽入牠的爪子能揮到的範圍內側。無論是吐息、龍爪、尾巴……在那個範圍內都無法碰到對方了。

阿魯斯的右腳爪抓著魔彈。

那是會侵蝕神經的摩天樹塔的毒魔彈。就算直接抓著，被替換成鋼鐵的肉體之中也沒有能被侵蝕的神經。其速度比大地上任何子彈都快，如今的牠自己就是魔彈。

衝向龍鱗被燒破的脖子，超越最強之龍的反應速度——

「——」

——並沒有超越。

阿魯斯的半邊身體被扯掉。

牠失去了整片左翼。

……露庫諾卡茫然地自言自語。

「……啊啊，真傷腦筋。」

然後牠將剛才咬下英雄的半截身體吐了出來。

「我竟然……做了這麼不知羞恥的事。」

鳥龍英雄在封住尾巴，穿過爪子，連吐息都不讓對方使出的狀況下挑戰巨龍。

但仍然不夠，在那之後還有利牙。

在悠久的歷史中首次真正瀕臨死亡的龍經由脊髓反射張嘴猛咬的速度——稍微快過了鳥龍的直線速度。

那是連冬之露庫諾卡自己都沒有想到的反射速度。

牠甚至不是星馳阿魯斯那樣，經過日積月累的修煉，在極限狀況下的成長。

那只是野性的本能。就像滅絕的吐息一樣，是最強的生命體從一開始就具備的其中一項潛能。

「沒想到我竟然這麼快呢。」
只不過誰也沒有看過牠使出全力罷了。
連冬之露庫諾卡自己，都沒有理解自身的極限。
因為能將牠逼近如此困境的人物——在這個諾大的世界之中，竟連一個也沒有。
「……」
攻破整片大地的冒險者從空中墜落。
戰慄鳥，腐土太陽，席蓮金玄的光魔劍。
伴隨著財寶，伴隨著金光閃耀的世界光輝，摔落至裂谷中的深淵。
——如果冬之露庫諾卡的尾巴攻擊沒有在偶然間擊中牠。
如果沒有那一擊造成的傷，如果肌肉沒有因為寒氣而僵硬。如果牠丟掉槍，稍微減輕行李袋的重量……如果牠沒有第三隻手臂。
牠是唯一一隻曾經讓露庫諾卡逼近生命危機的英雄。
（……哈魯甘特……）
在逐漸遠去的意識之中，牠那麼想著。
（…………果然很厲害……）

◆

「還、還沒完……」

哈魯甘特站起了身，步履蹣跚地走上前。

星馳阿魯斯從空中墜落，摔向黑暗的深淵，落入冰冷大地的底部。

雖然現場充滿宛如死亡本身的料峭寒意，但他顧不得披上毛毯。也沒有人可以讓他攙扶，哈魯甘特只是一把鼻涕、一把眼淚地大吼。

「還沒完！」

牠一定會再站起來，阿魯斯還沒有輸，哈魯甘特還沒有贏。因為星馳阿魯斯是位英雄。

無論遭遇什麼樣的困難都能毫不屈服地獲得一切，是他心目中的明星。

就算敵人是冬之露庫諾卡，牠也一定會贏。

「……你說是吧，阿魯斯……！還沒完，還沒有結束……！啊啊啊啊……」

面對仍然維持著寂靜的地平線，他雙膝跪地。

留在那裡的，只剩下令人絕望與心死的溫度。

阿魯斯在那裡。那裡有著他最大的敵人。哈魯甘特大喊著。

「快來人啊！」

年邁的第六將像小孩子般地哭喊著。

「快把阿魯斯拉上來！快來人啊……！那是阿魯斯！是、是我的……我的朋友啊！快來人啊！來人啊……！來人啊……！」

那個聲音沒有傳到任何人的耳中。

不知道在什麼時候，無論是鍋釘西多勿，或是數量龐大的觀眾，全都離開了。

無人的冰原。這片荒涼的景象正是位於頂點的景色。

「來人啊，來人啊……！嗚、嗚……嗚嗚嗚……！」

「——啊啊。我非常、非常開心喔。吶，哈魯甘特。」

冬之露庫諾卡降落至縮成一團的哈魯甘特背後。

以不會受到任何侵犯的純白之美為傲的龍……脖子被燒爛，左爪被砍斷，尾巴還大量地噴著血，呈現出一副淒慘的模樣。

「吶……！『這還不算結束吧』？這點程度的戰鬥，還只是第一輪戰鬥的開始！下次一定會……沒錯吧！有更強、更厲害的英雄，有更美妙的戰鬥等著我吧！」

牠在數百年的生命中未曾品嚐過如此的喜悅。

孤高的景色看起來是如此耀眼。讓牠覺得自己能再次愛上這個世界。

那些傷勢，正是無法好好打一場戰鬥的牠最期望獲得的東西。

「更多、更強、更厲害……啊啊，我真的好期待。期待下一場戰鬥！下一位英雄！」

第二戰。勝利者，冬之露庫諾卡。

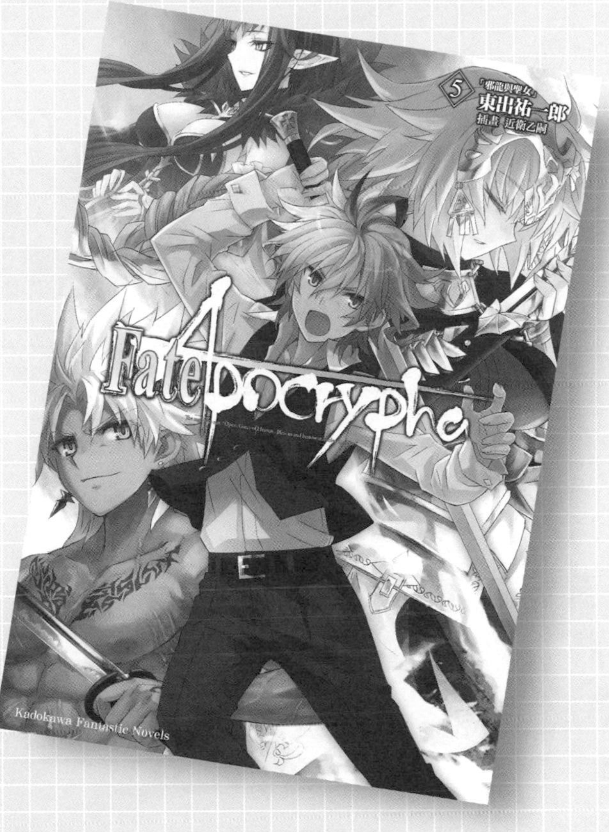

Fate/Apocrypha 1~5（完）

Kadokawa Fantastic Novels

作者：東出祐一郎　插畫：近衛乙嗣

當彼此的想法交錯，烈火再次包圍了聖女。
而齊格帶著最後的武器投入最終決戰——！

「黑」使役者與「紅」使役者終於在「虛榮的空中花園」劇烈衝突。以一擋百的英雄儘管伸手想抓住夢想，仍一一逝去。「紅」陣營主人天草四郎時貞終於著手拯救人類的夢想。裁決者貞德·達魯克猶豫著此一願望的正確性，仍手握旗幟挑戰——

各 **NT$250~320/HK$75~107**

Ep.9
—Valkyrie has landed—
86
—不存在的戰區—
There are no soldiers who can't shoot the enemy.
[作者] 安里アサト
[插畫] しらび
I-IV
EIGHTY SIX
ASATO ASATO PRESENTS
Kadokawa Fantastic Novels

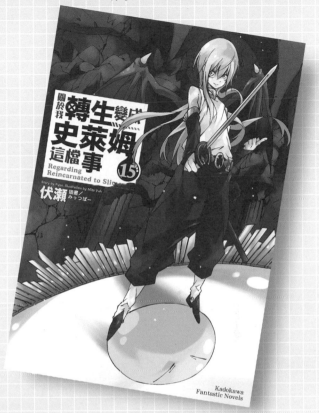

國家圖書館出版品預行編目資料

異修羅. 3, 絕息無聲禍/珪素作 ; Shaunten譯. -- 初版
. -- 臺北市 : 臺灣角川股份有限公司, 2021.12
面 ;　公分. -- (Kadokawa fantastic novels)

譯自 : 異修羅. III, 絶息無声禍
ISBN 978-626-321-053-0(平裝)

861.57　　110017755

Kadokawa
Fantastic
Novels

異修羅 III
絕息無聲禍

（原著名：異修羅 III 絶息無声禍）

2021年12月6日　初版第1刷發行

作　　者：珪素
插　　畫：クレタ
譯　　者：Shaunten

發 行 人：岩崎剛人
總 編 輯：蔡佩芬
編　　輯：高韻涵
美術設計：吳佳昀
印　　務：李明修（主任）、張加恩（主任）、張凱棋
發 行 所：台灣角川股份有限公司
地　　址：104台北市中山區松江路223號3樓
電　　話：（02）2515-3000
傳　　真：（02）2515-0033
網　　址：www.kadokawa.com.tw
劃撥帳戶：台灣角川股份有限公司
劃撥帳號：19487412
法律顧問：有澤法律事務所
製　　版：巨茂科技印刷有限公司
ＩＳＢＮ：978-626-321-053-0